Vorwort

Die Bedeutung der Darmflora für die Gesundheit ist erst in den letzten Jahren in den Fokus auch des nicht-medizinischen Publikums gerückt. Sei es Immunsystem, Stoffwechsel, Verdauung, Kanzerogenese, Nervensystem oder Körpergewicht – es gibt kaum einen Bereich, mit dem die Darmflora – oder Mikrobiota – nicht interagiert. Mikrobiomforscher sprechen sogar schon von einem „Superorgan", wenn sie von der Darmflora sprechen. Denn, so Dr. Sahil Khanna und Dr. Pritish K. Tosh von der berühmten Mayo Clinic in Rochester: „Sie ist entscheidend für unsere Gesundheit und unser Wohlergehen" (Khanna et Tosh 2014). Der Mensch lebt mit den 100 Billionen Darmbakterien in einer perfekten Symbiose: Diese Bakterien können nicht ohne ihren Wirt, den Menschen, leben und der menschliche Organismus wäre ohne die Darmflora auch nicht lebensfähig. Störungen dieses komplexen „Organs" werden folgerichtig auch mit zahlreichen Erkrankungen in Verbindung gebracht, von Clostridium-difficile-Infektionen, Reizdarm und chronisch-entzündlichen Darmerkrankungen über Allergien bis hin zu metabolischen und sogar neuropsychiatrischen Erkrankungen. Umso stärker ist das Interesse an der Frage, ob und wenn ja inwieweit man die Darmflora mit Probiotika beeinflussen kann. Die Zahl der Studien zu diesem Themenkomplex hat in den letzten Jahren erheblich zugenommen. Fast täglich kommt die medizinische Forschung zu neuen, teilweise verblüffenden Erkenntnissen.

Vor diesem Hintergrund kann dieses Buch lediglich eine Momentaufnahme bieten und einen kursorischen Überblick über die aktuelle Studienlage geben. Zu schnell werden aktuelle Erkenntnisse durch neue, weiter gehende Forschungsergebnisse abgelöst. Ziel ist, dem Leser zumindest eine grobe Vorstellung davon zu geben, was Probiotika bewirken können und bei welchen Indikationen ein therapeutischer Einsatz sinnvoll sein könnte. Auch wenn die Datenlage noch nicht überall gesichert und nicht bei jeder Indikation der Nutzen klinisch nachgewie-

sen ist – ein Schaden kann dem Patienten durch eine mikrobiologische Therapie im Grunde nicht entstehen. Daher sollte aus unserer Sicht bei allen in diesem Buch genannten gesundheitlichen Störungen eine mikrobiologische Therapie angestrebt werden. Denn auch im ungünstigsten Fall besteht zumindest eine reelle Chance auf eine Verbesserung des Gesundheitszustandes. Entscheidend ist daher der Praxisteil, in dem auf Basis konkreter Befunde gezielte Therapievorschläge gemacht werden.

Dr. Mathias Oldhaver

Wolfgang Spiller

Einleitung

THEORETISCHER TEIL

1. Mikroökologie des Menschen: Die Darmflora

1.1 Besiedlung des Verdauungssystems

Der Darm des Menschen ist mit 10^{14} Bakterien besiedelt. Man schätzt, dass es sich um 400 bis 500 verschiedene Bakterienspezies handelt. Die gesamte Masse der Bakterien, mit denen der Mensch in einer Symbiose zusammenlebt, macht je nach Körpergröße rund 1-2 kg aus. Vor der Geburt ist der Verdauungstrakt noch stabil, erst bei der Geburt nimmt der Säugling Keime aus dem Geburtskanal und der Umgebung auf. Bei Beginn des Zufütterns und vor allem nach dem Abstillen kommt es zu gravierenden Änderungen, es kommt zu einer diversen und stabilen Mikrobiota wie beim Erwachsenen.
Wegen der hohen Salzsäureproduktion und des sauren pH-Werts von 2 gilt der Magen zwar als fast keimfrei, es sind aber auch hier 10^3 Bakterienzellen pro Milliliter Magensaft nachweisbar, vor allem Laktobazillen, Streptokokken, Staphylokokken und Enterobakterien. Im Dünndarm nehmen die Dichte und Diversität mit größerer Entfernung zum Magen zu. Im distalen Dünndarm erreicht die Zahl der Gesamt-

bakterien rund 10^9 Zellen je Milliliter Darminhalt. Im Kolon schließlich erreichen die Bakterien ihre höchste Dichte und Diversität. Je Gramm Fäzes sind bis zu 10(12) Bakterien kultivierbar (Moore & Holdemann 1974).
Im Alter verändert sich die Zusammensetzung der intestinalen Mikrobiota wieder. Gründe hierfür sind veränderte Ernährungsgewohnheiten aufgrund eines herabgesetzten Geruchs- und Geschmacksempfindens, ein höherer pH-Wert im Magen aufgrund der herabgesetzten Magensäureproduktion und eine längere Verweildauer des Nahrungsbreis im Darm. Die Diversität nimmt ab, vor allem die Zahl der Bacteriocides und Bifidobakterien sinkt, während die Zahl anderer Bakterienspezies wie Clostridien ansteigt.

1.2 Funktion

Die Darmbakterien sind in der Lage, ein breites Spektrum unverdaulicher und zum Teil komplex aufgebauter Nahrungsbestandteile abzubauen. Dies erweitert deren Nutzbarkeit für den Menschen, der die mikrobiellen Fermentationsprodukte zur Deckung des Energiebedarfs benötigt (Blaut u. Loh 2009). Die Zusammensetzung der Darmflora ist so individuell wie ein Fingerabdruck und scheint über einen längeren Zeitraum stabil zu sein. Es gibt aber auch dominante Bakteriengruppen, die bei allen Menschen gleich sind. Die Bedeutung einer intakten Darmflora wurde von der Humanmedizin lange unterschätzt oder gar ignoriert (O'Hara et Shanahan 2006). Mittlerweile kennt man die wesentlichen Funktionen der Darmflora und ihre Bedeutung für den menschlichen Organismus (s. Tabelle). Eine Störung dieser Funktionen zieht damit zwangsläufig auch die damit verbundenen gesundheitlichen Folgen nach sich.

Funktion / Eigenschaft	Physiologische Bedeutung
Barriere-Funktion	Aufbau einer unspezifischen Infektionsbarriere zur Abwehr von Fremdkeimen
Immunmodulation	Beeinflussung des darmassoziierten Immunsystems (Infektabwehr, Immuntoleranz)
Regulation der mikrobiellen Translokationsrate	Reduktion der Übertrittfrequenz von Mikroorganismen aus dem Darmlumen ins Lymphsystem und des Risikos von systemischen Infektionen durch Mitglieder der eigenen Darmflora
Hydrolytische Stoffwechselaktivitäten	Abbau komplexer Polymere wie Ballaststoffe aus der Nahrung, körpereigener Substanzen und Darmschleim
Fermentationsleistungen	Bereitstellung kurzkettiger Carbonsäuren (v.a. Essig-, Propion-, Butter- und Milchsäure) und damit • Unterstützung des Energiehaushaltes der Enterozyten • Förderung der Durchblutung der Dickdarmschleimhaut • Stimulierung der Darmmotalität • Verbesserung der Resorption von Wasser und bestimmten Mineralstoffen/Elektrolyten
Detoxifikationsleistungen	Entgiftung von toxischen oder (pro-)karzinogenen Stoffen exogenen oder endogenen Ursprungs
Vitaminproduktion	B-Vitamine, Vitamin K2
Milieubereitung	Sauerstoffverbrauch und Absenkung des Redox-Potenzials durch aerobe Darmkeime, Absenkung des intraluminalen pH-Werts

Nach Schulze u.a. 2008

1.3 Darmflora und intestinales Immunsystem

Der Darm ist das größte Immunorgan des Körpers. Er beherbergt 80 Prozent aller immunaktiven Zellen. Mit einer Oberfläche von ca. 400 m^2 hat der Darm die größte Grenzfläche zur Umwelt. Da Schleimhäute besonders dünn und durchlässig sind, ist die Gefahr des Eindringens von Pathogenen hier besonders groß. Im Darm gilt dies insbesondere für Fremdantigene aus der Nahrung. Das darmassoziierte Immunsystem dient in erster Linie der spezifischen wie auch der unspezifischen Infektabwehr an der Darmschleimhaut. Um Pathogene schnell und wirksam zu bekämpfen, verfügt das Schleimhautimmunsystem „mucosa-associated-lymphoid tissue“ (MALT) über die Fähigkeit, IgA-Antikörper zu bilden und zu sekretieren. Zudem befindet sich im Darm eine riesige Anzahl an Mikroorganismen, mit denen der Mensch in einer Symbiose zusammenlebt. Sie besiedeln Orte, die potenziell auch von pathogenen Mikroorganismen besiedelt werden könnten, und kommunizieren mit der Darmschleimhaut. Eine stabile Darmflora stellt eine mikrobielle Barriere dar, die zum einen pathogene Keime wie Salmonellen, Shigellen, Yersinien u.a. verdrängt und zum anderen endogene Darmkeime mit pathogenem Potenzial wie Clostridium difficile oder Candida albicans an der Überwucherung hindert (Savage 1977). Die „Kolonisationsresistenz“ der Darmflora gegenüber Fremdkeimen beruht unter anderem darauf, dass die Darmkeime antimikrobiell wirksame Substanzen (Bakteriozine) synthetisieren.

1.4 Störfaktoren

Als offenes System ist der Gastrointestinaltrakt dem ständigen Kontakt mit der Außenwelt ausgesetzt. Über Luft, Getränke und Nahrung können permanent Noxen die Darmflora erreichen und stören. Auch Veränderungen in der Darmarchitektur können Störungen hervorrufen. So können sich in Divertikeln bestimmte Keime (z.B. Methanobrevibacter smithii) ansiedeln, die das Gleichgewicht durcheinanderbringen. Die häufigste therapeutische Maßnahme, welche die Darmflora beeinträchtigt, ist die Antibiotikatherapie. Auch Fehl- oder Mangelernährung kann die Darmflora beeinträchtigen. Eine Übersicht über mögliche Ursachen für Darmstörungen gibt das folgende Schaubild (Abb. 1).

Abb. 1: Ursachen für Darmflorastörungen

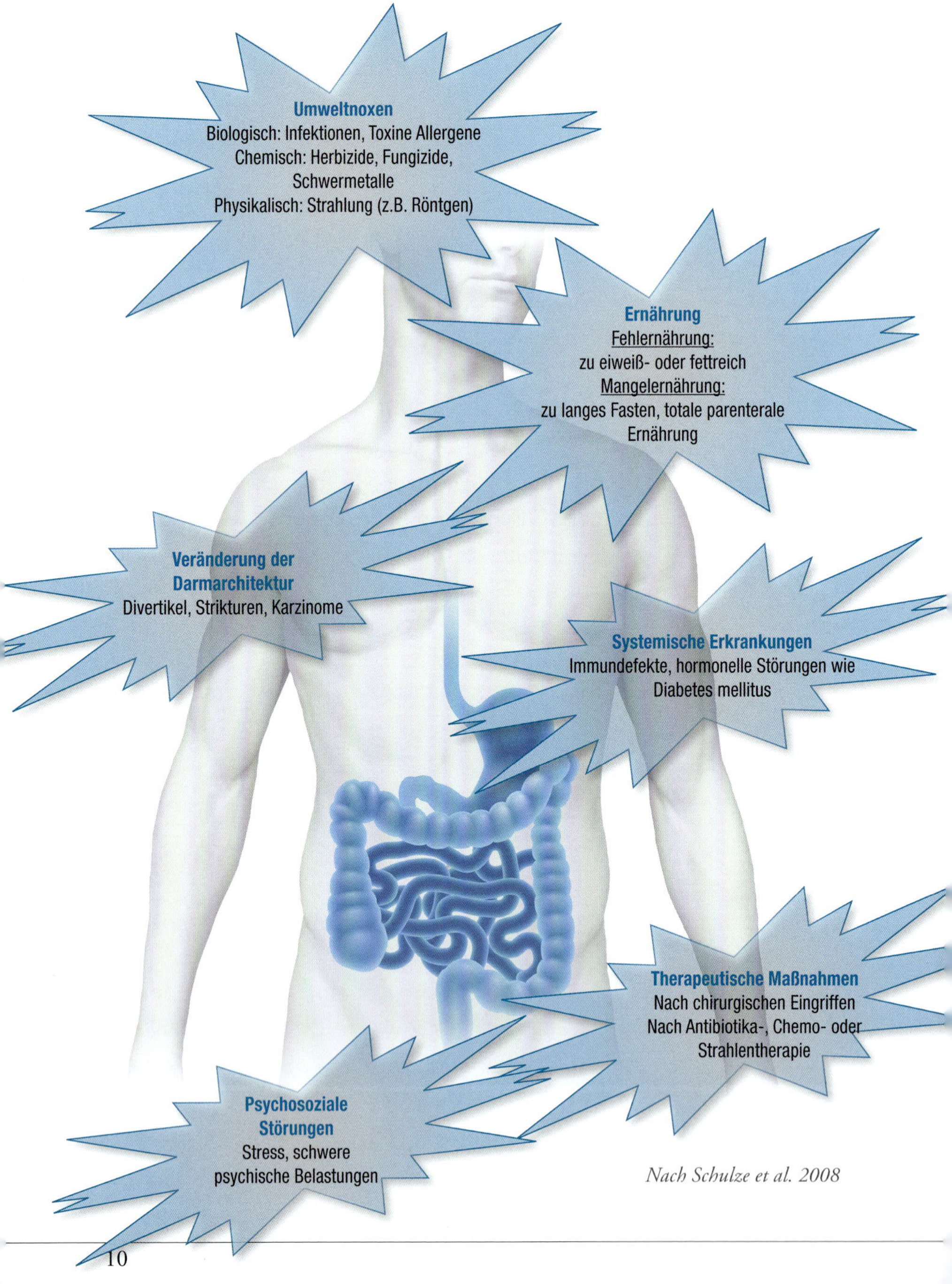

Nach Schulze et al. 2008

2. Biostoffe Probiotika

2.1 Abgrenzung: Probiotika, Präbiotika, Synbiotika

Probiotika sind lebende, nichtpathogene Mikroorganismen, die – sofern sie in ausreichender Menge verabreicht werden – einen präventiven oder therapeutischen Nutzen für den Körper haben. Ihre Wirksamkeit begründet sich durch ihre positiven Einflüsse auf die Darmbarriere und die Interaktion mit dem intestinalen Immunsystem. Auch wenn einige Studien zeigen, dass auch abgetötete Mikroorganismen probiotisch wirksam sein können (Ölschläger u. Hacker 2009), sind sie dann am wirksamsten, wenn sie lebend verabreicht werden bzw. auch lebend im Darm ankommen. Hieraus ergeben sich die besonderen Anforderungen an die Qualität von Probiotika, die weiter unten dargestellt werden. Die bekanntesten Probiotika stammen aus der Gruppe der Milchsäurebakterien, hier v.a. bestimmte Stämme der Gattungen Lactobacillus und Bifidobacterium. Aber auch andere Stämme der Spezies Escherichia coli oder Hefespezies wie Saccharomyces boulardii zählen zu den Probiotika.

Präbiotika sind Substanzen, die im oberen Intestinaltrakt weder verdaut noch absorbiert werden und stattdessen im Dickdarm mit Hilfe der dort vorhandenen Mikroorganismen fermentiert werden. Zu den Präbiotika zählen v.a. Inulin, Pektine, Beta-Glucan, Lactulose, Fructooligosaccharide und Galactooligosaccharide. Sie dienen den probiotischen Bakterien als ‚Nahrung' bzw. stimulieren deren Wachstum. Zur gleichen Zeit behindern sie das Wachstum von pathogenen Mikroorganismen. Daher ist eine gemeinsame Gabe von Präbiotika in vielen Fällen sinnvoll. Die Kombination aus Pro- und Präbiotika nennt man Synbiotika.

Präbiotische Effekte	Probiotische Effekte
• Selektive Wachstumsstimulation von Bifidobakterien und Lactobazillen • Produktion von kurzkettigen Fettsäuren, CO_2 und H_2 • Steigerung der intestinalen Biomasse • Steigerung der fäkalen Energie • Reduktion des Wachstums von Clostridium difficile • Verminderung des Eindringens von pathologischen Keimen in die Mukosa • Steigerung der Calciumabsorption	• Wiederherstellung einer gestörten Darmmukosabarriere • Verhinderung mikrobieller Translokation • Eliminierung von Toxinen und Eradikation mikrobieller Pathogene • Vorteilhafte Modulation des intestinalen Immunsystems • Bildung von Bakteriozinen • Senkung des intestinalen pH-Werts

Zit. n. Meier 2009

2.2 Wirkmechanismen von Probiotika

Auch wenn es bereits zahlreiche Forschungsarbeiten zu Probiotika gibt, sind deren genaue Wirkmechanismen bisher erst zum Teil ergründet. Als gesichert gilt, dass Probiotika durch die folgenden Effekte zur Gesundheit des Wirtsorganismus beitragen:

» *Aufrechterhaltung des mikroökologischen Gleichgewichts im Darm*
» *Modulation immunologischer Vorgänge im Darm und im gesamten Körper*
» *Reduzierung der Besiedlung mit pathogenen Mikroorganismen*
» *Verminderte Translokation von Mikroorganismen durch die Darmwand (Barrierestabilisation)*
» *Verbesserung darmphysiologischer Vorgänge (gesteigerte Darmmotilität, Produktion von Verdauungsenzymen, z.B. Laktase)*

- *Verbesserte Energie- und Nährstoffverwertung*
- *Synthese von Vitaminen*
- *Metabolisierung von Xenobiotika*
- *Verringerung der Blutfettwerte*

(zit. nach Schulze u.a. 2008)

Probiotika haben also ein breit angelegtes, aber individuell verschiedenes – stammspezifisches (!) – Wirkspektrum. Das liegt daran, dass es sich nicht um chemisch definierte Monosubstanzen, sondern um lebende Einzeller mit vielseitigen Stoffwechselleistungen und anderen Aktivitäten handelt. Da der Darm mit seiner rund 400 m^2 großen Oberfläche als größtes Immunorgan des Körpers gilt, ist die Aufgabe des Mikrobioms im Rahmen der Immunabwehr für den Therapeuten natürlich von besonderer Bedeutung. Denn hier können Probiotika durch unterschiedliche Wirkmechanismen unterstützen:

Probiotika

- *konkurrieren mit Pathogenen um Nährstoffe und Adhäsionsmoleküle im Darmepithel und verringern so die Gefahr einer Kolonisierung durch Pathogene*
- *produzieren antimikrobiell wirksame Bakteriozidine und Fettsäuren, wodurch das Wachstum und Überleben von Pathogenen behindert wird*
- *erhöhen die Phagozytoseaktivität der Granulozyten und beeinflussen die Immunantwort*
- *stimulieren die Produktion von sekretorischem Ig-A*
- *können Toxine pathogener Bakterien abbauen*
- *unterstützen durch Fermentierung und Bildung von kurzkettigen Fettsäuren ein Pathogen-hemmendes Milieu sowie den Stoffwechsel der Enterozyten*

Eine ganz aktuelle Studie hat jetzt herausgefunden, dass bestimmte Milchsäurebakterienstämme quasi als „Vermittler" fungieren, welche die Aktivität von anderen Darmbakterien modifizieren und fördern. So kam es nach der Verabreichung von Lactobacillus rhamnosus zu einem Anstieg mehrerer Gene, die verschiedene Arten von Darmbakterien, einschließlich Bacteroides, fördern (Eloe-Fadrosh 2015). Diese Erkenntnis ist insofern völlig neu, weil man vorher annahm, die Milchsäurebakterien wirken direkt auf den Wirt (also den Menschen). Es gibt aber zudem Stämme, deren Aktivitäten sich auf das gesamte Ökosystem des Darms beziehen.

Nebenwirkungen wurden bei der Gabe von Probiotika in der Regel nicht beobachtet – abgesehen von möglichen Blähungen bei einer Überdosierung. Auch Säuglinge und Kleinkinder tolerieren eine Probiotikagabe gut (s. z.B. Weizman & Alsheik 2006).

Die wichtigsten gesundheitsfördernden Wirkungen von Pro- und Präbiotika:

Nutritive Wirkungen	Immunmodulatorische Wirkungen
• Bildung von kurzkettigen Fettsäuren, Lactat, Vitaminen	• Zunahme einer nicht spezifischen Phagozytosetätigkeit • Anstieg bestimmter Immunglobuline wie sIgA

Metabolische Wirkungen	Protektive Wirkungen
• Veränderung der Aktivität bakterieller Enzyme • Verminderung der Blutlipide • Reduktion der glykämischen Reaktion • Verbesserung der Bioverfügbarkeit von Calcium	• Verbesserung der intestinalen Barrierefunktion (Verhütung der bakteriellen Translokation, Reduktion von Allergien) • Mutagenese und Antikarzinogenese

Aus: Zimmermann 2009

2.3 Wirkungen im intestinalen System

Antimikrobielle Wirkung

Die antimikrobielle Wirkung der Probiotika beruht auf deren antagonistischer Wirkung zu (potenziell) pathogenen Keimen. Diese kann direkt oder indirekt sein. Die direkte Wirkung von Probiotika basiert darauf, dass beispielsweise probiotische Laktobazillen große Mengen der keimabtötenden Milchsäure produzieren. Andere probiotische Bakterienkulturen produzieren spezielle antimikrobielle Substanzen wie Bakteriozine (Baba u. Schneewind 1998; Gotteland et al. 2006). Die antimikrobielle Wirkung der Probiotika bedingt sich aus der Verdrängung pathogener Keime durch die Besetzung von Haftstellen an der Darmmukosa (Kirjavainen et al. 1998) oder sogar die direkte Verdrängung der pathogenen Keine aus ihrer bereits eingenommenen Rezeptorbindung (Michail u. Abernathy 2002, Osset et al. 2001). Indirekt wirken Probiotika antimikrobiell, indem sie das Ökosystem des Darms beeinflussen, zum Beispiel durch die Senkung des pH-Wertes aufgrund der Milchsäurebildung oder durch die Anregung der Bildung von Darmschleim. Dies erschwert den pathogenen Keimen die Interaktion mit ihren Rezeptoren auf den Epithelzellen (Deplancke u. Gaskins 2001). Hinzu kommt, dass probiotische Milchsäurebakterien mit dem Darmephitel bzw. dem darmassoziierten Immunsystem mithilfe von Signalstoffen kommunizieren. Dies nennt man auch ‚Bacterial-epithelial crosstalk'. So sondern bestimmte Milchsäurebakterien Signalstoffe ab, welche die Durchlässigkeit der Darmschleimhaut für Durchfallerreger verringern. Zudem regen Probiotika die körpereigene Defensin-Produktion an. Defensine sind antimikrobielle Peptide, die innerhalb der Darmschleimhaut einen wichtigen Schutzfaktor in der Defektabwehr darstellen (Wehkamp et al. 2004; Meyer-Hoffert et al. 2008) und deren Synthese bei chronisch-entzündlichen Darmerkrankungen erschwert ist (s.u.).

Immunmodulierende Wirkung

Die immunmodulierende und antientzündliche Wirkung von probiotischen Milchsäurebakterien wurde in den letzten Jahren intensiv erforscht und für mehrere oral verabreichte Stämme nachgewiesen, so für E. coli Nissle 1917, E. coli 083, Lactobacillus rhamnosus, Lactobacillus plantarum, Lactobacillus gasseri und Lactobacillus acidophilus (Schulze et al. 2008).

Der immunmodulierende Wirkmechanismus variiert je nach Milchsäurebakterienstamm. Zu diesen Mechanismen gehören u.a.:

» *das Anlocken von Makrophagen*
» *die Stimulierung von Sauerstoffradikalen in Makrophagen mit starker antimikrobieller Wirkung*
» *die Stimulierung der keimabtötenden* NO_2*-Sythese in Makrophagen und Darmepithelzellen*
» *die Stimulation der Sekretion immunmodulierender Botenstoffe (Immunglobuline und antiinflammatorische Zytokine)*

Antiallergische Wirkung

Hintergrund für die Überlegung, dass Probiotika eine antiallergische Wirkung haben könnten, ist die sogenannte „Hygiene-Hypothese“ (Vercelli 2006). Danach wird der Mensch in den hochindustrialisierten Ländern immer weniger mit pathogenen Keimen und Parasiten konfrontiert. Dies führt zwar zu einem Rückgang der Infektionskrankheiten; auf der anderen Seite aber auch zu einer Zunahme an Allergien. Da das Immunsystem immer weniger auf pathogene Keime reagieren muss, ist es „untrainiert“ – es kommt zu einer Dysbalance bei den T-Lymphozyten mit einem Überhang an TH2-Zellen. Dies ist typisch für einen Allergiker. Vor diesem Hintergrund wird vielfach versucht, durch die Gabe von Probiotika an Risikokinder während der ersten Lebensmonate, das Immunsystem hin auf eine stärkere Infektabwehr zu entwickeln (Schulze et al. 2008).

Ein anderer Erklärungsansatz bietet die Erkenntnis, dass bei Allergikern (z.B. mit Asthma oder Neurodermitis) Störungen der Darmimmunologie, der intestinalen Mikroökologie und der Barrierefunktion der Darmschleimhaut vorliegen, was zu einer höheren Belastung des darmbasierten Immunsystems führt (Benard et al. 1996). Studien haben gezeigt, dass es mit der Gabe von Probiotika möglich ist, die gestörte Immunitätslage im Darm positiv zu beeinflussen, die Dysbalance in der Darmflora auszugleichen und die Störungen in der Darmpermeabilität auszugleichen (Schulze et al. 2008).

Antikarzinogene Wirkung

Auf den Einsatz von Probiotika bei Krebserkrankungen wird weiter unten noch ausführlich eingegangen. Im Hinblick auf ihre antikarzinogene Wirkung sind vor allem ihre Wirkung auf das Wachstum von Kolonkarzinomzelllinien und Tumormarker wie die Barrierefunktion des Epithels im Darm hervorzuheben. Ein weiterer Aspekt, der sich positiv auf eine Krebserkrankung auswirkt, ist die durch Probiotika induzierte Stärkung des Immunsystems durch die Stimulation der Bildung von immunmodulierenden Botenstoffen wie Zytokinen und Immunglobulinen.

Antiarthritische Wirkung

Die Zusammenhänge zwischen der Darmflora und Gelenkschmerzen sind bekannt. So können bakterielle Fäulnisprodukte Schmerzen des rheumatischen Formenkreises auslösen. In einer doppelblind angelegten klinischen Studie wurde bei 100 Prozent der teilnehmenden Patienten mit Fibromyalgiesyndrom eine Fehlbesiedlung des Dünndarms festgestellt (Pimentel et al. 2004). Allerdings steht die Forschung zu Einsatzmöglichkeiten von Probiotika im Bereich der Rheumatologie noch am Anfang. Es gibt jedoch bereits einige vielversprechende Studien, die darauf hindeuten, dass Milchsäurebakterien bei der Behandlung der rheumatoiden Arthritis in naher Zukunft eine Rolle spielen dürfften. In einem Tierversuch wurde Mäusen, die eine kollageninduzierte Arthritis entwickelt hatten, Lactobacillus casei verabreicht. Ergebnis: Es kam zu einer signifikanten Reduzierung der Inzidenz und einer Verzögerung bei der Entwicklung der Arthritis (Kato et al. 1998). Ähnliche antiarthritische Effekte konnten auch für andere Stämme wie u.a. Lactobacillus plantarum nachgewiesen werden (Murosaki et al. 1998).

Wirkung auf den Stoffwechsel

Die intestinale Mikroflora erfüllt auch eine Reihe von wichtigen Stoffwechselleistungen. Dazu gehören die Synthese von Vitaminen (v.a. B-Vitamine und K2) und die Spaltung bestimmter Nahrungsbestandteile wie Azo-Verbindungen, die therapeutisch bei entzündlichen Darmerkrankungen von Bedeutung ist. Auch die Entgiftungswirkung bestimmter Keimarten ist hier zu nennen. So sind z.B. Bifidobakterien, Lactobazillen und E. coli in der Lage, toxische Substanzen wie Nitrosamine, polyzyklische aromatische Kohlenwasserstoffe oder N-Hydroxyacetylaminofluoren zu entgiften. Andere Keime können bei stark kohlenhydratreicher Nahrung zur Aufrechterhaltung der Stickstoffbilanz des Körpers beitragen (Schulze et al. 2008, S. 30ff). Neuere Forschungsergebnisse belegen auch die besondere Bedeutung der Darmflora für den Fettstoffwechsel. Adipöse Menschen haben eine andere Zusammensatzung der Darmflora als Normalgewichtige. Zudem können bestimmte Milchsäurebakterienstämme Cholesterin assimilieren und so zu einer Senkung des Cholesterinspiegels beitragen (Pereira & Gibson 2002). Auf diese Themen wird weiter unten noch ausführlicher eingegangen.

3. Fermentierte Lebensmittel

Eine wesentliche Nahrungsquelle für probiotische Milchsäurebakterien sind fermentierte Lebensmittel. Mithilfe der Fermentation werden Lebensmittel durch Mikroorganismen so verändert, dass sie sich in punkto Haltbarkeit, Geschmack oder Aroma positiv verändern, fermentierte Lebensmittel bleiben länger frisch und sind besser gegen Fäulniserreger geschützt. Da sie durch die Gärung quasi schon „vorverdaut" sind, werden sie für den Menschen bekömmlicher. Die enthaltenen Vitalstoffe wie Vitamine, Aminosäuren und Mineralien können vom Körper viel besser aufgenommen werden, sind also in einem hohen Maße bioverfügbar.

Zudem ist der Vitamingehalt in fermentierten Lebensmitteln erhöht und bleibt auch länger erhalten. So enthält zum Beispiel Joghurt im Vergleich zur Milch einen bis zu 50 Prozent höheren Anteil an Vitamin B3 (Niacin). Weil Sauerkraut auch nach monatelanger Lagerung noch sehr viel Vitamin C enthält, wurde es schon von Weltumsegler James Cook (1728-1779) auf langen Schiffsreisen mitgeführt, um bei den Seeleuten die Vitamin-C-Mangelerkrankung Skorbut zu verhindern. Darüber hinaus sind Mikroorganismen auch sehr wichtig, um bestimmte Vitalstoffe wie Vitamine, Enzyme und Fettsäuren bilden zu können.

Bei regelmäßigem Verzehr bringen fermentierte Lebensmittel auch das Säuren-Basen-Verhältnis des Körpers wieder ins Gleichgewicht. Denn die organischen Säuren der Milchsäure-Fermentprodukte wirken im Körper basisch. Zudem fördern sie die Entgiftung und Entschlackung, indem sie zum Beispiel Schwermetalle abbauen und Körperflüssigkeiten wie Blut und Lymphe reinigen.

Produkt	Mikroorganismen
Milchprodukte	
Joghurt	Milchsäurebakterien
Kefir / Ayran	Milchsäurebakterien + Hefen
Kumyss (mongolische Stutenmilch)	Milchsäurebakterien
Sauerrahm	Milchsäurebakterien
Getränke	
Kwaß (russischer Brottrunk)	Milchsäurebakterien + Hefen
Bier	Hefen
Wein	Hefen
Sake (japanischer Reiswein)	Hefen
Miso (Sojabohnenpaste)	Fadenpilze + Hefen
Tofu (Bohnenquark)	Fadenpilze
Shoyu (Sojasoße)	Fadenpilze + Hefen
Kombucha (Teegetränk)	Hefen + Teepilz
Gemüse	
Sauerkraut	Milchsäurebakterien
Eingelegtes Gemüse (Mixed Pickles, saure Gurken)	Milchsäurebakterien + Hefen
Kimchi (Koreanischer Kohl)	Milchsäurebakterien + Hefen
Brot	
Sauerteig	Milchsäurebakterien + Hefen
Injera (Äthiopisches Brot)	Milchsäurebakterien + Hefen
Konzentrat	
Zell Oxygen© (mit Enzym-Hefezellen)	Hefen
Essig	Essigsäurebakterien

Leider sind traditionell fermentierte Lebensmittel wie frisches Sauerkraut oder Sauerrahm heutzutage in Mitteleuropa kaum noch Bestandteil des Speiseplans. Bakterien werden vielmehr überall bekämpft, angefangen mit gechlortem Wasser und antibakterieller Seife bis hin zur übertriebenen Einnahme von Antibiotika. Überall dort, wo viele fermentierte Lebensmittel verzehrt werden (z.B. im Kaukasus, in Korea und in Japan), fällt dagegen die deutlich höhere Lebenserwartung der Bevölkerung auf.

Um das bakterielle Gleichgewicht im Körper zu erhalten oder wieder herzustellen, sollte der Therapeut bzw. Ernährungsberater seinen Patienten empfehlen, fermentierte Lebensmittel in guter Qualität in den Speiseplan einzubauen. Leider sind fermentierte Produkte aus dem Supermarkt wie Bier oder Milchprodukte in der Regel pasteurisiert. Brot wird nicht mehr mit natürlichem Sauerteig, sondern mit kommerzieller Hefe gebacken. Daher sollte unbedingt auf die Qualität geachtet werden, hier bieten sich Lebensmittel aus Reformhäusern und Bioläden an.

Auf Nummer sicher geht man, indem man probiotische Nahrungsergänzungspräparate verschreibt, zum Beispiel Enzym-Hefezell-Konzentrate (z.B. Zell Oxygen®) – sie sind fermentiert und versorgen den Körper mit Milliarden frischer Enzym-Hefezellen – oder Probiotika in Kapselform. Hier sollte der Therapeut aber unbedingt auf die Qualitätskriterien achten (s. 5.).

4. Einsatz von Probiotika in der Praxis

Bevor im Praxisteil konkrete Therapievorschläge mit Probiotika zu unterschiedlichen Krankheitsbildern vorgestellt werden, sollen an dieser Stelle deren generelle Einsatzmöglichkeiten vor dem Hintergrund bestehender Studien aufgezeigt werden. Hierbei ist zu berücksichtigen, dass die Studienergebnisse sich in der Regel auf spezielle definierte Bakterienstämme beziehen. Insofern sollte der Therapeut entweder ein Präparat wählen, das genau den Stamm enthält, für den in Bezug auf die zu behandelnde Indikation die entsprechenden Studien vorliegen, oder – die einfachere und sicherere Wahl – ein Präparat mit Multi-Species-Konzept – einsetzen (s.u.).

4.1 Darmsanierung – allgemein und nach Antibiotikatherapie

Im Rahmen der Darmsanierung soll versucht werden, die Darmflora (wieder) in ein gesundes Gleichgewicht zu bringen, also die für den menschlichen Körper nützlichen Darmbakterien, mit denen er in einer für beide Seiten notwendigen Symbiose lebt, zu fördern. Daher wird die Darmsanierung auch oft Symbioselenkung bekannt. Die gesunde Darmflora mit einem ausgewogenen Verhältnis der einzelnen Mikroorganismenarten wird als Eubiose bezeichnet. Eine Störung des Mikrobioms nennt man Dysbiose. Deren Diagnose erfolgt am besten anhand der Untersuchung einer Stuhlprobe (s. Praxisteil). Diese gibt Aufschluss darüber, ob die enthaltenen Bakterien in Anzahl und Zusammensetzung der Arten der natürlichen Besiedelung des Darms entsprechen. Zudem können Pilze wie Candida albicans im Darm nachgewiesen werden. Eine weitere Diagnosemethode, die Hinweise auf eine Störung des Mikrobioms geben kann, ist der Wasserstoff-Atemtest (H_2-Atemtest).

Aufbau und Regeneration der Darmflora

Eine Darmsanierung empfiehlt sich bei allen Krankheitsbildern, die in diesem Buch beschrieben werden, da sie alle einen Bezug zu einer Dysbiose haben. Bei einem sonst gesunden Menschen ist die Symbioselenkung im Sinne einer mikrobiologischen Therapie insbesondere im Anschluss an eine Antibiotikabehandlung besonders wichtig. Eine aktuelle Studie hat nämlich gezeigt, dass die Beeinträchtigung der Darmflora durch Antibiotika deutlich länger anhält als bisher gedacht, nämlich bis zu mehreren Monaten (Jernberg et al. 2010). Eine solche Darmsanierung sollte mit hochdosierten Probiotika erfolgen, die im Sinne eines Multi-Species Konzept mehrere Arten von Milchsäurebakterien enthalten. Denn diese wirken in unterschiedlichen Darmabschnitten und ergänzen sich gegenseitig synergistisch – mehr dazu unter 5.4 (sehr zu empfehlen: Darmflora plus select).

Eine Darmsanierung ist aber natürlich nicht nur nach einer Antibiotika-Therapie zu empfehlen. Auch bei bestimmten Beschwerden, die mit einer Störung der Darmflora assoziiert werden, ist eine mikrobiologische Therapie zum Wiederaufbau einer gesunden Darmflora sinnvoll. Dazu gehören zum Beispiel Verdauungsstörungen wie Durchfall und Verstopfungen, Kopfschmerzen bzw. Migräne, rheumatische Beschwerden sowie eine Schwäche des Immunsystems oder gar des gesamten Organismus. Anzuraten ist eine Darmsanierung auch bei chronischer Müdigkeit oder einer deutliche Gewichtszunahme. Die Darmsanierung sollte neben der Gabe hochwertiger Probiotika auch eine Ernährungsumstellung hin zu weniger Fett, weniger Zucker, weniger tierischem Eiweiß und Weißmehlprodukten und zu ballaststoffreicherer Kost beinhalten. Ballaststoffe können in Form von Inulin und Oligofructose ergänzt werden (z.B. Darmflora plus Dr. Wolz.).

Colonhydrotherapie

Eine im naturheilkundlichen Bereich oft als Start einer mikrobiologischen Therapie angewendete Maßnahme ist die Colonhydrotherapie, eine mechanische Darmreinigung, bei der vorgewärmtes Wasser mit oder ohne Zusatz von Sauerstoff oder Ozon in das Kolon geleitet und wieder entfernt wird, um alte Kotreste aus den Darmtaschen auszuspülen. Hier ist darauf hinzuweisen, dass diese oxidative Maßnahme das anaerobe Dickdarmmilieu zerstört. Daher ist es im Anschluss an eine Colonhydrotherapie erforderlich, durch die Gabe von hochdosierten Probiotika den Sauerstoffgehalt und das Redoxpotenzial soweit abzusenken, dass das Wachstum von strikt anaerob wachsenden Darmbakterien wieder möglich wird. Eine Colonhydrotherapie sollte daher immer mit einer Gabe eines hochdosierten Multi-Species-Probiotikum kombiniert werden.

4.2 Modulation des darmbasierten Immunsystems

Ein wichtiger Einsatzbereich von Probiotika ist die Unterstützung des darmbasierten Immunsystems. Hintergrund sind Studien, die zeigen, dass sich mit Probiotika der bakterielle Stoffwechsel im Gastrointestinaltrakt und Komponenten des Immunsystems messbar beeinflussen lassen (Fuller & Gibson 1997, Alvarez 1997, Schiffrin 1997, Masuzaki 1998), vor allem bei Kindern. Mehrere Studien haben gezeigt, dass Kleinkinder, denen Probiotika ins Milchpulver untergemischt wurden, teilweise deutlich seltener an Durchfall und Erkältungen erkrankten als Kinder einer Kontrollgruppe. Es hat sich auch gezeigt, dass die Gabe von Probiotika-Kombinationen (= Präparate mit Multi-Species-Konzept) effektiver ist als die Gabe von Einzelkeimen. Eine Studie konnte zeigen, dass Bifidobacterium breve die Rekrutierung von angeborenen Immunzellen in die Schleimhaut unterstützt und die physische Barriere des Darmepithels stärkt (Sánchez et al. 2015).
Da Probiotika das Immunsystem stimulieren und die Produktion von TGF-ß und IL-10 fördern sowie günstige Effekte bei einer gestörten

gastrointestinalen Barrierefunktion haben (Kalliomaki 2001, Vandenbulcke 2006), geht man davon aus, dass sich Probiotika auch im extraintestinalen Bereich, also in Bezug auf die respiratorische Mukosabarriere positiv auswirken. Eine aufwändige Studie an gesunden Erwachsenen ergab, dass eine mindestens dreimonatige Prophylaxe mit Probiotika die Erkältungsdauer um zwei Tage verringerte und die Schwere der Symptome reduzierte. Auch die Cochrane Collaboration stellte 2011 fest: Probiotika tragen zur Verhinderung von Infekten der oberen Atemwege bei (s. Studien von Saavedra et. al. 1994, Weizman et al. 2005, Hickson et al. 2007, De Vrese et al. 2005 u. 2006, Hao et al. 2011). In einer Pilotstudie hat die Gabe von Probiotika an Kinder mit Mukoviszidose über einen Zeitraum von sechs Monaten zu einem deutlichen Rückgang der Symptome, wie z.B. der pulmonalen Exazerbationen, geführt (Bruzzese 2007).
Spezielle Untersuchungen mit älteren Menschen haben gezeigt, dass bei diesen nach regelmäßiger Einnahme von Probiotika eine Erhöhung der Immunabwehr festgestellt werden konnte. Sie hatten eine erhöhte NK-Zell-Aktivität und eine im Vergleich zu einer Kontrollgruppe verringerte Infektionsrate (Bunout 2004).

4.3 Chronisch entzündliche Darmerkrankungen

Es gibt zahlreiche experimentelle und klinische Hinweise darauf, dass die intestinale bakterielle Flora bei der Pathogenese der chronisch-entzündlichen Darmerkrankungen (CED) Colitis Ulcerosa, Morbus Crohn und Pouchitis eine Rolle spielt. Zum Beispiel manifestieren sich CED vor allem in den Darmabschnitten mit der höchsten Bakterienkonzentration (Sartor 2008, Seksik et al. 2006). Bei Patienten mit CED ist zudem eine abnorme mikrobielle Zusammensetzung festzustellen (Sartor 2008, Seksik et al. 2006, Swidinski et al. 2008, Kühbacher et al.

2006, Komanduri et al. 2007). Die mikrobielle Flora weist eine veränderte metabolische Aktivität auf, und es findet sich eine erhöhte Zahl Mukosa-assoziierter Bakterien (Sartor 2008).
Vor diesem Hintergrund könnte neben der Modulation der Immunantwort die Modifikation der intestinalen Flora ein erfolgversprechender Therapieansatz bei CED sein. Denn ein wesentlicher Aspekt der Pathogenese ist das Missverhältnis zwischen protektiven zu aggressiven Darmbakterien zuungunsten der protektiven Spezies. Hier gilt es, die Biodiversität der intestinalen Flora günstig zu beeinflussen. Ein weiterer Punkt ist das Triggern der Entzündung durch pathogene Mikrobiotika, deren Anhaftungsfähigkeit an die Mukosa mithilfe von nützlichen Darmbakterien gehemmt werden kann. Auch Gendefekte des Patienten im Hinblick auf die Fähigkeit des Abtötens pathogener Bakterien und bei der mukosalen Barrierefunktion wirken sich pathogenetisch aus und können durch Stärkung und Regeneration der Mukosabarriere therapeutisch angegangen werden. So ist bei CED-Patienten die Synthese der körpereigenen Defensin-Produktion gestört – bei Colitis ulcerosa aufgrund von Regulationsstörungen und bei Morbus Crohn wegen einer reduzierten Zahl an Defensin-Gen-Kopien (Wehkamp et al. 2005). Durch die Verminderung der Defensine bei CED-Patienten fehlen in der Darmschleimhaut wichtige Schutzfaktoren der angeborenen Infektabwehr.
Abschließend seien noch Defekte in der Immunregulation des CED-Patienten genannt, die durch antiinflammatorische Modulation und Stimulation der angeborenen Immunität ausgeglichen werden sollten (Böhm, ST u. Kruis, W. 2009).

Colitis ulcerosa

Mängel bei der Erneuerung und Bildung der inneren Darmschleimhaut führen dazu, dass pathogene Bakterien das Epithel erreichen und dadurch die Entstehung einer Colitis ulcerosa begünstigen können. Wichtig ist also, die Darmschleimhaut intakt zu halten (Chen 2014).

Studien haben gezeigt, dass bei der Colitis ulcerosa eine Therapie mit Probiotika geeignet ist, die Remission bei Patienten zu erhalten. Wichtig ist aber eine längerfristige Gabe. So führte die langfristige Behandlung mit Lactobacillus rhamnosus zu einer Verlängerung der Zeit bis zum Rezidiv (Zocco 2006). Auch drei weitere Pilotstudien mit Lactobacillus- und Bifidobakterien zeigten positive Effekte in Bezug auf die Remissionserhaltung: Einmal konnten durch die Probiotika-Gabe 15 von 20 Patienten über ein Jahr in Remission gehalten werden (Venturi 1999). In der zweiten Studie haben 90 Prozent der Placebo-Gruppe, aber nur 27 Prozent der Probiotika-Gruppe nach einem Jahr ein Rezidiv erlitten (Ishikawa 2003), in der dritten Studie war das Verhältnis ähnlich (93 Prozent zu 20 Prozent) (Cui 2004).
Die positiven Ergebnisse in Bezug auf die Verlängerung der Remissionszeit bei Colitis ulcerosa (und Pouchitis) konnten auch in jüngsten Metastudien bestätigt werden (z.B. Shen 2014). Auch bei der *aktiven* Colitis ulcerosa liefern Studien Hinweise darauf, dass eine Kombination konventioneller Therapien mit der Gabe von Probiotika zu besseren Ergebnissen kommt. Eine Studie hat allerdings festgestellt, dass *Synbiotika* im Vergleich mit Probiotika bei Colitis-ulcerosa-Patienten bessere Ergebnisse erzielen.

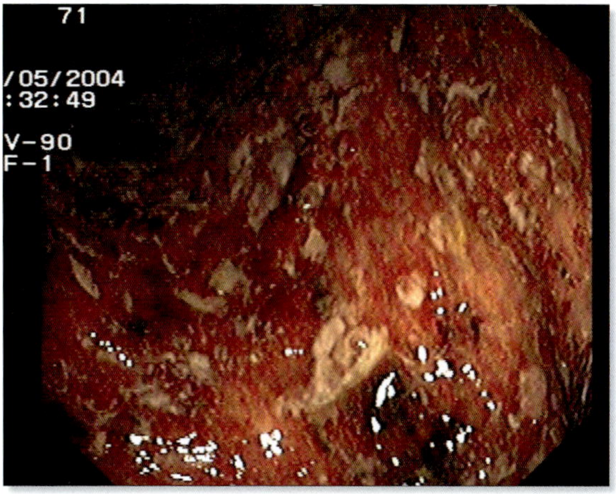

Floride (blühende = aktive) Colitis ulcerosa

Morbus Crohn

In Bezug auf Morbus Crohn kann noch keine klare Empfehlung gegeben werden. Es gibt aber Studien, die gezeigt haben, dass hohe Dosen Probiotika die Remission bei Morbus-Crohn-Patienten erhalten und entzündlichen Effekten entgegenwirken können (s. z.B. Studien von Malchow 1997, Gupta 2000, Zocco et al. 2006, Cui et al. 2004, Ishikawa et al. 2003, Furrie et al. 2005, s. Fujimori et al. 2007, Fujimori et al. 2009, Llopis 2009). Spannend ist eine Studie, bei der die Rezidiv-Neigung der probiotischen Hefe Saccharomyces Boulardii gegen das Morbus-Crohn-Medikament Mesalazin getestet wurde. Während die Rezidiv-Neigung bei der Mesalazin-Gruppe 38 Prozent betrug, waren es in der Hefe-Gruppe nur 6 Prozent (Guslandi 2000). Auch aktuelle Meta-Studien bescheinigen S. boulardii (z.B. im Präparat Sanuzella D) bei Morbus Crohn die besten Ergebnisse (Orel 2014).

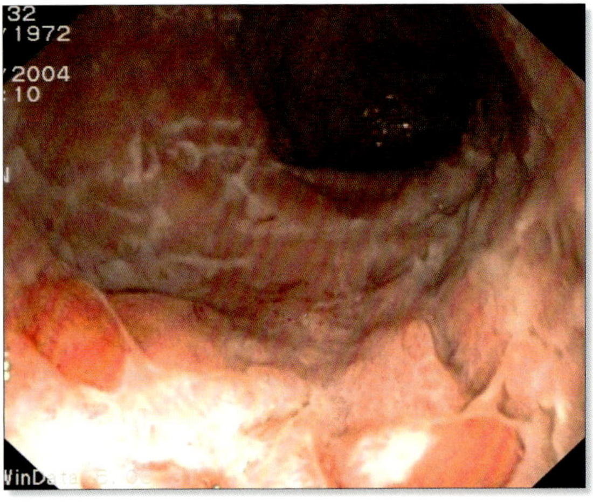

Endoskopiebild bei M. Crohn Pflastersteinrelief im terminalen Ileum

Pouchitis

Bei der operativen Behandlung einer Colitis ulcerosa kommt der ileoanale Pouch zur Anwendung, bei dem durch die Anlage eines Reservoirs eine direkte Verbindung zwischen dem Ileum und dem Anus geschaffen wird, um die Kontinenz des Patienten zu erhalten. Bei bis zu 50 Prozent aller Patienten kommt es innerhalb von 40 Monaten zu einer Entzündung (Pouchitis) dieses künstlich angelegten Beutels aus Dünndarmschlingen (= Pouch). Die Ursache der Pouchitis ist unbekannt, interessant ist aber, dass die Zahl der Lactobacillusstämme und Bifidobakterien im Pouch reduziert ist. Daher vermutet man eine Dysbiose als Ursache dieser Krankheit (Kühbacher 2006, Komanduri 2007, Battista u. Raffals 2014). Einige vielversprechende Studien weisen darauf hin, dass die Gabe von Probiotika zumindest in Bezug auf die Primär- und Sekundärprophylaxe sinnvoll sein könnte (Böhm u. Kruis 2009).

4.4. Infektiöse und funktionelle Darmerkrankungen

Reizdarm

Unter dem so genannten Reizdarm (Colon irritabile) leiden in Deutschland schätzungsweise bis zu 12 Millionen Menschen, davon mehr Frauen als Männer. Dieser Befund stellt nicht nur eine häufige, sondern auch eine große therapeutische Herausforderung für die naturheilkundliche Praxis dar, weil unter dieser Indikation verschiedene Krankheitszeichen zusammengefasst werden, für die keine organischen oder biochemischen Veränderungen erkennbar sind. Die typischen Symptome: Stuhlunregelmäßigkeiten, krampfartige Bauchschmerzen, Druckgefühl im Unterbauch und Blähungen. Zurückführen lässt sich der Reizdarm in der Regel auf maskierte Nahrungsmittelunverträglichkeiten, pseudoallergische Reaktionen auf Zusatzstoffe in der Nahrung, Pilzbefall, exokrine Pankreasinsuffizienz sowie Funktionsstörungen im Bereich von Leber-Galle, Magen oder Bauchspeicheldrüse.

Beim Reizdarm deutet viel darauf hin, dass die Darmflora an der Pathogenese beteiligt ist. Die neue S3-Leitline für Ärzte zum Reizdarmsyndrom empfiehlt vor diesem Hintergrund erstmals Probiotika als Therapieoption. Denn während es bisher nur wenige Arbeiten zu diesem Thema gab, liegen mittlerweile viele tragfähige Studien, Metaanalysen und Reviews vor, die belegen, dass bestimmte probiotische Stämme bei bestimmten Ausprägungen des Reizdarmsyndroms nachweislich wirken (z.B. Williams et al. 2009). So attestiert die Cochrane Collaboration Probiotika eine positive Wirkung in Bezug auf entzündliche Darmerkrankungen, und aktuelle Meta-Analysen offenbaren den Nutzen von Probiotika bei der Verbesserung globaler Reizdarmsymptome, insbesondere bei der Verminderung abdominaler Schmerzen (McFarland & Dublin 2008, Hamad 2014, Ford 2014, Didari 2015). Vor allem Lactobacillus plantarum und Lactobacillus acidophilus führten zu einer signifikanten Reduktion der Reizdarmsymptome (Ringel-Kulka et al. 2011). So liegen mehrere doppelblinde, placebokontrollierte Studien vor, die für Lactobacillus plantarum eine signifikante Reduktion der Reizdarmsymptome nachgewiesen haben, eine davon in Kombination mit Lactobacillus breve (Niedzielin et al. 2001, Sen et al 2002). Auch für Lactobacillus acidophilus konnte ein signifikanter Effekt in Bezug auf die Reizdarmsymptome und den Allgemeinzustand beobachtet werden (Halpern et al. 1996). Eine ganz aktuelle umfangreiche Meta-Studie hat die signifikante Verbesserung der Reizdarmsymptomatik durch die therapeutische Gabe von Lacobacillus noch einmal bestätigt (Tiequn et al. 2015) Auch der medizinische Spezialhefe S. boulardii wird ein positiver Nutzen zugeschrieben (Abbas 2014).

Akute und Antibiotika-assoziierte Diarrhöe (AAD)

Unter einer Diarrhöe versteht man eine vermehrte Stuhlfrequenz von mehr als drei Stuhlentleerungen pro Tag, die mit einem Stuhlgewicht von über 200 g pro Tag mit veränderter (wässriger bzw. breiiger) Konsistenz einhergehen und mindestens zwei Wochen andauern. Oft wird sie begleitet von Übelkeit, krampfartigen Schmerzen und abdominalen Koliken (Dupont 1997). Eine akute Diarrhöe tritt plötzlich auf und dauert nicht länger als zwei Wochen; besteht sie länger, spricht man von chronischer Diarrhöe. Der Einsatz von Probiotika richtet sich dabei nach der Art der Diarrhöe. Dabei wird unterschieden zwischen Antibiotika-assoziierter Diarrhöe (AAD), den akuten Durchfällen aufgrund verschiedener Ursachen und der Reisediarrhöe (auf diese wird unter 4.7. eingegangen). Eine Metaanalyse von placebo-kontrollierten Studien konnte belegen, dass Probiotika das Risiko der akuten Diarrhöen um 34 Prozent senken können (Sazawel 2006). Auch die Cochrane Collaboration attestiert Probiotika aufgrund zahlreicher Studien eine positive Wirkung in Bezug auf entzündliche Darmerkrankungen (Goldenberg 2013). Hintergrund ist, dass die adjuvante Probiotikagabe bei Heliobacter-pylori-Diarrhöen die Keimeliminierung erhöht. Als besonders effektiv bei Durchfallerkrankungen hat sich auch probiotische Hefe erwiesen, also der Stamm Saccharomyces boulardii bzw. Saccharomyces cerevisiae Hansen CBS 5926 (z.B. in Sanuzella® D). In dem Exkurs zu den probiotischen Hefen wird darauf näher eingegangen.

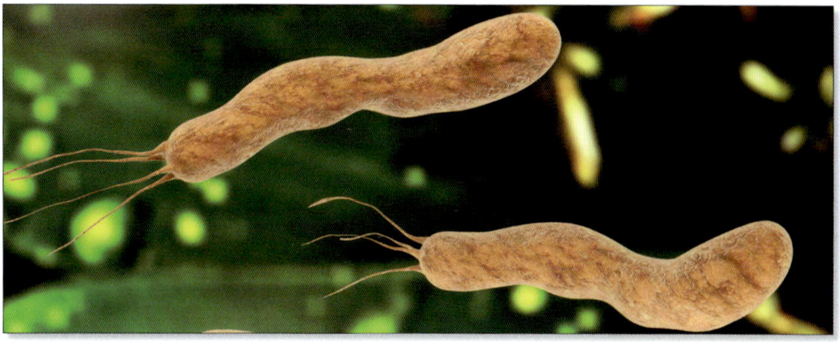

Heliobacter pylori

Besonders häufig treten Antibiotika-assoziierte Diarrhöen (ADD) auf. Da die Antibiotika-Gabe das natürliche Gleichgewicht zwischen aeroben und anaeroben Darmbakterien stört, ist die Probiotika-Gabe eine wichtige Maßnahme, um den Wiederaufbau der Darmflora zu unterstützen. Zudem haben Studien gezeigt, dass die adjuvante Probiotikagabe (zur konventionellen Therapie von Heliobacter-pylori-Diarrhöe) nicht nur die Nebenwirkungen einer Antibiotika- oder Säureblockertherapie vermindert, sondern sogar die Eradikationsrate erhöht (Myllyluoma et al. 2007, De Vrese 2003, Tong et al. 2007). In einer ausführlichen Übersichtsarbeit von 19 randomisierten, kontrollierten Studien erbrachten 18 eine positive Bewertung von Probiotikagabe bei AAD – demnach kann das Risiko einer AAD durch die Gabe von Probiotika um 52 Prozent gesenkt werden (Sazawal et al. 2006). Weitere Metastudien und Reviews kommen zu ähnlichen Ergebnissen, auch in Bezug auf eine Clostridium-difficile assoziierte Diarrhöe (McFarland 2006, Hempel et al. 2012). Dies wird auch von der Cochrane Collaboration bestätigt (Goldenberg 2013).

Da Antibiotika natürlich auch Probiotika zerstören, empfiehlt es sich, das Probiotikum zeitversetzt einzunehmen, d.h., wenn ein Antibiotikum abends eingenommen wird, sollte das Probiotikum morgens eingenommen werden. Oft wird empfohlen, das Probiotikum nach dem Abschluss der Antibiotikumtherapie einzunehmen. Mittlerweile gibt es aber Präparate mit Stämmen, die eine hohe Antibiotikaresistenz aufweisen und die auch in der akuten Phase der Antibiotikabehandlung gegeben werden können, um hier insbesondere die antibiotikaassoziierte Diarrhöe zu behandeln. So basiert z.B. das Präparat Darmflora AAD (von Dr. Wolz) mit Keimen der Stämme Bifidobacterium lactis, Lactobacillus acidophilus und Lactobacillus paracasei auf einer doppelblinden kontrollierten Studie, bei der bei den Probanden gegenüber der Kontrollgruppe Inzidenz und Dauer der Stühle sowie Blut im Stuhl deutlich geringer waren. Auch Fieber, Bauchschmerzen, Blähungen traten mit zunehmender Dosis des Probiotikums deutlich seltener auf. Die Zahl der täglichen flüssigen Stühle und die durchschnittliche Dauer des Durchfalls nahmen mit einer höheren probiotischen Dosierung ab

(Ouwehand et al. 2014). Bei Kindern haben insbesondere Saccharomyces boulardii und Lactobacillus rhamnosus einer aktuellen Meta-Analyse zufolge signifikante positive Effekte bei AAD (McFarland 2014).

Obstipation

Aktuelle Zahlen sprechen davon, dass in Deutschland rund fünf Prozent der Männer und 15 Prozent der Frauen nach dem 25. Lebensjahr unter chronischer Verstopfung leiden. Auch bei Kindern ist diese Indikation relativ häufig. Aber wann spricht man von einer Obstipation? Hier sollte berücksichtigt werden, dass die Häufigkeit des Stuhlgangs von Mensch zu Mensch stark variieren kann und von zweimal pro Tag bis dreimal pro Woche im Normalbereich liegt. Ein Kriterium ist sicher eine unregelmäßige Stuhlentleerung mit hartem und zu trockenem Stuhl. Dies kann mit Anstrengung und Schmerzen bei der Entleerung sowie weiteren Symptomen wie Blähungen, Übelkeit, Bauchschmerzen oder Krämpfen einhergehen. Häufig tritt das Gefühl auf, dass der Darm nicht vollständig entleert wurde.

Oft greifen Patienten selbstständig zu Abführmitteln, was leider häufig nicht angemessen ist oder zu neuen Problemen führt. Konservative Therapieansätze zielen darauf ab, mit Quellmitteln das Stuhlvolumen zu erhöhen oder mit chemischen Mitteln auf den Darm einzuwirken. Zum Einsatz kommen dann abführende Salzmischungen, Quellstoffe, die bei Flüssigkeitszunahme im Darm aufquellen, Laxantien, die dem Körper Wasser entziehen und es im Darm halten, stimulierende Laxantien, die eine aktive Ausscheidung von Elektrolyten und Wasser fördern, sowie Prokinetika, welche die Darmbewegungen unterstützen sollen. Leider führen diese Ansätze oft zu unerwünschten Nebenwirkungen und bergen zudem ein hohes Gewöhnungspotenzial.

Vor diesem Hintergrund sollte die Therapieoption, eine Obstipation mithilfe von Probiotika auf natürliche und möglichst schonende Weise zu beseitigen, auf jeden Fall in Erwägung gezogen werden. Dadurch

kann auf mikrobiologische Weise der Darm-Stoffwechsel angeregt und die Verstopfung auf sanfte Art biologisch beseitigt werden. Studien weisen Darmbakterien eine wichtige Rolle bei der Bewältigung funktioneller Darmstörungen zu. Bei Obstipationen, die nicht durch Organerkrankungen, metabolische Störungen oder Medikamente hervorgerufen werden, ist es sehr gut möglich, dass die Ursache in einer Störung der Darmflora liegt. Deren Symptome können mit Probiotika deutlich gelindert oder sogar beseitigt werden. Eine umfangreiche Metaanalyse von randomisierten, placebokontrollierten Studien zum Einsatz von Probiotika bei Obstipation kam zu dem Schluss, dass Probiotika die Darmdurchgangszeit, Stuhlfrequenz und Stuhlkonsistenz verbessern (Dimidi et al. 2014). So konnte u.a. gezeigt werden, dass bestimmte Milchsäurebakterien die Darmperistaltik erhöhen (Kim et al. 2015).
Vor allem bei Kindern zeigen sich gute Ergebnisse. So konnte zum Beispiel in einer Studie mit obstipierten Kindern durch eine vierwöchige Gabe von verschiedenen Keimen *(Bif. Bifidum, Bif. Infantis, Bif. Longum, L. casei, L. plantarum, L. rhamnosus)* die Stuhlfrequenz bei allen Probanden verbessert werden (Bekkali et al. 2007). Eine weitere randomisierte, doppelblinde Studie zeigte ähnliche Ergebnisse für die Gabe von L. casei. Hier konnten Stuhlfrequenz und -konsistenz bereits nach zwei Wochen verbessert werden (Koebnick et al. 2003). Auch bei den relativ häufig bei Frauen im Wochenbett auftretenden Verstopfungssymptomen konnte eine Studie zeigen, dass der Verzehr von L. casei sich lindernd auswirken kann (Sakai et al. 2014).
Verbessert werden kann der Effekt noch durch die kombinierte Gabe von Probiotika mit Prebiotika, also Synbiotika. So zeigte eine doppelblinde Studie mit Kindern eine positive Wirkung in Bezug auf die Reduzierung der Obstipations-Symptome bei Gabe einer kombinierten Gabe von probiotischen Milchsäuren mit prebiotischen Ballaststoffen (Khodadad u. Sabbaghian 2010). Ein bekanntes Prebiotikum ist Inulin, das über viele gesundheitsfördernde Eigenschaften verfügt. Dazu gehört die Stimulierung von Bifidobakterien und Lactobacillen zulasten pathogener Keime. Weitere positive Effekte auf die Darmflora sind u.a. die Blutzuckersenkung, die Lipidhomöostase, die Verbesserung der

Aufnahme von Mineralstoffen (v.a. Calcium) und immunmodulierende Eigenschaften (Tungland 2000, Boeckner 2001). Bedeutende Produkte der In-vitro-Fermentation des Inulins, die gesundheitsförderndes Potenzial innerhalb der Darmflora haben, sind die kurzkettigen Fettsäuren Butyrat, Acetat und Propionat (Cummings 1987). Auf Basis der aktuellen Studienlage kann konstatiert werden, dass diese z.T. komplexen Fermentationsprodukte aus inulin-artigen Verbindungen prämaligne und entartete Kolonzellen am Wachstum hindern, was eine verminderte Tumorprogression zur Folge haben könnte (Pool-Zobel 205). Die positive Wirkung bei Obstipation basiert auf der erhöhten Biomasse (also Bakterienmenge) und der Anregung der Peristaltik infolge der Senkung des pH-Wertes. Eine doppelblinde Studie mit Kindern zeigte eine positive Wirkung in Bezug auf die Reduzierung der Obstipations-Symptome bei Gabe eines Synbiotikums, also einer kombinierten Gabe von probiotischen Milchsäuren mit prebiotischen Ballaststoffen (Khodadad u. Sabbaghian 2010). Die Zunahme des Stuhlvolumens durch den Verzehr des prebiotischen Inulin wurde in sechs Studien nachgewiesen (s. Metastudie von Collado Yurrita et al. 2014). Die Europäische Lebensmittelsicherheitsbehörde EFSA hat 2015 vor diesem Hintergrund für Inulin folgenden Health Claim vergeben: „Chicorée-Inulin trägt durch die Erhöhung der Stuhlfrequenz zur Aufrechterhaltung eines normalen Stuhlgangs bei."

Inulin wird vornehmlich aus der Zichorie (Chicorée) gewonnen

Verbessert werden können die prebiotischen Effekte noch durch die zusätzliche Gabe von Lactulose (Nicht zu verwechseln mit Lactose!),

die sogar eine noch bessere Wirkung hat als Ballaststoffe (s. hierzu Quah et al. 2006). Im Gegensatz zu Lactose (Milchzucker) kommt Lactulose nicht in der Natur vor – außer in geringen Mengen in erhitzter Milch. Die prebiotische Lactulose begünstigt die milchsäurebildenden Darmbakterien der Darmflora und trägt so zur Beschleunigung der Darmpassage bei (s. auch Fernandez-Banares 2006). Zwei aktuelle doppelblinde, randomisierte Studien an Kindern haben gezeigt, dass durch die Gabe von Lactulose sowohl die Stuhlfrequenz als auch die -konsistenz – bei nur sehr milden Nebenwirkungen – beobachtet werden konnte (Treepongkaruna, S. et al. 2014 und Sadeghzadeh, M. et al. 2014). Positive Nebeneffekte der Lactulose sind, dass sie vermutlich pathogene Bakterien zugunsten der gesundheitsfördernden Bifidusflora und die Produktion und Aufnahme von Endotoxinen reduziert. Daher könnte sich Lactulose auch bei entzündlichen Darmerkrankungen positiv auswirken (Huchzermeyer u. Schumann 1997).
Aus diesen Erkenntnissen heraus sind bei Obstipation vor allem Kombinationspräparate zu empfehlen, die neben einer speziellen Auswahl an probiotischen Milchsäurebakterien auch prebiotische Anteile wie Inulin und Lactulose enthalten (z.B. ‚Darm activ' von Dr. Wolz). Studien haben gezeigt, dass Synbiotika wirksam in Bezug auf die Verbesserung der Stuhlfrequenz und -konsistenz sind. Zudem konnten die Symptome der Anstrengung und des Gefühls der unvollständigen Entleerung bei Erwachsenen mit chronischer funktioneller Verstopfung reduziert werden (Jayasimhan et al. 2013).

4.5 Divertikel und Hämorrhoiden

Die Pathogenese der Colon-Divertikel wird in der aktuellen Forschung als multifaktorielles Geschehen betrachtet, das durch die Ernährung (ballaststoffarm), strukturelle Veränderungen der Darmwand (veränderte Muskulatur, Kollagen, Elastin etc.) und funktionelle Veränderungen (Motilitätsstörung, erhöhter intraluminaler Druck) begünstigt wird. Zudem werden genetische Veränderungen und das Alter als wichtige Faktoren diskutiert. Durch die ballaststoffarme Ernährung nehmen Divertikelkrankheiten in den westlichen Industrieländern stetig zu. Die prophylaktische Einnahme von Probiotika wird in der medizinischen Forschung als vielversprechender Ansatz zur Vermeidung einer Divertikulitis – also einer Entzündung der Divertikel – gesehen (von Rahden u. Germer 2012, Narula u. Marshall 2010, Lamiki 2010). Es gibt aber auch bereits Studien, die belegen, dass eine Probiotika-Gabe die Symptome der Divertikulitis (Schmerzen, exzessive Flatulenz, Blähungen, Defäkationsstörungen) deutlich verringert (s. Studie Fric & Zavoral. 2003, Tursi 2007). Eine aktuelle randomisierte, placebokontrollierte Studie hat gezeigt, dass der Stamm Lactobacillus casei, insbesondere in Kombination mit Mesazalin, die Remission der Symptome einer unkomplizierten Divertikulitis verlängern kann (Tursi et al. 2013). Auch die bei einer unkomplizierten Divertikulitis empfohlene ballaststoffreiche Ernährung zur Linderung der Symptome im Bauchraum wie Bauchschmerzen und Blähungen kann durch die Kombination mit bestimmten Milchsäurebakterienstämmen noch verbessert werden (Annibale 2011, Lahner 2012). Bei Frauen im Wochenbett konnte eine Studie zeigen, dass der Verzehr von L. casei das Auftreten von Hämorrhoiden reduzieren kann (Sakai et al. 2014).

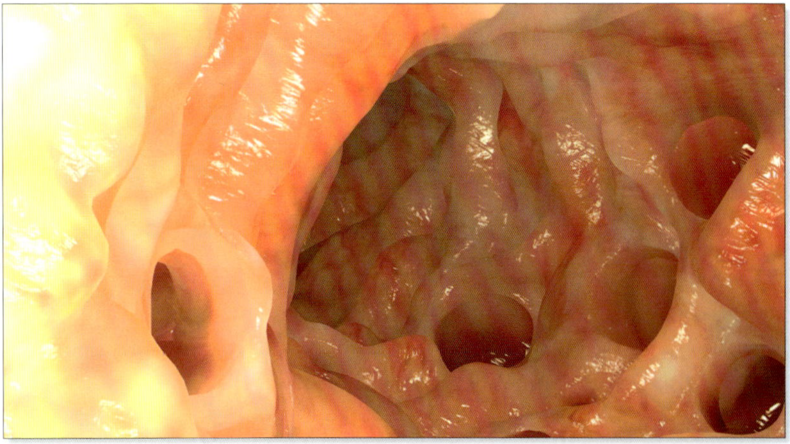

Divertikel im Darm

4.6 Allergien

Studien haben ergeben, dass die Darmflora eines Allergikers in Bezug auf die Kolonialisierungsrate von Bakterien einige Besonderheiten aufweist. So haben diese meist weniger Bifidobakterien und mehr Clostridien im Stuhl. Dabei korrelierte die Kolonialisierungsrate der Clostridien mit dem IgE-Spiegel (Sepp 2005, Gore 2008). Mögliche therapeutische Effekte von Probiotika bei Behandlung von Allergien könnten aus der Stimulation der Muzinsekretion, der Induktion antimikrobieller Peptide oder der Beeinflussung des Immunsystems resultieren (Werfel 2009). Aufgefallen ist zum Beispiel, dass nach einer Probiotika-Behandlung die Interferon-g-Produktion verstärkt wurde. Da Allergiker oft eine erniedrigte Interferon-g-Produktion aufweisen, wäre dies eine Erklärung dafür, dass sich die allergische Reaktionslage mit Probiotika positiv beeinflussen lässt (Pohjavouri 2004, Prescott 2005).
Bestimmte Probiotika können einen antiallergischen Schutz bilden. Einige klinische Studien an genetisch vorbelasteten Säuglingen und Kleinkindern haben gezeigt, dass die Gabe von Probiotika an deren schwangeren und stillenden Müttern bzw. nach dem Abstillen an die Kinder selbst zu einer später geringeren Allergieneigung führte (Kalliomäki 2001, Lodinova-Zadnikova 2003, Rautava 2012). Dass die Verabreichung von Probiotika während der Schwangerschaft und/oder des ersten Lebensjahres die Verbreitung von Infektionskrankheiten in der Kindheit reduzieren kann, wird auch durch eine aktuelle Meta-Analyse bestätigt (Esposito 2014).

Allergische Rhinitis und Asthma

Es gibt mittlerweile zahlreiche Studien, die einen Nutzen von Probiotika bei allergischer Rhinitis aufzeigen. An dieser Stelle seien nur die wichtigsten doppelblinden, placebokontrollierten Studien genannt. In einer Cross-Over-Studie konnte nachgewiesen werden, dass Patienten nach der kurzfristigen Gabe von Lactobacillus paracasei im nasalen Provokationstest eine signifikant niedrigere subjektive nasale Obstruktion hatten als die Versuchspersonen der Placebo-Gruppe (Wassenberg 2011).

Am deutlichsten zeigt sich die Wirkung von Probiotika in Bezug auf die Symptome. Im Rahmen einer Studie mit 47 Kindern, die über einen Zeitraum von vier Monaten eine Kombination aus Lactobacillus acidophilus und Bifidusbacterium lactis erhielten, konnten die polleninduzierte, nasale Eosinophilie und die nasalen Symptome signifikant verringert werden (Ouwehand 2009). Bifidobacterium lactis hatte einer Studie zufolge auch Einfluss auf den nasalen Gesamtsymptomscore von Patienten, die an einer durch Graspollen verursachten allergischen Rhinitis litten: Dieser lag signifikant niedriger als in der Placebo-Gruppe (Singh 2013). Diese positiven Ergebnisse hinsichtlich der Abnahme der „Heuschnupfen-Symptomatik" wurden durch weitere Studien bestätigt (z.B. Lin 2013). Auch eine im Rahmen des GA2LEN-Projekts (Global Allergy and Asthma European Network – ein von der EU finanziertes Netzwerk zur Allergieforschung) durchgeführte doppelblinde, placebokontrollierte Studie, bei der 425 Heuschnupfenpatienten komplementär mit Probiotika behandelt wurden, hat zu einer signifikant verbesserten Lebensqualität und verbesserten okulären Symptomatik geführt (Costa 2014).
Nicht nur die Symptomatik kann durch die Probiotika-Gabe verbessert werden, auch der Medikamentenbedarf lässt sich offenbar reduzieren. Eine doppelblinde, placebokontrollierte Studie, die den Einfluss der Einnahme von Lactobacillus acidophilus auf die Symptomatik und den Medikamentenbedarf bei Patienten mit perennialer allergischer Rhinitis untersuchte, hat gezeigt, dass die Gabe des Probiotikums eine signifikante Reduktion der Medikation gegen nasale Symptome möglich machte (Ishida 2005).

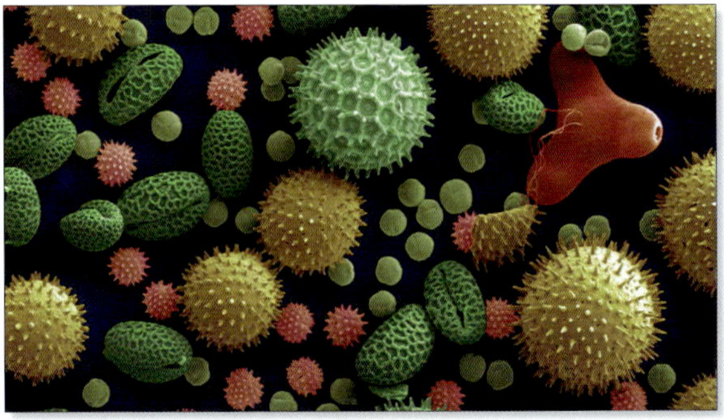

Pollen verschiedener Pflanzen unter dem Mikroskop

Auch bei der Hausstauballergie scheinen Probiotika sich positiv auszuwirken. So wurde im Rahmen einer doppelblinden placebokontrollierten Studie mit 80 Hausstaubmilben-Allergikern festgestellt, dass die Einnahme eines Probiotikums zu einer signifikanten Steigerung der krankheitsbezogenen Lebensqualität führte (Wang 2004).
Zuletzt sei hier noch eine Studie erwähnt, welche die immunmodulatorischen Aktivitäten von Probiotika bei Asthmatikern analysiert. Dabei ist herausgekommen, dass ausgewählte Stämme in der Lage sind, die Sekretion von proinflammatorischen Zytokinen durch periphere mononukleäre Blutzellen zu vermindern, was zu einer Starken Zunahme der IL-10 Produktion führte (Drago 2015).

Atopische Dermatitis (Neurodermitis)

Auch in Bezug auf die Therapie von atopischer Dermatitis liegen bereits positive Studienergebnisse vor (z.B. Drago et al. 2011). So wurden Kinder mit atopischem Ekzem im Alter von zweieinhalb bis 15 Monaten mit einer mit Lactobacillus rhamnosus angereicherten Trockenmilch gefüttert. Nach einem Monat zeigte sich gemäß dem klinischen Index für die Schwere einer atopischen Dermatitis (SCORAD-Wert) eine deutliche Besserung. Auch die TNF-α-Konzentration im Stuhl konnte durch die Gabe von Probiotika gesenkt werden, was auf eine entzündungshemmende Wirkung schließen lässt (Majamaa & Isolauri 1997). In einer doppelblinden placebokontrollierten Studie mit 53 an atopischer Dermatitis leidenden Kindern im Alter von sechs bis acht Monaten konnte ebenfalls eine deutliche Verbesserung des SCORAD-Wertes bei der mit dem Probiotikum behandelten Gruppe festgestellt werden. Der Unterschied zur Kontrollgruppe hielt auch nach Absetzen des Präparates weiter an *(Weston et al. 2005)*. Weitere aktuelle Studien belegen die positive therapeutische Wirkung von Probiotika bei Kindern mit atopischer Dermatitis (z.B. Wang u. Wang 2015, Yesilova 2012, Sistek 2006, Woo 2010). Dies wird auch durch eine aktuelle Meta-Studie bestätigt (Kim 2014). Da es starke Hinweise darauf gibt, dass es für Ekzeme eine genetische Prädisposition gibt, wird auch an der Frage geforscht, ob Probiotika die Expression von mutmaßlichen Allergie-assoziierten Genen modifizieren und dadurch ihre Schutzwirkung ausüben könnten. Eine aktuelle doppelblinde, placebokontrollierte Studie hat gezeigt, dass Probiotika offenbar in der Lage sind, die genetische Prädisposition zur Entwicklung von Ekzemen bei Risiko-Kindern zu vermindern (Marlow 2015).

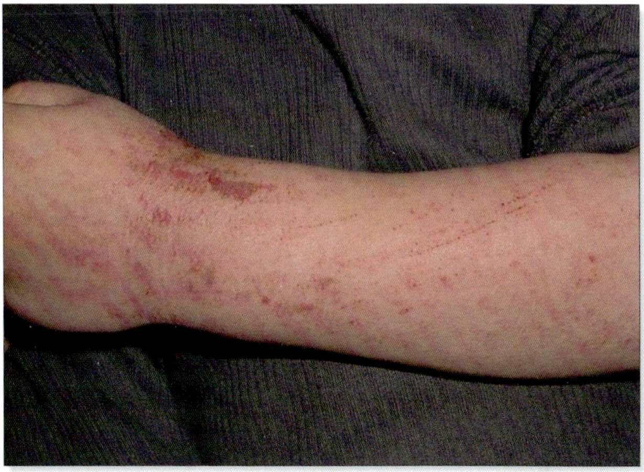

Atopische Dermatitis am Arm eines fünfjährigen Kindes

4.7 Prophylaxe der Reisediarrhöe

Rund 30 bis 40 Prozent aller Fernreisenden werden von mindestens einer zwei- bis dreitägigen Diarrhö heimgesucht. Mehrere Studien konnten nachweisen, dass die prophylaktische Einnahme von Probiotika die Häufigkeit von Reisediarrhö (teilweise deutlich) vermindert. Am effektivsten waren u.a. *L. rhamnosus, L. acidophilus und Bif. bifidum* (s. Studien von Hilton et al. 1997, Oksanen et al. 1990 und McFarland 2007). In einer umfassenden Meta-Analyse von placebokontrollierten

Studien konnte gezeigt werden, dass Probiotika das Risiko der Reisediarrhöe um rund acht Prozent senken können (Sazawel 2008).
Vor allem der Hefestamm Saccharomyces boulardii (z.B. in Sanuzella D) zeigte positive Ergebnisse (s. Exkurs ‚Probiotische Hefen'). So hatten Reisende nach Ägypten und in den Mittleren Osten ein signifikant geringeres Risiko, an Durchfällen zu erkranken, wenn sie vorher regelmäßig des Hefepulvers eingenommen hatten (Kollaritsch et al. 1993).

4.8 Lactoseintoleranz

Die in der Muttermilch und in Milch von Säugetieren vorkommende Laktose besteht aus den beiden miteinander verbundenen Zuckermolekülen Glukose und Galaktose. Da der Darm sie nur als Einzelzucker aufnehmen kann, muss Milchzucker zuerst in seine Bestandteile aufgespalten werden. Dies geschieht durch das in der Schleimhaut des Dünndarms sitzende Enzym Laktase. Liegt ein Mangel (Alaktasie) oder Aktivitätsverlust (Hypolaktasie) dieses Enzyms von mehr als 50 Prozent vor, kommt es zu Unverträglichkeitssymptomen. Bei der Lactose-Malabsorption treten ähnliche Symptome auf wie bei Reizdarm oder Divertikulose (v.a. Bauchschmerzen und Blähungen). Neben einer angeborenen Lactoseintoleranz kann eine Milchzucker-Unverträglichkeit auch infolge verschiedener Erkrankungen auftreten wie Darmkrankheiten oder veränderte Verhältnisse im Magen-Darm-Trakt, zum Beispiel nach einer Operation. Auch eine längere Behandlung mit Antibiotika kann durch die Schädigung der Darmflora, i.e. die bakterielle Fehlbesiedlung des Dünndarms, die Darmfunktionen beeinträchtigen und ein Laktasedefizit auslösen.
Da viele Darmbakterien die Fähigkeit zur Lactoseverdauung besitzen, ist eine Probiotikagabe nahe liegend. Verschiedene Studien haben gezeigt, dass Probiotika den Lactoseabbau im Darm positiv beeinflussen (s. z.B. Marteau et al. 1997, Arrigoni et al. 1994, Guarner et al. 2005,

Li 2012). Einer weiteren Studie zufolge hat die vierwöchige Einnahme eines Probiotikums bei Lactose-intoleranten Patienten die Symptome und die Wasserstoffproduktion verbessert. Diese Auswirkungen können noch mindestens drei Monate nach der Aussetzung des probiotischen Verbrauchs anhalten (Almeida 2012). Wenn die Laktose nicht richtig vom Körper verstoffwechselt wird, produzieren Bakterien im Dickdarm Wasserstoff (H_2). Dass durch eine Probiotika-Gabe sowohl eine signifikante Reduktion der mittleren maximalen H_2-Ausscheidung sowie eine Verbesserung der mittleren klinischen Scores erzielt werden konnte, in einer weiteren doppelblinden placebokontrollierten Studie gezeigt werden (Ojetti 2010).

4.9 Dickdarmtumore

Die Entstehung von Darmkrebs kann durch strukturelle Veränderungen der Darmflora entscheidend begünstigt werden. Hierzu gehören Entzündungen, bakterielle Toxine und toxische mikrobielle Metaboliten. Ursache ist oft eine Störung des Gleichgewichts im Mikrobiom von „guten" zu „schlechten" (i.e. pathogenen) Bakterienkulturen. Störungen in diesem komplexen Ökosystem führen zu physiologischen Veränderungen, die mit der Tumorentstehung assoziiert sein können. Dazu gehören Immunantworten, Zellproliferation und Apoptose. Bedeutsam für die Veränderung der Darmflora und damit die Erhöhung des Dickdarmkrebs-Risikos ist die Wechselwirkung zwischen Ernährung und Darmflora (Bultman 2013). So beeinflussen Veränderungen in der Ernährung die Darmflora und auf der anderen Seite vermittelt die Darmflora die Erzeugung von Faktoren, die Darmkrebs auslösen können. Deshalb richtet sich das aktuelle Forschungsinteresse natürlich auf die Frage, welche der mikrobiellen Lebensgemeinschaften mit der Krebsentstehung verbunden sind. Einige neuere Studien haben Unterschiede in der Darmflora zwischen Darmkrebs-Patienten und gesunden Personen offenbart. Zwar konnte kein einzelner Erreger für Darmkrebs identifiziert werden, allerdings gibt es starke Hinweise darauf, dass die Reduktion der schützenden Bakterien auf der einen und die Zunahme (pathogener) Bakterien (z.B. Fusobacterium, Bacteroides / Prevotella) auf der anderen Seite in Kombination mit altersbedingten Veränderungen des Mikrobioms die Entstehung von Adenomen oder Krebs begünstigen können (Akin u. Tözun 2014).

Vor diesem Hintergrund sollte die begleitende Darmkrebstherapie die mikrobiologische Therapie einschließen, um die Zahl der schützenden Bakterien in der Darmflora zu erhöhen. Und in der Tat gibt es bereits eine Reihe von Tierversuchen, die diese Vermutung bestätigen (Klinder 2009). Auch in humanen Interventionsstudien konnte gezeigt werden, dass z.B. Lactobacillus acidophilus die durch den Genuss von gebratenem Fleisch bewirkte mutagene Aktivität in Stuhl- und Urinproben hemmt (Lidbeck 1992). Ähnliches ließ sich bei gebratenem Hackfleisch mit Lactobacillus casei nachweisen (Hayatsu 1985). In einer randomisierten Studie, bei der Patienten, denen kolorektale Tumore entfernt worden waren, über vier Jahre Lactobacillus casei gegeben wurde, war der Anteil der rezidiven Adenome mit verstärkter Atypie deutlich geringer als in der Placebo-Gruppe (Ishikawa 2005).

Bei Tumorerkrankungen wirken Probiotika am besten in der Promotionsphase der Krebsentstehung, während sie in der Initiationsphase nur wenige Effekte haben (Verghese 2002, Wijnands 1999) (s. Abb. 2). Hier zeigen sie bei In-vitro-Studien z.B. Wirkung auf das Wachstum von Kolonkarzinomzelllinien (Beyer-Sehlmeyer 2003, Klinder 2004, Glei 2006) und Tumormarker wie die Barrierefunktion des Epithels im Darm (Commane 2005). Auch in vivo liegen eine Reihe von Studien auf der Basis von Tierversuchen vor, deren Mehrzahl einen chemopräventiven Effekt durch Präbiotika zeigt (Klinder 2009). Eine Interventionsstudie mit polypektomierten Patienten mit dem Präbiotikum Lactulose führte zu einer signifikant niedrigeren Rezidivrate für Adenome (14,7 Prozent) im Vergleich zur Kontrollgruppe (35,9 Prozent) (Ponz de Leon 1997, Mathers et al. 2003).

Abb. 2

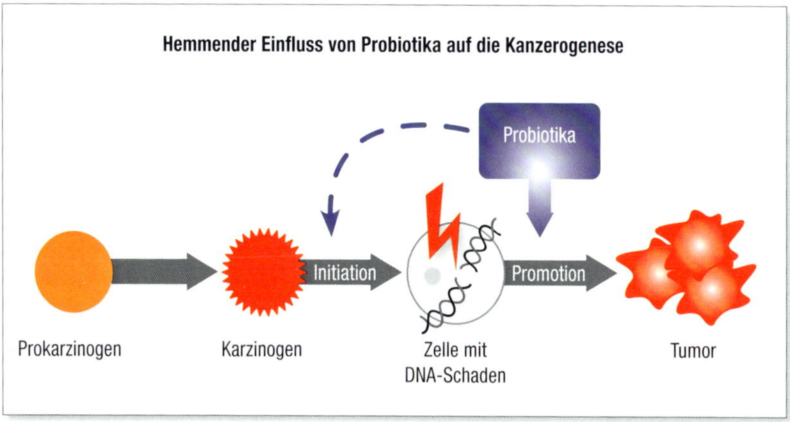

Die Mechanismen, welche die protektive Wirkung von Pro- und Präbiotika bei Kolonkarzinomen begründen, sind noch nicht vollständig erforscht, man vermutet aber folgende Gründe:

1. Reduktion der Karzinogen-Belastung im Darm, d.h. Reduktion von bakteriellen Enzymen, die an der Transformation von Prokarzinogenen zu Karzinogenen beteiligt sind (Rowland 1998, Silvi 1999, Rawland 1993, Buddington 1996)
2. Bindung von Karzinogenen an die Zellwand von Probiotika (Zhang 1991 u. 1993, Bolognani 1997)
3. Aktivierung von Entgiftungsenzymen in der Mukosa (Ebert 2003)
4. Förderung der Apoptose, um DNA-geschädigte Epithelzellen zu entfernen (Hughes 2001, Le Leu 2002)
5. Hemmung des Wachstums dysplastischer Zellen (Beyer-Sehlmeyer 2003, Bauer Marinovic 2006)
6. Verbesserung der Barrierefunktion des Epithels (Commane 2005)
7. Aktivierung des Immunsystems (Seifert 2007)
8. Modulation von Genen, die mit oxidativem und metabolischem Stress assoziiert sind (Sauer 2007a und 2007b)
9. Einfluss auf den Polyamin-Stoffwechselweg in colorectal neoplastischem Gewebe (Linsalata et al. 2014)

10. Verminderung der Konzentration von Kanzerogenen, die über die Nahrung aufgenommen werden (z.B. N-Nitrosodimethylamin) (Nowak 2014)
11. Vorbeugung von Entzündungen, die Vorläufer der Krebsentstehung sein können (v.a. Lactobacillus)

Ein wichtiger Baustein der adjuvanten Krebstherapie ist die Stärkung des Immunsystems. Denn die Stimulation der Bildung von immunmodulierenden Botenstoffen wie Zytokinen und Immunglobulinen durch oral verabreichte Milchsäurebakterien (Helwig et al. 2006) kann sich auch präventiv in Bezug auf Krebserkrankungen auswirken. So wurde im Tierversuch Mäusen, denen das Immunglobulin IL-10 fehlt („IL-10 knock-out-Mäuse) und die daher eine Kolitis entwickelten und ein höheres Risiko für Darmkrebs zeigten, probiotische Laktobazillen gegeben. Dies führte zu einem verringerten Auftreten an Krebserkrankungen (O'Mahony et al. 2001). Neueste Studien lassen darüber hinaus hoffen, dass Probiotika vor dem Hintergrund ihrer Interaktion mit der Darmflora als „bakterielle Biomarker" für die Krebsfrüherkennung genutzt werden können (Brim et al. 2011).

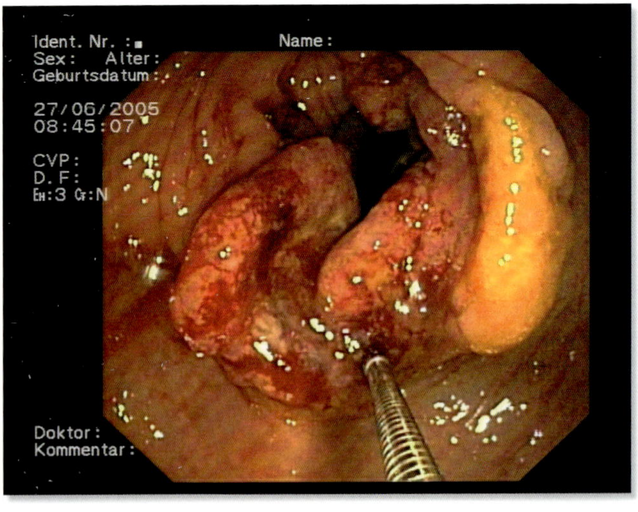

Während einer Koloskopie aufgenommenes Foto eines Karzinomes des Colon ascendens

Die stärksten protektiven Effekte bei Darmkrebs konnten durch die gemeinsame Gabe von Pro- und Präbiotika, also Synbiotika, erreicht werden. So konnte durch die Gabe von Bifidobakterien und einem Fructo-Oligosaccharid die Anzahl der präneoplastischen Läsionen in Karzinogen-behandelten Mäusen signifikant gesenkt werden (Koo 1991). Dieser synergistische Effekt wurde in einer weiteren Studie mit Ratten bestätigt: Hier wurden einmal das Bifidobacterium longum und Inulin einzeln und einmal als Synbiotikum verabreicht. Der Effekt bei einer gemeinsamen Gabe war um 80 Prozent höher. Auch in weiteren Studien konnte dieser synergistische Effekt in Bezug auf die Reduktion von Kolontumoren bestätigt werden (Gallaher 1999, Femia 2002). Für den Menschen liegt bislang nur eine randomisierte, doppelblinde, placebokontrollierte Studie vor. Diese bestätigte die Ergebnisse aus den Tierversuchen und zeigte, dass Synbiotika die Kolonkrebsbiomarker positiv beeinflussen und die Barrierefunktion des Epithels erhöhen (Rafter 2007). Die Intervention mit Synbiotika ist somit der vielversprechendste Ansatz zur Prävention von Kolonkarzinomen. Derartige synbiotische Präparate sind z.B. Darm activ oder Darmflora plus von Dr. Wolz.

Aber auch die alleinige Gabe von Probiotika hat sich in vielen Studien als wirksam erwiesen. Bei den Probiotika weisen insbesondere Lactobacillus-Stämme offenbar die größte antimutagene und antikanzerogene Wirkung auf. In-vitro- und Tierversuchsstudien von 25 unterschiedlichen Stämmen ergaben, dass Lactobacillus casei, Lactobacillus plantarum und Lactobacillus brevis die höchste Antitumor-Aktivität aufweisen (Ahmadi et al. 2014). In einer aktuellen Studie wurde gezeigt, dass Probiotika mit Lactobacillus acidophilus und Lactobacillus casei in der Lage sind, die bösartigen Phänotypen von Darmkrebszellen zu unterdrücken (Soltan Dallal 2015). Ein Präparat, in dem diese Milchsäurebakterien in hoher Qualität und Konzentration (48 Milliarden pro Tagesdosis) vorliegen, ist z.B. das Präparat Darmflora plus Select von Dr. Wolz, in dem aufgrund des Multi-Species-Konzept unterschiedliche Stämme synergistisch zusammenwirken.

4.10 Andere Krebsarten

Neben der protektiven Wirkung von Probiotika bei Kolonkarzinomen haben diese offenbar auch eine Schutzwirkung vor Blasenkrebs. So konnte in einer placebokontrollierten japanischen Studie nachgewiesen werden, dass die regelmäßige Einnahme von Lactobacillus casei zu einem signifikant gesenkten Risiko für Blasenkrebs geführt hat (Ohashi 2002). Auch in Bezug auf die Rückfallrate bei oberflächlichen Blasentumoren konnten zwei randomisierte, doppelblinde, placebokontrollierte Studien zeigen, dass die Gabe von Lactobacillus casei nicht nur die Rückfallquote deutlich senken (Aso 1995), sondern auch die Rekurrenzrate, also die Dauer bis zum Auftreten neuer Tumoren deutlich erhöhen konnte – von durchschnittlich 195 auf 350 Tage (Aso 1992). Hintergrund ist wahrscheinlich die verstärkte Immunantwort gegenüber Blasenkrebszellen, die sowohl bei der oralen Gabe von Lactobacillus rhamnosus (Lim 2002) als auch bei intravesikalen Gabe (= direkte Applikation ins Innere der Blase) von Lactobacillus casei (Takahashi 2001) beobachtet werden konnte.

Auch für Brustkrebs liegen mehrere epidemiologische Studien vor, die darauf hindeuten, dass der Verzehr von Probiotika und fermentierten Produkten, die Milchsäurebakterien enthalten, das Brustkrebsrisiko reduzieren könnte (Aragón 2014, Lakritz 2014). Hintergrund könnte die Herunterregulierung sogenannter Testis Antigene z.B. durch Laktobazillen sein (Azam et al. 2014).

Eine placebokontrollierte Studie hat auch positive Effekte bei Patienten mit Prostatakrebs während einer Strahlentherapie gezeigt. So nahm die Einnahme eines Probiotikums mit Lactobacillus acidophilus nützlichen Einfluss auf die prozentuale Volumenänderung des Mastdarms, die ein entscheidender Faktor bei der Prostatabewegung ist (Ki et al. 2013).

4.11 Einfluss auf die Lebensqualität von Krebspatienten

Nicht nur in der Prävention, auch in der begleitenden Krebstherapie kann sich die Gabe von Probiotika positiv auswirken. So zeigt eine ganz aktuelle, im Dezember 2014 veröffentlichte doppelblinde, randomisierte, placebokontrollierte Studie, dass Probiotika Darmsymptome und Lebensqualität von Darmkrebs-Überlebenden verbessern: Die Teilnehmer nahmen zweimal täglich über zwölf Wochen ein Probiotikum mit zwei Lactobacillus-Stämmen oder ein Placebo ein. Ermittelt wurden die krebsbedingte Lebensqualität (mit dem FACT-Score-System), die allgemeines Gesundheit (PHQ-9-System) und Darmsymptome. Danach hat sich die auf Darmkrebs bezogene Lebensqualität signifikant verbessert (u.a. die ermüdungsbedingte, also Cancer-Fatigue-bedingte Lebensqualität), der Anteil der Patienten mit Reizdarm-Symptomen ging deutlich zurück und das funktionelle Wohlergehen besserte sich ebenfalls (Lee et al. 2014). Eine Metastudie, die elf Studien über den Einsatz von Probiotika bei Krebs untersuchte, hat festgestellt, dass Probiotika die Schwere und Häufigkeit von Durchfall bei Patienten mit Krebs senken und dadurch die Notwendigkeit für Durchfall-Medikamente reduzieren können (Redmann et al. 2014).

Auch in der postoperativen Nachsorge wirken sich Probiotika positiv aus. So konnten postoperative infektiöse Komplikationen bei Patienten mit Dickdarmkrebs mit Probiotika laut randomisierten klinischen Studien verringert werden [43]. Ebenso konnten das funktionale Ergebnis und die gesundheitsbezogene Lebensqualität bei Patienten nach einer chirurgischen Resektion des Kolonkarzinoms nach Einnahme von Probiotika deutlich verbessert werden (Ohigashi et al. 2011).

Bei der Behandlung tumorgetriggerter gastrointestinaler Störungen (v.a. Durchfälle) und Mykosen hat sich auch eine andere Art von Probiotika bewährt, nämlich die medizinische Spezialhefe Saccharomyces boulardii (z. B. Sanuzella D) (Ohigashi et al. 2011, Yang et al. 2014). Diese hat zudem offenbar auch antikanzerogene Eigenschaften (Ohashi et al. 2014). Ein anderer spannender Aspekt ist, dass Probiotika offenbar auch Einfluss auf die klinische Angst und biochemische Eigenschaften von Stress haben: In einer doppelblinden, placebokontrollierten Studie gab man Patienten, bei denen eine Laryngektomie geplant war, im Vorfeld Probiotika und bewertete deren Grad der Angst mithilfe der Hamilton-Angst-Skala (Hamilton Anxiety Scala, HAMA). Zudem wurden der Serumspiegel des Corticotropin-Releasing-Faktors und die Herzfrequenz gemessen. Im Vergleich zur Placebogruppe wurden bei der Probiotikagruppe die klinische Angst und die biochemischen Eigenschaften von Stress deutlich gemindert (Aso et Akazan 1992).

4.12 Lebererkrankungen

Aufgrund der Interaktionen zwischen dem Darm, der Leber und dem Immunsystem spielt die intestinale Flora offenbar auch bei Lebererkrankungen eine wichtige modulierende Rolle. Hintergrund ist der Einstrom von Bakterienbestandteilen wie z.B. Endotoxine und Lipopolysaccharid über das Blut aus dem Darm in die Leber innerhalb des Pfortadersystems, die sogenannte bakterielle Translokation. Dieser verstärkte Übertritt von Bakterien oder bakteriellen Produkten in den Blutkreislauf ist bei fortgeschrittener Leberzirrhose v.a. durch gramnegative Enterobakterien pathologisch gesteigert (Cicera 2001). Die bakterielle Translokation löst in der Leber verschiedene Prozesse aus wie u.a. die Freisetzung von Zytokinen und Chemokinen, die wiederum unterschiedlichste pathologische Entwicklungen triggern. Dazu gehören die hepatische Fibrogenese, also die krankhafte Vermehrung von Bindegewebe in der Leber, die als entscheidender Schritt zur Leberzirrhose gilt, oder weitere entzündliche Reaktionen der Leber (Seki 2007, Fukui 2005, Jirillo 2002, Lalor 2007). Die pathophysiologischen Hintergründe dieser Krankheitsgeschehen sind bakterielle Überwucherungen, eine gesteigerte intestinale Permeabilität aufgrund mukosaler Barrieredysfunktion und eine verminderte Immunabwehr (Wiest u. Schölmerich 2009).

Abb. 3: Intrahepatische Effekte von Bakterienbestandteilen der Darmflora und assoziierte mögliche Auswirkungen (nach Wiest u. Schölmerich 2009)

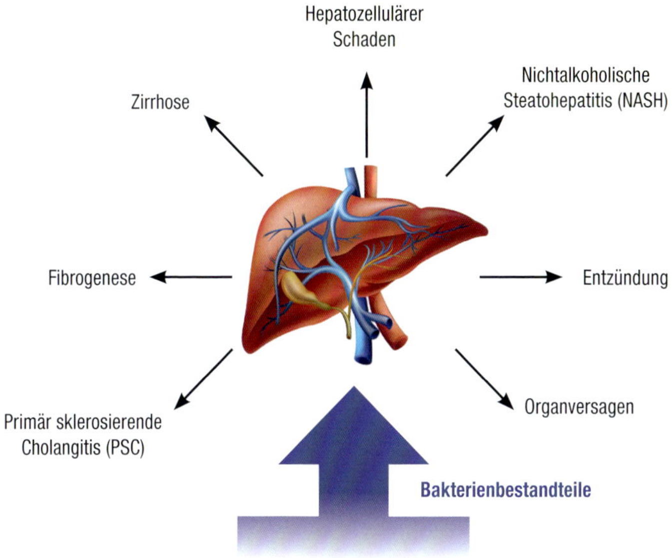

Studien deuten darauf hin, dass diese durch die bakterielle Translokation getriggerten Pathomechanismen mit der Gabe von Probiotika positiv beeinflusst werden können. So hat z.B. eine doppelblinde, placebokontrollierte Studie gezeigt, dass Probiotika das Risiko des Wiederauftretens einer hepatischen Enzephalopathie und bei Patienten mit Zirrhose die Zahl der Krankenhauseinweisungen und Schwere der Lebererkrankung verringern konnten (Dhiman et al. 2014).

Im Hinblick auf die Leber wirken sich Probiotika in vielfacher Hinsicht positiv aus. Sie

» *scheinen die bakterielle Überwucherung im oberen Gastrointestinaltrakt der Zirrhosepatienten zu hemmen (Yakovenko 2007).*
» *können die Anhaftungsfähigkeit pathogener und kommensaler Keime (v.a. E. coli) an der Darmschleimhaut behindern.*
» *stabilisieren die Darmschleimhautbarriere (Salminen 1996, Ukena 2007).*
» *stärken die Wirtsabwehr gegen Infektionen (Sato 1988, Perdigon 1995, Delneste 1998).*
» *steigern die bakterielle Clearencefunktion der Leber im Sepsismodell (Bu 2006).*
» *führen bei einer Leberzirrhose zu einer deutlichen Verminderung der systemischen Endotoxinämie, also der Minderung der Endotoxin-Konzentrationen im Blut (Hai 2004, Lata 2006, Lui 2004).*
» *verbessern offenbar die Darm-Homöostase und verhindern darmgetriggerte Komplikationen bei chronischen Lebererkrankungen (Moratalla 2015).*
» *erhöhen die intestinalen und senken die hepatischen Fettsäuren und erhöhen zugleich die Aminosäurekonzentration, wodurch die Folgen einer alkoholinduzierten Fettleber abgemildert werden könnten (Shi et al. 2015).*

4.13 Adipositas und metabolisches Syndrom

Dass die Darmflora eine wichtige Rolle bei der Pathogenese des metabolischen Syndroms hat, wird mittlerweile durch Studien sowohl am Menschen als auch an Tiermodellen bestätigt. Deren mikrobielle Zusammensetzung und Funktionen werden stark durch die Ernährung beeinflusst. Dieser komplexe intestinale „Superorganismus" scheint das metabolische Gleichgewicht des Wirts zu beeinflussen, indem er die Energieaufnahme, die Darmmotilität, den Appetit, den Glucose- und Fettstoffwechsels sowie den Leberfettspeicher moduliert. Eine Beeinträchtigung dieser feinen Balance zwischen den Darmbakterien und dem Immunsystem des Wirtes könnte im Darm die Translokation von bakteriellen Fragmenten und die Entwicklung einer "Stoffwechsel-Endotoxämie" fördern. Diese Vergiftung, die durch den Zerfall von Bakterien verursacht wird, kann letztlich zu systemischen Entzündungen und zur Insulinresistenz führen. Die Manipulation der Darmflora durch die Verabreichung von Präbiotika und Probiotika kann diese niedrigschwelligen entzündlichen Prozesse im Darm reduzieren und die Darmbarriere intakt halten und dadurch das metabolische Gleichgewicht erhalten und die Gewichtsabnahme fördern (Festi 2014).

Dass die Zusammensetzung der Darmflora auch darüber entscheidet, ob jemand übergewichtig ist oder nicht, wird mittlerweile von mehreren Studien bestätigt. Denn die Darmflora von Übergewichtigen und Normalgewichtigen unterscheidet sich. Erste Studien hierzu wurden an Mäusen durchgeführt. Sie legten nahe, dass die Darmflora adipöser Mäuse eine funktionelle Bedeutung haben könnte, weil sie die Energieausbeute aus den verzehrten Nahrungsmitteln beeinflusst (Turnbaugh et al. 2006). Sehr schnell folgten dann Humanstudien, die aufzeigen konnten, dass diese Ergebnisse auch auf den Menschen übertragbar sind (Ley et al. 2006). Eine Kohortenstudie mit adipösen Kindern legt die Schlussfolgerung nahe, dass höhere Bifidobakterien-Anteile in der Darmflora mit Gewichtsstabilität assoziiert sind (Kalliomäki et al. 2008).

Die Frage ist, ob die Darmflora von Adipösen durch Probiotika „normalisiert" werden kann und dadurch Übergewicht, Adipositas und

Adipositas-Folgeerkrankungen wirksam behandelt werden können. Auch hier wurden erste Versuche mit Mäusen durchgeführt: So hat man zum Beispiel durch die Gabe von Lactobacillus plantarum den Glucosespiegel, das Körpergewicht und den Körperfettanteil von adipösen Mäusen signifikant reduzieren können (Lee et al. 2007). Erwähnenswert ist auch, dass die Prävalenz psychischer Erkrankungen, insbesondere von Depressionen und Demenz, durch Übergewicht erhöht wird. Ein Tierversuch konnte nachweisen, dass Adipositas-assoziierte Veränderungen der Darmflora das neurokognitive Verhalten bei Mäusen beeinträchtigen. Aus diesem Grund wird auch angenommen, dass durch die Manipulation der Darmflora mit Probiotika die neurologischen Komplikationen der Adipositas gemildert werden könnten (Bruce-Keller 2015).

In Bezug auf den Menschen geben ganz aktuelle Studien Hoffnung: Eine untersuchte die Auswirkungen einer Lactobacillus-rhamnosus-Supplementierung auf den Gewichtsverlust und dessen Erhaltung bei übergewichtigen Männern und Frauen über 24 Wochen. In dieser doppelblinden, placebokontrollierten, randomisierten Studie nahmen die Probanden jeden Tag entweder zwei Placebo-Kapseln oder zwei Kapseln mit den entsprechenden Milchsäurebakterien. Vor allem bei den Frauen konnte ein signifikanter Unterschied zur Placebo-Gruppe in Bezug auf die Veränderungen im Körpergewicht und bei der Fettmasse festgestellt werden. Die Autoren der Studie kamen zu dem Schluss, dass der Stamm Lactobacillus rhamnosus übergewichtigen Frauen hilft, eine nachhaltige Gewichtsabnahme zu erreichen (Sanchez et al. 2014). In einer anderen placebokontrollierten Studie wurde an 70 sechs- bis 18-jährige adipöse Kinder und Jugendliche über acht Wochen ein Synbiotikum verabreicht. Am Ende der Studie war die Abnahme des Body-Maß-Index (BMI), des Taillenumfangs und des Taille-Hüft-Verhältnisses in der Synbiotikum-Gruppe signifikant höher als in der Placebo-Gruppe (Safavi 2013). Eine aktuelle Studie hat herausgefunden, dass die Einnahme von Lactobacillus casei dazu führt, dass die Nahrungsaufnahme akut gesenkt wird, die zugrunde liegenden Mechanismen sind aber noch unklar (Bjerg 2014).

Auch in Bezug auf das Risiko, am metabolischen Syndrom zu erkranken (Adipositas, Diabetes mellitus Typ II), geben aktuelle Studien Grund zur Hoffnung. Bei einer placebokontrollierten Studie wurde nachgewiesen, dass durch die Gabe eines probiotischen Getränkes die Aufnahme der Nahrungsfette reduziert werden kann (Ogawa 2014).

Besonderes Augenmerk muss bei einer spezifisch-probiotischen Intervention auf die Schwangerschaft gelegt werden. Denn in dieser kritischen Phase werden entscheidende Weichen für die spätere Disposition der Kinder im Hinblick auf das metabolische Syndrom gestellt. Viele Studien deuten darauf hin, dass Probiotika durch die Modulation spezifischer Zielfunktionen über die ernährungsphysiologischen Wirkungen klinische Effekte ausüben können (Isolauri 2015).

4.14 Hyperlipidämie

Kardiovaskuläre Erkrankungen sind eine der Hauptursachen für Todesfälle bei Erwachsenen in der westlichen Welt. Erhöhte Werte bestimmter Blutfette gelten als Hauptursache für Herzkreislauferkrankungen und andere Indikationen in den entwickelten Ländern. Mehrere Tier- und klinische Studien haben einen Zusammenhang zwischen dem Cholesterinspiegel und den Risiken einer koronaren Herzkrankheit gezeigt. Aktuelle Ernährungsstrategien zur Prävention von Herzkreislauferkrankungen propagieren eine fettarme Ernährung. Auch wenn eine fettarme Ernährung unter experimentellen Bedingungen ein wirksames Mittel zur Senkung der Blutcholesterinkonzentrationen zu sein scheint – sie sind aufgrund schlechter Compliance, geringer Schmackhaftigkeit und fehlender Akzeptanz bei den Patienten wenig erfolgversprechend. Daher wird seit Jahren nach anderen Nahrungsbestandteilen geforscht, die den Cholesterinspiegel senken können.

Dabei hat sich herausgestellt, dass eine Ergänzung der Ernährung mit fermentierten Milchprodukten oder Milchsäurebakterien das Potenzial hat, den Serum-Cholesterinspiegel zu senken (Mistry 2014). Mittlerweile gibt es zahlreiche Studienergebnisse zur hypocholesterinämischen Wirkung von Probiotika. Ursache könnten die folgenden Mechanismen sein (Kumar 2012, Aggarwal 2013):

» *Assimilation des Cholesterins durch wachsende Zellen*
» *Bindung von Cholesterin an die Zelloberfläche*
» *Aufnahme von Cholesterin in der Zellmembran*
» *Dekonjugation der Galle durch Gallensalz-Hydrolase*
» *gemeinsame Fällung von Cholesterin mit dekonjugierter Galle*
» *Bindungswirkung von Galle durch Ballaststoffe*
» *Produktion von kurzkettigen Fettsäuren durch Oligosaccharide*

Tierversuche haben gezeigt, dass die Gabe von Probiotika (hier Lactobacillus rhamnosus) die Darmflora der Versuchstiere dahingehend veränderte, dass sie die Häufigkeit der Firmicuten reduzierten, also die Bakterienstämme, die aus Ballaststoffen und Pflanzenfasern Zucker und Fettsäuren herstellen und damit für einen höheren Cholesterinspiegel und letztlich auch für eine Gewichtszunahme verantwortlich zeichnen (Chen 2014). Hinzu kommen weitere positive Wirkungen wie die antioxidative Wirkung (Stimulation der mit HDL assoziierten Paraoxonase-1) und die Verringerung bestimmter intestinaler Faktoren, welche die Cholesterinaufnahme unterstützen, wie der Sterin-Träger NPC1L1 (Niemann-Pick C1 Like-1) und das mikrosomale Triglycerid-Transferprotein MTP (Stancu 2014) sowie (bei Lactobacillus plantarum) die Expression von Nrf2, einem wichtigen Protein im antioxidativen System (Gao 2013, Wang 2013).

Die cholesterinsenkende Wirkung von Bifidusbakterien konnte nicht nur in In-vitro- und In-vivo-Studien (Bordoni 2013), sondern auch in einer placebokontrollierten Studie an Kindern nachgewiesen werden. So konnte die Gabe mehrerer Bifidus-Stämme in Kombination mit einer speziellen Cholesterindiät den HDL-Wert erhöhen und den LDL-Wert der Probanden senken, so dass die Autoren zu dem Schluss kommen, dass Kinder mit Dyslipidämie von der Probiotika-Gabe profitieren (Guardamagna 2014). Dieses Ergebnis wird auch durch weitere placebokontrollierte Studien bestätigt (Safavi 2013).

Einfluss auf den Gallensäurestoffwechsel

Die Gallensäuresynthese aus Cholesterin findet in der Leber statt. Wird eine fetthaltige Mahlzeit gegessen, so werden die Gallensäuren aus der Galle in den Darm ausgeschüttet. Sie unterstützen durch Bildung von Mizellen entscheidend die Fettverdauung. Auf diesem Wege werden die Gallensäuren zu einem großen Teil recycelt und dem Körper wieder zugeführt. Spezielle probiotische Spezies können diesen Kreislauf beeinflussen und damit indirekt die Cholesterinausscheidung über die Galle fördern. So wurde festgestellt, dass einzelne Probiotika das Enzym Gallensalz-Hydrolase (BSH) besitzen, mit dem die Gallensäuren dekonjugiert werden. Durch diese Spaltung entstehen schwerlösliche Produkte, die vom Körper nicht mehr aufgenommen werden können und in der Folge mit dem Faeces ausgeschieden werden. Um diesen „Verlust" an Gallensäuren zu ersetzen, muss der Körper unter Verwendung von Cholesterin diese wieder neu bilden (Kumar 2012; Anandharaj 2014; Lye 2009).

Abbildung 2: Einfluss von Probiotika auf den Cholesterinspiegel – Cholesterin als Vorstufe zur Gallensäuresynthese und die Rolle der Gallensäurehydrolase (BSH); Abbildung aus Kumar 2012.

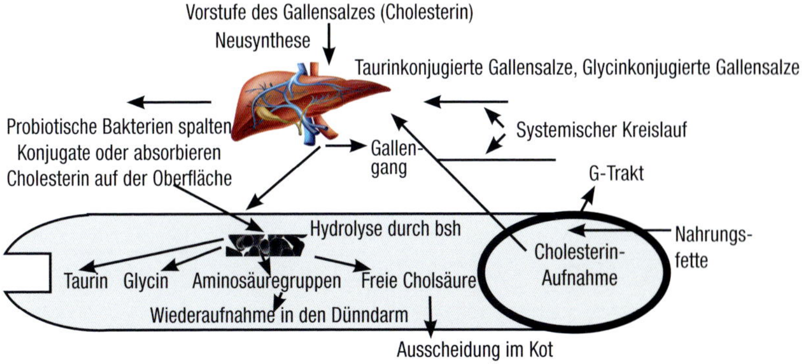

Bindung von Cholesterin

Einzelne Probiotika haben die Eigenschaft, Cholesterin aufzunehmen und in die eigene Zelloberfläche/Membranstruktur einzubauen. Weiterhin kann Cholesterin durch Adhäsion an die Probiotika gebunden werden, wodurch dieses Cholesterin für eine weitere Resorption durch die körpereigenen Prozesse nicht mehr verfügbar ist. Von den etwa 0,3 g Cholesterin, die mit der Ernährung aufgenommen werden, kann so ein Teil wieder eliminiert werden (Kumar 2012, Anandharaj 2014, Lye 2009).

Bildung von kurzkettigen freien Fettsäuren

Durch die Ansiedlung der Bakterien im Darm und deren Stoffwechselleistungen werden durch Verstoffwechslung von Nahrungsbestandteilen kurzkettige freie Fettsäuren gebildet. Die kurzkettige Fettsäure Propionsäure wird vom Körper aufgenommen und kann in der Leber die Cholesterinneubildung durch Hemmung der HMG-CoA-Reduktase (3-Hydroxy-3-Methylglutaryl-Coenzym-A-Reduktase) hemmen (Kumar 2012, Anandharaj 2014, Lye 2009).
Mittlerweile sind Präparate zur diätetischen Behandlung eines erhöhten Cholesterinspiegels auf der Basis von Probiotika erhältlich. So enthält „Cholesterin Control" der Firma Dr. Wolz drei verschiedene Lactobacillus-plantarum-Stämme, nämlich die spezifischen Stämme Lactobacillus plantarum CECT 7529, CECT 7527 und CECT 7528. Für diese wurden die oben beschriebenen cholesterinsenkenden Wirkmechanismen von Probiotika in vitro nachgewiesen. Dabei zeichnen sich alle drei Stämme im Vergleich zu den herkömmlich kommerziell eingesetzten Stämmen durch eine erhöhte BSH-Aktivität aus. Weiterhin wurden alle beschriebenen Stoffwechselprozesse (aktive Aufnahme, Einbau in Bakterienzellwände sowie Adhäsion) bei den Stämmen nachgewiesen. Der Stamm CECT 7528 zeigt im Vergleich zu den anderen Spezies die höchste Adhäsionskapazität (23,6 Prozent der Zellen hatten Cholesterin angelagert) und trägt so zu einer erhöhten Cholesterinbin-

dung aus der Nahrung bei. Als Stoffwechselprodukt der Laktobazillen werden kurzkettige Fettsäuren gebildet. Der verwendete Stamm CECT 7529 zeichnet sich als potenter Propionsäurebildner aus und trägt so zur Hemmung der Cholesterinneusynthese in der Leber bei. Die in diesem Präparat eingesetzten Stämme zeichnen sich somit sowohl durch einen Einfluss auf die Cholesterinneusynthese wie auch durch eine vermehrte Cholesterin-Ausscheidung aus. Zusätzlich wurden im Rahmen der Arbeiten von Bosch et al. die probiotischen Eigenschaften der drei Spezies untersucht und bestätigt sowie die Sicherheit der Stämme im Tierversuch dokumentiert (Bosch 2014). Die beschriebenen Stoffwechselreaktionen bleiben demnach im Rahmen der Bandbreite normaler physiologischer Wirkungen.
Das Potenzial der drei in dem Präparat „Cholesterin Control" verwendeten Stämme, Cholesterin zu senken, wurde zudem in einer produktspezifischen Studie bestätigt (Fuentes 2014). Die veröffentlichten Ergebnisse weisen produktspezifisch die cholesterinsenkenden Effekte der Kombination Lactobacillus plantarum CECT 7527, CECT 7528 und CECT 7529 nach. In der Studie von Fuentes et al. wurde die Wirksamkeit des probiotischen Kombinationsproduktes bei 60 Patienten mit erhöhten Cholesterinspiegeln jedoch ohne medikamentöse Behandlung (Gesamtcholesterin 200–300 mg/dl; LDL-Cholesterin 130–190 mg/dl) untersucht (Fuentes 2014). In der randomisierten, doppelblinden placebokontrollierten Parallel-Design-Studie wurde nach zwölfwöchiger Einnahme eine signifikante Reduktion der Cholesterinwerte festgestellt (Lactobacillus plantarum 213,8 mg/dl vs. Placebo: 242,0 mg/dl). Auch die LDL-Cholesterinspiegel wurden unter Supplementation mit Lactobacillus plantarum im Vergleich zu Placebo im Trend gesenkt (142,2 mg/dl vs. 158,5 mg/dl). Innerhalb der Lactobacillus-plantarum-Gruppe konnte eine Senkung von LDL-Cholesterin um 14,7 Prozent und Gesamtcholesterin um 13,6 Prozent erzielt werden. Im Vergleich dazu lag die Senkung in der Placebo-Gruppe bei nur 5,8 Prozent LDL-Cholesterin und 4,2 Prozent Gesamtcholesterin. Im Gegensatz dazu konnte durch die Supplementation mit Lactobacillus plantarum HDL-Cholesterin signifikant erhöht werden (47,1 mg/dl

nach zwölfmonatiger Supplementation im Vergleich zu 44,2 mg/dl zu Studienbeginn).
Die Effekte von Lactobacillus plantarum auf den Cholesterinspiegel konnten auch nach einer vierwöchigen Washout-Phase aufrechterhalten werden, so dass die Nachhaltigkeit der Probiotika gezeigt wurde. Im Rahmen der Studie wurden auch nach sechs wöchiger Supplementation Blutproben gewonnen und der Lipidstatus bestimmt. Zu diesem Zeitpunkt war bereits eine Senkung der Cholesterinwerte zu erkennen, eine Signifikanz gegenüber Placebo wurde jedoch erst nach zwölf wöchiger Supplementation erzielt.
In einer zusätzlichen Subgruppenanalyse, bei der die Studiengruppe in zwei Untergruppen mit Cholesterinwerten zwischen 250–300 mg/dl sowie 200–250 mg/dl unterteilt wurde, wurde die signifikante Senkung von Cholesterin nach zwölf wöchiger Supplementation im Vergleich zu Placebo für beide Subgruppen bestätigt. Die Effekte in der Subgruppe mit höheren Cholesterinspiegeln waren stärker ausgeprägt mit einer zusätzlich signifikanten Reduktion der LDL-Cholesterinspiegel gegenüber Placebo (Werte nach zwölfwöchiger Supplementation: Placebo 171,7 mg/dl; Lactobacillus plantarum 153,9 mg/dl; $p<0,05$). In der Subgruppe mit Ausgangscholesterinspiegeln zwischen 200–250 mg/dl konnte im Vergleich zu Placebo für LDL-Cholesterin nur ein Trend gezeigt werden (Werte nach zwölf wöchiger Supplementation: Placebo 141,4 mg/dl versus Lactobacillus plantarum 131,9 mg/dl; $p<0,10$). Die cholesterinsenkende Wirkung der Probiotika wurde in der Studie eindeutig bestätigt.

4.15 Vaginalkrankheiten

Die Studienlage zum Einsatz von oralen Probiotika bei Vaginalerkrankungen ist nicht eindeutig. Während der Einsatz bei einer akuten Vaginalentzündung wohl wenig erfolgversprechend scheint (Pirotta 2004), geben aktuellere Studien Hinweise darauf, dass Milchsäurebakterien sich bei Vaginosen als nützlich erweisen könnten (Donders 2010, Lamont

2011, Petrova 2015), vor allem auch während der Schwangerschaft (Stojanović 2012). Bei der Behandlung bakterieller Vaginosen können Probiotika sogar eine nebenwirkungsfreie Alternative zu einer Antibiotikatherapie darstellen. So konnten im Rahmen einer placebokontrollierten Studie oral verabreichte Lactobacillus-Präparate bei der Mehrzahl der Patientinnen nach sechs Wochen die physiologische Vaginalflora wieder herstellen (Vujic 2013). Bakteriellen Vaginosen sind krankhafte Veränderungen des Scheidenmilieus, die bei nahezu jeder fünfte Frau im gebärfähigen Alter auftreten. Ausgelöst werden sie in der Regel durch anaerobe gramnegative Mikroorganismen (z.B. Gardnerella vaginalis), welche die physiologische Vaginalflora verdrängen. Die Behandlung mit Antibiotika (z.B. Metronidazol) ist jedoch nur bedingt erfolgreich, da es nach Absetzen des Medikaments zu einer hohen Zahl von Rezidiven kommt. In der von Vujic u.a. durchgeführten randomisierten, doppelblinden Studie wurden 395 Frauen, die unter einer bakteriellen Vaginose litten, über sechs Wochen lang täglich zwei Kapseln des Probiotikums mit Lactobacillen-Stämmen verabreicht, 149 bekamen ein Placebo. Nach sechs Wochen war bei 61,5 Prozent der Frauen der Probiotikagruppe die Vaginalflora wieder im Gleichgewicht, in der Placebo-Gruppe lag die Regenerationsrate nur bei 26,9 Prozent. Zu einem ähnlichen Ergebnis kommen auch andere Studien (Antonio 2009).

Eine Vaginose kann auch zur Entwicklung einer Mykose führen, weil bei einer unzureichenden Anzahl natürlicher Milchsäurebakterien die Vaginalschleimhaut nicht mehr ausreichend vor einer Pilzinfektion geschützt werden kann. Zu einer Beeinträchtigung der Vaginalflora können die Einnahme von Antibiotika, eine übertriebene Intimhygiene und die Verwendung von Gleitgels beitragen. Eine Antibiotika-Therapie sollte daher in jedem Fall durch die Einnahme eines hochwertigen Probiotikums begleitet werden, um nicht nur die Darm, sondern auch die Vaginalflora vor Pilzinfektionen zu wappnen (de Seta 2014). Studien zeigen nämlich, dass Probiotika das Wachstum des Candida-Pilzes hemmen (Williams 2001) oder verhindern, dass Candida albicans sich an die Vaginalschleimhaut anheften kann (Osset 2001). Insbesondere Lactobacillus acidophilus scheint das Risiko zu verringern, an vulvovaginaler Candidose zu erkranken, da dieser viel Wasserstoffperoxid (H_2O_2) produziert, welches das Pilzwachstum hemmt und das mikrobiologische Gleichgewicht der Scheiden- und Darmflora verbessert. Zudem besitzt der Lactobacillus-acidophilus-Stamm eine gute Anhaftungsfähigkeit an das vaginale Epithel. In einer placebokontrollierten Doppelblindstudie wurde untersucht, ob das Risiko für ein erneutes Auftreten der vulvovaginalen Candidose an Frauen (19-40 Jahre), die kurz zuvor eine Vaginitis mit vier oder mehr vulvovaginalen Candidose-Infektionen erlitten hatten, mithilfe von Probiotika gesenkt werden kann. Ergebnis: Im Vergleich zur Placebogruppe traten in den Therapiegruppen signifikant weniger Candida-Infektionen auf (Metts 2003). Bei einer entsprechenden mikrobiologischen Therapie sollten vaginale Probiotika (Zäpfchen) in jedem Fall mit oraler Applikation von Milchsäurebakterien (L. acidophilus u. L. rhamnosus) kombiniert werden. Eine aktuelle italienische Studie zeigt, dass sich die Vaginalflora nach circa zwei Wochen oraler Einnahme von Probiotika deutlich zum Positiven veränderte (de Alberti 2015). In dieser Studie wurde das Probiotikum noch mit Lactoferrin ergänzt (erhältlich z.B. in Kombination mit Colostrum im Präparat Lactobin®).

4.16 Mund- und Zahnkrankheiten

Auch die Mundflora wird von über 600 Spezies von Bakterien und Hefen besiedelt, die dort ein ähnliches mikrobiologisches System erhalten wie in der Darmflora und im Mund- und Rachenraum einen wichtigen Beitrag zur Immunabwehr leisten. Das empfindliche Ökosystem der Mundflora kann durch Vernachlässigung der Zahnpflege, zuckerreiche Ernährung, Medikamente (z.B. Antibiotika), Rauchen und hochprozentige Spirituosen beeinträchtigt werden.
Die regelmäßige Einnahme von Probiotika kann auch die Mikroflora im Mundraum deutlich verbessern, weil diese pathogene Keime, die Zahnkaries verursachen (Streptococcus mutans), verdrängen (Laleman

2015, Chinnappa 2013), Bakterizide erzeugen (Lee 2015) und den Säuregehalt im Mund senken. Die Ansiedlung der Milchsäurebakterien auf den Zähnen verhindert Zahnbelag (Karuppaiah 2013) und hemmt die Kariesbildung. Das Risiko von Mundinfektionen wie Gingivitis (Zahnfleischentzündung), Parodontose (Krasse 2006) und sogar einer oralen Mukositis (Flichy-Fernández 2015) wird gesenkt. Auch Mundgeruch kann Studien zufolge durch Probiotika gehemmt werden (Burton 2006).

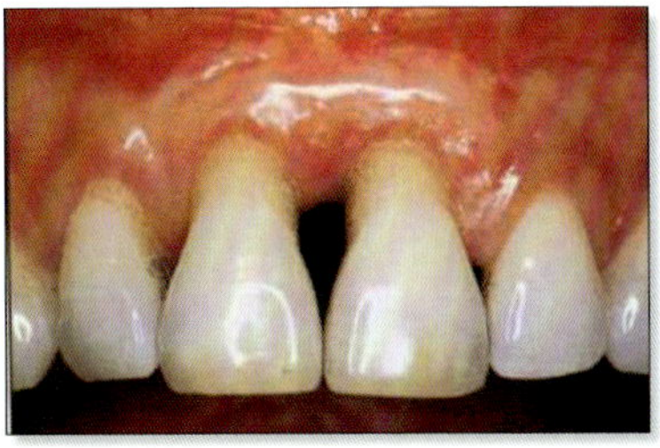

Zahnfleischschwund im oberen Frontzahnbereich

4.17 Mittelohrentzündung bei Kindern

Die akute Otitis media (Mittelohrentzündung) ist eine der häufigsten entzündlichen Erkrankungen im Säuglings- und (Klein-)Kindalter und zugleich dritthäufigster Grund für die Verordnung von Antibiotika in dieser Altersgruppe (Hohlstiege 2013). Vor diesem Hintergrund und weil die Otitis media sich zu einer chronischen Mittelohrentzündung entwickeln oder gar unbehandelt in eine Mastoiditis übergehen kann, wird schon seit Langem nach präventiven Behandlungsmethoden gesucht, welche das Risiko einer Otitis media mindern und damit auch den notwendigen Einsatz von Antibiotika verringern könnten (Levi 2013). Aufgrund der positiven Studienergebnisse in Bezug auf die Verhinderung von Infekten der oberen Atemwege (s. 4.2 – Untersuchung der Cochrane Collaboration 2011) treten hier die Probiotika immer mehr in den Vordergrund. Und so gibt es mehrere Studien, die den Einsatz von Probiotika zur Prävention einer Otitis media im Säuglings- und Kleinkindalter als vielversprechend erscheinen lassen (Niittynen 2012). In einer randomisierten, doppelblinden, placebokontrollierten Studie wurde Säuglingsnahrung mit Lactobacillus rhamnosus und Bifidobacterium lactis bzw. einem Placebo ergänzt und täglich bis zum Alter von zwölf Monaten verabreicht. Im Ergebnis traten bei 55 Prozent der Placebogruppe und nur bei 28 Prozent der Probiotikagruppe rezidivierende Infektionen der Atemwege auf. 22 Prozent der Säuglinge aus der Probiotika-Gruppe erlitten eine akute Otitis media, während es bei der Placebo-Gruppe 50 Prozent waren. Diese Daten lassen vermuten, dass Probiotika ein sicheres Mittel zur Verringerung des Risikos einer frühen akuten Otitis media sowie zur Verminderung des Einsatzes von Antibiotika sein könnten. Auch das Risiko für rezidivierende Infektionen der Atemwege während des ersten Lebensjahres scheint durch Probiotikagabe vermindert (Rautava 2009). Auch eine aktuelle Meta-Studie von randomisierten placebokontrollierten Studien kommt zu dem Schluss, dass die Verabreichung von Lactobacillus rhamnosus im Vergleich zum Placebo das Potenzial hat, die Inzidenz der akuten Otitis media, Entzündungen der oberen Atemwege und den Einsatz von Antibiotika bei Kindern zu reduzieren (Liu 2013). Zudem kann die Verringerung der bakteriellen Belastung bei Otitis media durch die Kolonisierung des Nasopharynx mit nützlichen Bakterien die Prävalenz einer Mittelohrentzündung reduzieren. Die verfügbaren Daten deuten darauf hin, dass Probiotika bei einer Mittelohrentzündung vorteilhaft sein können (John 2013).

4.18 Neuropsychiatrische Erkrankungen

Zum Abschluss soll in diesem Kapitel noch auf einen relativ neuen Forschungsbereich eingegangen werden, nämlich die Frage, ob Probiotika auch bei neurologischen und psychiatrischen Erkrankungen Nutzen bringen können. Die Forschung steht hier noch ganz am Anfang – und ist sich sogar noch nicht einmal einig darüber, ob im Hinblick auf neuropsychiatrische Erkrankungen zuerst die Erkrankung oder zuerst die gestörte Darmflora da war. So könnte eine Dysbiose des Darmes sowohl für das Risiko der Erkrankung als auch für deren Schwere verantwortlich sein. Ebenso gut könnten eine neuropsychiatrische Erkrankung und der dadurch ausgelöste Stress wichtige Triggerfaktoren einer Dysbiose des Darmes sein. Denkbar ist auch, dass dieselben Risikofaktoren aus der Umwelt (wie eine schlechte Ernährung) sowohl die Gesundheit des Darmes als auch des Gehirns beeinträchtigen. Entscheidend ist, dass mehrere neurologische bzw. neurodegenerative sowie psychiatrische Erkrankungen eine ähnliche Pathophysiologie haben und dass ein kranker Darm diese auf verschiedenen miteinander verknüpften Wegen beeinflusst – der Darm somit Auslöser eines Entzündungszustandes des Körpers und des Gehirns sein könnte (Dash 2015).

Tatsächlich ist durch eine Vielzahl von Studien belegt, dass eine Störung dieser Darm-Hirn-Achse mit neuropsychologischen Erkrankungen – aber auch mit dem Auftreten des Reizdarms (Kennedy 2014) – verbunden ist. So kann ein verändertes Mikrobiom zu neuropsychologischen Störungen, einschließlich Depressionen und Autismus-Störungen führen (Zhou et Foster 2015). Zudem gibt es beispielsweise auch eine auffällige Inzidenz von gastrointestinalen Barrierestörungen bei Schizophrenie-Patienten (Nemani 2015). Insbesondere Depressionen werden neuerdings mit einer Störung des Mikrobioms in Verbindung gebracht. In Tierversuchen führte die Manipulation der Darmflora zu einem ängstlichen oder depressiven Verhalten (Clark 2013, Crumeyrolle-Arias 2014). In einem Versuch ließ sich ein solches ängstliches Verhalten sogar über die Darmflora auf ein anderes Tier übertragen (Bruce-Keller 2014)! Als Ursache werden entzündliche Prozesse vermutet, bei denen der Darm offenbar eine wichtige Mediatorfunktion innehat (Maes 2012, Berk 2013).

Die grundlegende Erkenntnis, dass im Rahmen einer „Darm-Hirn-Achse" ein Zusammenhang zwischen einer Dysbiose des Darms und neuropsychiatrischen Erkrankungen besteht, ist sehr neu. Deshalb kann zu diesem Zeitpunkt natürlich auch noch keine Aussage darüber getroffen werden, ob Probiotika bei diesen Krankheitsbildern eine positive Wirkung entfalten können. Dennoch gibt es erste Tierversuche, die vielversprechend sind. So zeigten Mäuse, die elf Wochen täglich mit Bifidobacterium longum und Bifidobacterium breve gefüttert wurden, in Experimenten eine signifikant bessere Lern- und Gedächtnisleistung als die Mäuse der Vergleichsgruppe (Savignac 2015).

Auch erste Versuche mit menschlichen Probanden liegen zu diesem Thema vor. Die Einnahme von Probiotika moduliert offenbar die Verarbeitung von Informationen, die stark an Angst und Depression gebunden ist, und beeinflusst die neuroendokrine Stressantwort (Schmidt 2015). Die Unterdrückung der neuroendokrinen Stressreaktion und die Zunahme bei der Verarbeitung von positiver gegenüber negativer Aufmerksamkeit konnte in einer Studie mit Freiwilligen auch für Prebiotika gezeigt werden. Sie erhielten über drei Wochen prebiotische Galactooligosaccharide. Anschließend war ihr Speichelcortisolgehalt signifikant niedriger als bei der Placebo-Gruppe und sie zeigten eine verminderte Aufmerksamkeit gegenüber negativen Informationen (Schmidt 2015). In einer ganz aktuellen randomisierten, placebokontrollierten Studie konnte gezeigt werden, dass sich bei Erdölarbeitern, die über sechs Wochen ein Probiotikum erhielten, die Parameter der psychischen Gesundheit (Psychische Gesundheitsparameter einschließlich General Health Questionnaire (GHQ) und Depressionen-Angst-Stress-Skala (DASS)) signifikant verbesserten (Mohammadi 2015).

Vor dem Hintergrund dieser neuesten Erkenntnisse sprechen Forscher bereits euphorisch von „Psychobiotika“. Damit ist eine Klasse von probiotischen Bakterienstämmen gemeint, die in der Lage ist, neuroaktive Substanzen wie beispielsweise Gamma-Aminobuttersäure und Serotonin zu produzieren und bereitzustellen, welche direkt auf die Darm-Gehirn-Achse wirken (Dinan 2013).

Exkurs: Probiotische Hefen

Unter probiotischer Hefe ist ein spezieller Saccharomyces-Stamm zu verstehen, der unter der Bezeichnung S. boulardii oder auch S. cerevisiae CBS 5926 bekannt ist (in Deutschland und Österreich z.B. als Präparat Sanuzella® D erhältlich). Die Hefe ist hier lyophilisiert (gefriergetrocknet) und damit lebensfähig. S. boulardii besiedelt den Darm nicht dauerhaft. Angewendet wird S. boulardii sowohl präventiv als auch kurativ vor allem im Bereich der Durchfallerkrankungen. Hierfür liegen zahlreiche Studien vor (Breves u. Holst 2009):

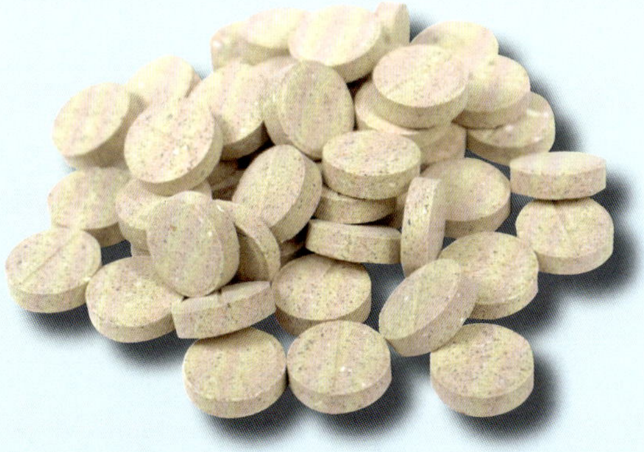

Antibiotikaassoziierte Diarrhöen (AAD)

Die am besten untersuchte Indikation für S. boulardii ist die Prävention von antibiotika-assoziierten Diarrhöen (Micklefield 2014). Bei einer Antibiotika-Behandlung treten in ca. 20 Prozent der Fälle Diarrhöen auf. Ursache sind entweder Toxine von C. difficile (30 Prozent) oder Störungen in der Fermentation von Kohlenhydraten durch die Darmflora. Mehrere klinische Studien haben gezeigt, dass die Gabe dieser medizinischen Spezialhefe das Auftreten einer antibiotikaassoziierten Diarrhöe signifikant verringern konnte (Surawicz 1989a, McFarland 1995, Kotowska 2005). In der Studie von Surawicz konnte insbesondere der prophylaktische Nutzen der Hefe gezeigt werden: Nur

9,4 Prozent der mit S. boulardii behandelten Patienten entwickelten eine Diarrhöe im Vergleich zu 31,3 Prozent bei der Placebo-Gruppe. Aufgrund besonderer proteolytischer Aktivitäten ist S. boulardii in der Lage, die Toxine von Clostridium difficile zu zerstören (Castagliuolo et al. 1996).
Neben der Prophylaxe wirkt die medizinische Spezialhefe auch bei manifesten Enteropathien (also Krankheiten der Schleimhaut von Magen- und Darmtrakt, deren Ursache nicht auf einer Entzündung beruht) und in der Rezidivprophylaxe. So konnten mehrere Studien aufzeigen, dass die Behandlung mit S. boulardii zusätzlich zum Antibiotikum die klinischen Symptome rasch bessern und die Rezidive signifikant senken konnte (Buts 1993, Surawicz 1989b, McFarland 1994).

Akute Durchfallerkrankungen

Ursache akuter Diarrhöen sind meist virale oder bakterielle Infektionen. Vor allem bei Kindern zeigten mehrere Studien signifikante Verbesserungen der Symptome nach Gabe der medizinischen Spezialhefe. Dies konnte an folgenden Parametern gemessen werden: Stuhlfrequenz, Erkrankungsdauer, Dauer der Hospitalisation und Passagezeit des Stuhlgewichts (Chapoy 19985, Cetina-Sauri 1991, Kurugöl 2005). Die gute Wirkung von S. boulardii bei Kindern wurde durch aktuelle Meta-Studien bestätigt (Feizizadeh 2014).

Prophylaxe der Reisediarrhöe

Zwei umfangreiche Studien mit jeweils 3000 Reisenden konnten zeigen, dass die prophylaktische Gabe von S. boulardii das Auftreten von Reisediarrhöe v.a. in den Ländern Nordafrikas deutlich verringern konnte (bis zu 40 Prozent), also vor allem dort, wo Toxinbildner häufig Ursache von Diarrhöen sind (Kollaritsch 1988, Kollaritsch 1993).

Weitere Arten von Diarrhöen

Die Gabe von S. boulardii ist Studien zufolge auch bei weiteren Formen von Diarrhöe wirksam und daher sinnvoll. So zum Beispiel bei Diarrhöen von Intensivpatienten mit Sondenernährung. Die prophylaktische Gabe der Hefe hat die Zahl der Tage mit Diarrhöe signifikant verringert (Tempé 1983, Schlotterer 1987, Bleichner 1997).
Bei Patienten mit HIV konnte durch eine sehr hohe Dosis S. boulardii (3 g/Tag) die Stuhlfrequenz normalisiert und das Gewicht der Patienten stabilisiert werden. In einem mehrmonatigen Behandlungszeitraum hatten die Patienten weniger Durchfälle oder waren sogar Diarrhöe-frei (Saint-Marc 1991, Elmer 1995).
Auch bei Patienten mit chronisch-entzündlichen Darmerkrankungen ist die Gabe von S. boulardii offenbar angezeigt: Studien konnten nicht nur eine verminderte Stuhlfrequenz bei Morbus-Crohn-Patienten nachweisen (Plein 1993), Patienten, die zusätzlich zu Mesalazin noch S. boulardii erhielten hatten eine deutlich geringere Rezidivrate (6,3 Prozent) als diejenigen, die nur Mesalazin erhielten, (37,5 Prozent) (Guslandi 2000). In einer Studie mit Patienten mit einer milden bis moderaten Colitis ulcerosa konnte durch die zusätzlich S.-boulardii-Gabe eine endoskopisch gesicherte Remission von 68 Prozent erreicht werden (Guslandi 2003)!

5. Anforderungen an die Qualität von Probiotika

Wer einen Blick in das Kühlregal eines gut sortierten Supermarktes wirft, wird in der Regel fündig: ‚probiotische' Joghurts, Drinks, Milchgetränke und mittlerweile sogar Käse, Quark und ...Wurst! Versprochen werden „einzigartige Kulturen" – oft mit abenteuerlichen Fantasiebezeichnungen, welche die Abwehrkräfte stärken und ein wohliges Bauchgefühl bewirken sollen. Ob diese vermeintlichen probiotischen Nahrungsmittel diese Erwartungen erfüllen können, ist zumindest zweifelhaft. So wurde einem namhaften Hersteller dieser Joghurts 2009 von der Verbraucherschutzorganisation „Foodwatch" der „goldenen Windbeutel" für irreführende Werbung verliehen. Der Grund: Dessen „probiotischer Joghurt" hatte keine bessere Wirkung als ein normaler Joghurt, war bloß deutlich teurer. Bei den probiotischen Joghurts werden zudem oft noch größeren Mengen Zucker zugesetzt. Auch die Herkunft der probiotischen Bakterien in diesen Nahrungsmitteln sollte hinterfragt werden. Es gibt viele Fälle, bei denen die Milchsäurebakterien nicht aus der Milch stammen, sondern aus menschlichen Fäkalien und Vaginalsekret isoliert und dann weitergezüchtet werden.

Zudem können probiotische Lebensmittel nicht die gleiche Wirksamkeit haben wie hochdosierte Milchsäurebakterien-Präparate, weil viele von deren lebenden Bakterienkulturen es in der Regel gar nicht bis dahin schaffen, wo sie hinsollen, nämlich in den Darm. Sie werden vorher durch Magen- und Gallensäure vernichtet. Umso unverständlicher, dass selbst viele Ärzte ihren Patienten nach einer Antibiotikaeinnahme den lapidaren Rat geben: „Essen Sie einen Joghurt" – wobei es in diesem Fall schon lobenswert ist, dass sie dem Patienten überhaupt Probiotika empfehlen. Für eine effektive mikrobiologische Therapie sind allerdings hochkonzentrierte probiotische Präparate mit einer Kombination definierter und sicherer Stämme erforderlich, die ohne kalorische Belastung eingenommen werden können. Im Folgenden soll ein Überblick über die Bewertungsfaktoren gegeben werden, die ein qualitativ hochwertiges Probiotikum ausmachen.

5.1 Überlebensfähigkeit (Antibiotika- und Säureresistenz)

Eine erste wichtige Voraussetzung für die Wirksamkeit eines Probiotikums ist, dass die Milchsäurebakterien lebend, sprich vermehrungsfähig und stoffwechselaktiv sowie in ausreichender Keimzahl im Gastrointestinaltrakt ankommen. Dieser grundlegende Anspruch an ein Probiotikum wird von vermeintlichen ‚probiotischen' Drinks oder Joghurts in der Regel nicht erfüllt. Denn im Gegensatz zu einem qualitativ hochwertigen probiotischen Präparat wird hier die Lebendkeimzahl jedes einzelnen Stammes normalerweise weder genannt geschweige denn garantiert.

Dabei ist zu berücksichtigen, dass die Überlebensfähigkeit einzelner Stämme sehr unterschiedlich sein kann. Anaerobe Mikroorganismen haben eine geringere Überlebenschance als aerobe Keime. Auch grampositive Bakterien (Laktobazillen, Enterokokken) sind wegen ihrer dickeren Zellwand normalerweise widerstandsfähiger als gramnegative (wie z.B. E.-coli). Die Überlebensfähigkeit von probiotischen Arznei- oder Nahrungsergänzungsmitteln wird meist durch Gefriertrocknung (Lyophilisierung) erreicht. Bei Probiotika, die nicht zusätzlich gegen Wärme geschützt sind, empfiehlt sich eine Aufbewahrung im Kühlschrank bei +2 bis +8 °C. Auch hinsichtlich der Resistenz gegen Magensäure und Gallen- sowie Pankreassaft besitzen einige Bakterienkulturen eine natürliche Stabilität. In qualitativ hochwertigen Probiotika werden die Kapseln mit einem magensaftresistenten Überzug versehen.

5.2 Anhaftungs- und Kolonisationsfähigkeit

Eine weitere notwendige Voraussetzung für eine gute Wirksamkeit eines probiotischen Präparates ist die Ansiedlungsfähigkeit des Keims im Darm. Eine gute Anhaftungsfähigkeit verlängert die Zeit, in der ein Bakterium im Darmtrakt verweilen und dort seine positiven Aufgaben erfüllen kann. Untersuchungen haben gezeigt, dass die Dauer der Persistenz im Darm von der Keimart abhängig ist (Prilassnig 2007). Das heißt, die Fähigkeit der einzelnen Bakterienstämme, im Darm anzuhaften, ist höchst unterschiedlich – je höher sie ist, desto besser die Qualität des Probiotikums. Anhaftungsfähige Keime besitzen hierfür bestimmte Haftorganellen oder adhäsive Oberflächenstrukturen, die in der Darmschleimhaut in Form von Rezeptorstrukturen ihr Gegenstück finden (Hacker 2000). Da auch innerhalb einer Gruppe von Bakterien wie Laktobazillen nicht alle Stämme eine Möglichkeit zur Adhärenz haben, ist es für den Therapeuten wichtig, sich über die Anhaftungsfähigkeit des speziellen im Probiotikum verwendeten Stammes zu informieren.

Die Kolonisationsfähigkeit der verabreichten Keime ist in der Regel nur während der Phase der gestörten Darmflora erforderlich. Nach dem Ende der Behandlung sind die ‚Therapiekeime' nicht mehr notwendig und werden ohnehin durch Austausch eliminiert. Eine permanente Ansiedlung probiotischer Therapiekeime ist nur bei schweren Störungen der Darmflora z.B. bei langer antibiotischer Behandlung oder intensiver Immunsuppression angezeigt (Schulze 2008).

5.3 Definierte Stämme in hoher Konzentration

Untersuchungen haben ergeben, dass eine Vielzahl von am Markt erhältlichen Produkten Fantasiebezeichnungen für Bakterienstämme auswies und zu geringe Keimzahlen beinhaltete. Manche der Produkte enthielten sogar überhaupt keine lebenden Keime oder waren mit anderen Mikroorganismen kontaminiert. Achten Sie daher unbedingt auf die Qualität des Präparats und des Anbieters!

Für diese als probiotisch deklarierten Mikroorganismen liegen klinische Studien vor:

Laktobazillen	L. acidophilus, L. brevis, L. casei, L. crispatus, L. delbrueckii subsp. lactis, L. delbrueckii subsp. bulgaricus, L. fermentum, L. gasseri, L. helveticus, L. johnsonii, L. paracasei, L. plantarum, L. reuteri, L. rhamnosus, L. salivarius
Bifidobakerien	B. adolescentis, B. animalis, B. bifidum, B. breve, B. infantis, B. lactis, B. longum
Weitere Bakterien	B. cereus, B. clausii, B. subtilis, Clostridium butyricum, Entercoccus faecalis, Enterococcus faecium SF68, Enterococcus coli Nissle 1917, "Lactococcus sporogenes", Lactococcus lactis. Leuconostoc lactis, Leuconostoc mesenteroides, Pediococcus pentosaceus, Propionibacterium freudenreichii subsp. Shermanii, Streptococcus salivarius subsp. Thermophilus
Hefen/Pilze	Saccharomyces cerevisiae CBS5926

Ein weiterer wichtiger Punkt ist, dass die in dem Probiotikum verwendeten Milchsäurebakterienstämme aus derselben Quelle bezogen werden. Diese Anmerkung ist deshalb erforderlich, weil immer mehr Anbieter dazu übergehen, die Bakterienstämme von unterschiedlichen Rohstoffhändlern zusammenzukaufen und zu mischen. Dieses Vorgehen hat zur Folge, dass verschiedene Qualitäten miteinander vermischt werden und keine Aussage mehr zu den Qualitätskriterien getroffen werden kann. Denn wie oben erläutert, gibt es nicht nur Lactobacillus acidophilus, sondern viele Untergruppen mit jeweils unterschiedlichen Qualitäten hinsichtlich Überlebensfähig- und Anhaftungsfähigkeit. Therapeuten sollten daher beim Anbieter nachfragen, ob der jeweilige Anbieter garantieren kann, dass in einer Charge jeweils nur der Bakterienstamm aus einer Rohstoffquelle stammt, deren Bakterien genetisch charakterisiert und sicher sind und unter GMP-Bedingungen hergestellt wurden.

5.4 Multi-Species-Konzept

Das ‚Multi-Species-Konzept' könnte man auch kurz mit dem Slogan ‚Viele Bakterienstämme für viele Anforderungen' beschreiben. Während einfache Probiotika nur einen Mikroorganismenstamm einer bestimmten Art bzw. Gattung enthalten, verfügen mehrstämmige Probiotika über mehr als einen Stamm derselben oder einer verwandten Art (z.B. Lactobacillus casei und Lactobacillus acidophilus). Multi-Species-Probiotika bestehen aus Stämmen verschiedener Arten, die vorzugsweise mehreren Gattungen angehören wie z.B. Lactobacillus acidophilus, Lactobacillus casei, Lactobacillus rhamnosus, Lactobacillus plantarum, Bifidobacterium breve, Streptococcus thermophilus, Bifidobacterium bifidum, Bifidobacterium lactis (Definition nach Timmermann, Rijkers 2009), die in unterschiedlichen Darmabschnitten aktiv sind und sich in ihrer Wirkung gegenseitig ergänzen und potenzieren.

Die gesundheitsfördernde Wirkung von Probiotika ist gattungs-, arten-, und stammspezifisch (Sanders 1999). In Multi-Species-Probiotika können sich die einzelnen Kulturen in ihrer Wirksamkeit ergänzen und verstärken – also synergistisch zusammenwirken. Die meisten im Handel erhältlichen probiotischen Präparate enthalten nur eine Sorte Darmbakterien. Es ist jedoch sinnvoll, mehrere Kulturen zuzuführen, weil die einzelnen probiotischen Kulturen unterschiedlich ausgeprägte Wirkmechanismen haben.

Die Besiedlung der Darmflora ist mit Multi-Spezies-Probiotika erfolgreicher als mit einfachen Probiotika (Famularo 1999). So konnte beispielsweise in Tierversuchen ein Multi-Species-Probiotikum im Vergleich zum einfachen Probiotikum einen besseren Schutz gegen Salmonella-Typhimurium-Infektionen erzielen (Paubert-Braquet 1995 und Perdigon 1990) und bei Lämmchen die Zahl eines enterohämorrhagischen E.-coli-Bakterium reduziert werden (Lema 2001). Auch Humanstudien zeigen die Überlegenheit von Multi-Species-Probiotika, z.B. bei der Behandlung von Kindern mit medikamentös bedingter Diarrhö (Zoppi 2001).

Grund für die Überlegenheit von Multi-Spezies-Probiotika könnte sein, dass Präparate mit verschiedenen Mikroorganismen eine höhere

Überlebenschance haben, da sie auch Stämme enthalten, die weniger anfällig sind. Zudem können ‚beschädigte' Stämme unterstützt werden. Andere Stämme wiederum sind wegen ihrer Kohlenhydratversorgung von anderen Stämmen abhängig (Frohlich-Wyder 2002) oder schaffen als Sauerstofffänger (z.B. Streptococcus thermophilus) anaerobe Bedingungen für das Wachstum und Überleben von rein anaeroben Bakterien wie Bifidobakterien (Shankar 1976). Ein weiterer Vorteil von Multi-Species-Probiotika ist, dass hier einige Bakterien die Fähigkeit besitzen, anderen Stämmen eine Anhaftung an die Darmschleimhaut zu ermöglichen. Dadurch unterstützen sich die enthaltenen Stämme gegenseitig in der Besiedlung der Darmschleimhaut. Auch in Bezug auf das Wachstum oder die metabolische Aktivität profitieren die einzelnen Stämme eines Multi-Species-Probiotikums von einer symbiotischen Wechselwirkung durch den Austausch bestimmter Wachstumsfaktoren. Diese wird auch als Protokooperation bezeichnet (Driessen 1982). Hinzu kommt, dass jede Bakterienart auf ihre spezifische Weise für eine positive Wirkung an ganz bestimmten Stellen im Darm wirkt. Denn probiotische Bakterien haben spezifische Besiedlungsräume – während Laktobazillen vorwiegend den proximalen Dünndarm besiedeln, bevorzugen Bifidobakterien den Dickdarm.

Abb. 4 Beispiel für ein Multi-Spezies-Probiotikum

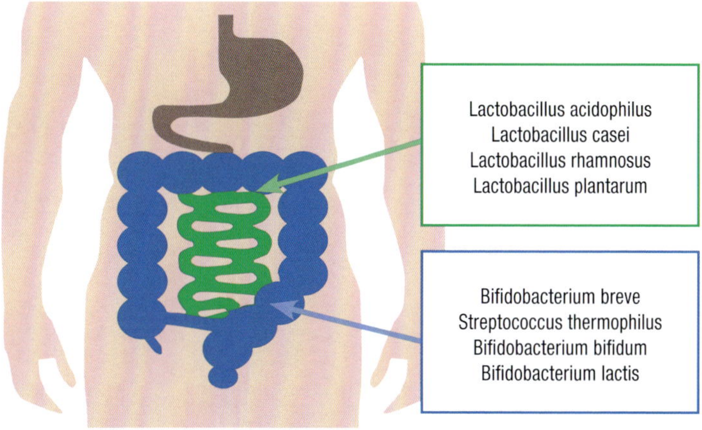

Gut konzipierte Multi-Spezies-Präparate, bei denen unterschiedliche gesundheitsfördernde Merkmale verschiedener probiotischer Arten miteinander kombiniert werden, können aufgrund ihrer synergistischen Wirkung deutlich bessere Ergebnisse erzielen als Monopräparate. Wichtig ist daher eine sorgfältige Auswahl der Stämme. Es ist aber vor Präparaten zu warnen, die damit werben, eine sehr hohe Zahl unterschiedlicher Bakterienstämme zu beinhalten. Denn zum einen können diese dann nicht mehr in der notwendigen Dosierung (Keimzahl) vorliegen, und zum anderen besteht die Gefahr, dass Stämme kombiniert werden, die sich gegenseitig in ihrer Wirkung hemmen.

PRAXISTEIL

Im nun folgenden Praxisteil werden nach einer Darstellung der Kriterien einer hinweisgebenden Stuhluntersuchung konkrete Therapievorstellungen für einzelne – mit der Darmgesundheit assoziierte – Krankheitsbilder gegeben.

6. Das Ökosystem Darm in der Stuhluntersuchung

Eine ganzheitlich orientierte Praxis wird kaum ohne eine Sanierung des Darmes auskommen, wobei insbesondere der Darmflora und deren Stoffwechsel- und Enzymaktivitäten eine große Bedeutung beizumessen ist.

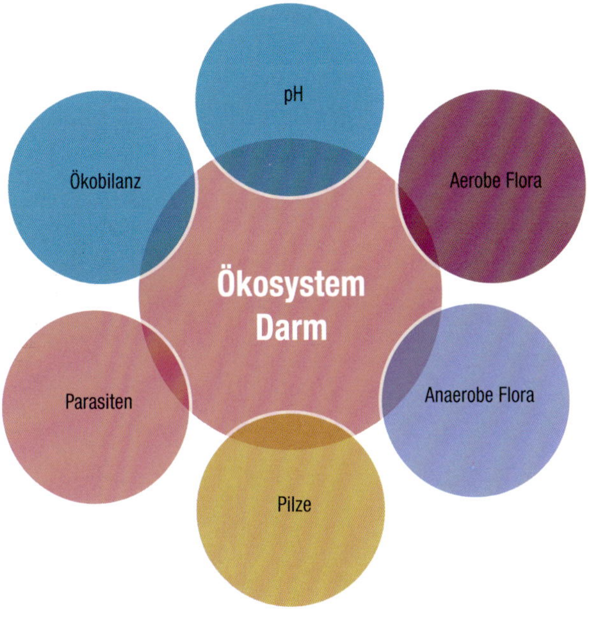

Wir beurteilen die funktionelle Darmgesundheit anhand der mikrobiologischen Untersuchung des Stuhles. Dabei betrachten wir das Verhältnisse der Keime insgesamt, ihr Verhältnis zueinander, ihre Fähigkeit, Fremdkeime vor einer Besiedelung der Darmschleimhäute abzuhalten, ihre Stoffwechselaktivität und Enzymleistung. Zusammen mit pH-Wert und der Ökobilanz können wir dann Rückschlüsse auf die Keimbesiedlung der Darmschleimhäute, auf die Nahrungsverwertung und das darmeigene Immunsystem ziehen.
Der versierte Therapeut wird nun Maßnahmen zur Sanierung des Darmes ergreifen und somit einen entscheidenden Schritt zur Gesamtregulation des funktionsgestörten Systems einleiten, unabhängig davon, welche Beschwerden oder Krankheitsbilder zugrunde liegen.
Von Allergien über Autoimmunerkrankungen bis zu hormonellen Störungen und Tumore reicht das Spektrum einer Darmsanierung mittels Stuhlanalyse und probiotischer Therapie.
Inzwischen sind über 750 Keimarten des Verdauungssystems bekannt. Bevor wir an die praktische Umsetzung der probiotischen Therapie gehen, werde ich Sie noch mit den wichtigsten Bewertungsaspekten einer Stuhluntersuchung vertraut machen.

Die Darmflora ist bei jedem Menschen so individuell wie ein Fingerabdruck. Wichtig ist, das sensible Gleichgewicht der Darmkeime aufrechtzuerhalten.

6.1 Aerobe Flora

Als Aerobier bzw. als aerob bezeichnet man Lebewesen, die zum Leben elementaren Sauerstoff (O_2) benötigen.

Wir betrachten bei der Stuhluntersuchung folgende aerobe Keimgruppen:

» *E. coli*
» *E. coli-Varianten, wie mucöse E. coli, hämolysierende E. coli, nicht-laktose vergärende E. coli*
» *Klebsiella*
» *Enterococcus*
» *Weitere wie Proteus, Enterobakter, Pseudomonas, Bacillus und andere*

Obligate Darmkeime = Vertreter der normalen Standortflora des Darmes.

E. coli und Enterococcus werden auch als obligate Darmkeime bezeichnet, da sie durch ihre Aktivitäten einen großen Nutzen für uns Menschen haben. Sie entziehen zum Beispiel dem Darm Sauerstoff, verhindern das Ansiedeln von Fremdkeimen und bewirken die Bildung lebenswichtiger kurzkettiger Fettsäuren und rechtsdrehender Milchsäure. Dagegen bedeutet eine Vermehrung der E.-coli-Varianten unter anderem eine vermehrte Produktion von Ammoniak (Alkalisierung des Stuhles) und verschiedenen biogenen Aminen (Histamin, Putrescin, Tyramin etc.). Dies führt zu allergischen und/oder pseudoallergischen Reaktionen auf Nahrungseiweiße, wie Lactalbumine, Kaseine oder Nusseiweiß.

Name	Menge pro g Stuhl im Normalbefund	Normbereich	Beachtung, wenn…
E. coli	3 x 10^6	10^6 - 10^7	Zu niedrig Zu hoch
E. coli-Varianten	< 10^5	Max. 10^5	Zu hoch
Klebsiella	< 10^5	Max.10^5	Zu hoch
Enterococcus	3 x 10^6	106 - 10^7	Zu niedrig
Andere Aerobe	< 10^4	Max. 10^4	Zu hoch

6.2 Anaerobe Flora

Lebewesen, die für ihren Stoffwechsel keinen Sauerstoff verwenden oder sogar durch ihn gehemmt oder abgetötet werden, werden als Anaerobier bzw. anaerob bezeichnet.

Wir betrachten bei der Stuhluntersuchung folgende anaerobe Keimgruppen:

- *Bacteroides*
- *Clostridium*
- *Bifidumbakterien*
- *Laktobazillen*
- *Andere Anaerobier*

Passagere Keime = „fremde" Keime, die aus der Außenwelt in den Darm gelangen. Sie werden im gesunden Darm an der Ansiedlung gehindert. Ihr vermehrtes Auftreten ist als Hinweis auf eine gestörte Darmbarriere zu werten.

Bacteroides, Bifidumbakterien und Laktobazillen werden auch als obligate Darmkeime bezeichnet, da sie durch ihre Aktivitäten einen großen Nutzen für uns Menschen haben. Sie verwerten Kohlenhydrate und bilden vor allem rechtsdrehende Milchsäure.

Eine Vermehrung von bestimmten Clostridien führt zur vermehrten Bildung von NDH-Clostridien, die durch Dekonjugation von Gallensäuren maßgeblich an der Entstehung von Dickdarm- und Brustkrebs beteiligt sind. Einige Clostridien spp. vermögen zudem den Steroid-Kern der Gallensäuren zu transformieren (NDH-Clostridien = Nuclear Dehyrogenating-Clostridien).

Name	Menge pro g Stuhl im Normalbefund	Normbereich	Beachtung, wenn ...
Bacteroides	3 x 10^8	10^8 - 10^{10}	Zu niedrig Zu hoch
Clostridium	<10^5	Max. 10^5	Zu hoch
Bifidumbakterium	<10^8	10^8 - 10^{10}	Zu niedrig
Lactobacillus	<10^5	10^5 - 10^7	Zu niedrig
Andere Anaerobe	<10^8	Max. 10^8	Zu hoch

6.3 Pilze

Als Darmmykose bezeichnet man eine auf den Darm beschränkte Infektion mit Pilzen, vor allem pathogenen Hefen. Generell gehören Pilze zu den passageren Keimen der Darmflora.

Wir betrachten bei der Stuhluntersuchung folgende Pilzgruppen:

» *Hefepilze z.B. Candida*
» *Schimmelpilze z.B. Geotrichum*
» *Weitere Pilze, wie Rhodotorula, Saccharomyces und andere*

Alle Pilze brauchen eine organische Kohlenstoffquelle, weil sie nicht imstande sind, aus Kohlendioxyd und Wasser selbst Kohlenhydrate aufzubauen.

Die wichtigste und am leichtesten zugängliche Quelle für organischen Kohlenstoff sind alle einfachen Zuckerarten wie Traubenzucker, Fruchtzucker, Rohr- und Rübenzucker, Malzzucker, Süßigkeiten aller Art, Mehlspeisen, Honig, süße Getränke, süßes Obst, Marmeladen, Alkohol usw. Die reichliche Zufuhr von Ballaststoffen, wobei z. B. Gemüse und Salate auch in stark zerkleinerter Form zugeführt werden können, dient dem Ausräumen von Hefe Weitere estern in Dünn- und Dickdarm. Diese Wirkung von Pflanzenfasern ist besonders effizient, wenn die Zufuhr mehrmals täglich erfolgt. Auf Hefeprodukte braucht bei einer Darmmykose ausdrücklich nicht verzichtet zu werden! Denn nicht-pathogene Hefen (z.B. Saccharomyces cerevisiae Hansen CBS 5926, Saccharomyces boulardii, Enzym-Hefezellen) verdrängen die pathogenen Hefen im Darm und sind daher bei Candida albicans sogar zu empfehlen (Guilbaud 1975, Ducluzeau 1982, Murzyn 2010)!

Name	Menge pro g Stuhl im Normalbefund	Normbereich	Beachtung, wenn...
Candida	$<10^2$	Max.10^2	Zu hoch
Geotrichum	$<10^2$	Max.10^2	Zu hoch
Andere Pilze	$<10^2$	Max.10^2	Zu hoch

6.4 Parasiten

Die verbesserte Hygienesituation hat zu einem Rückgang von einheimischen Parasitosen in den westlichen Ländern geführt. Andererseits sorgt die rege Reisetätigkeit für eine gewisse parasitologische Wiederkehr. Da auch der Lebensmittelmarkt inzwischen global geworden ist, werden auch über die Nahrungskette Parasiten eingeschleppt. Dabei sind vor allem einzellige Parasiten von Bedeutung.

Wir betrachten bei der Stuhluntersuchung folgende Pilzgruppen:

» *Darmamöben wie Entamöba histolytica, Endolimax nana*
» *Giardia lamblia*
» *Chilomastix mesnilii*
» *Blastocystis hominis*
» *Würmer (eher selten)*

Wurminfektionen spielen im mitteleuropäischen Raum eine eher untergeordnete Rolle und sind leicht therapierbar. Die in Mitteleuropa am weitesten verbreitetsten Wurmarten sind der Madenwurm und der Spulwurm.

Beschwerden, die durch Parasiten verursacht werden, sind unter anderem: Abgeschlagenheit, Übelkeit, Bauchschmerzen, Blähungen und wechselnde, teils wässrige, teils schaumige Durchfälle, manchmal auch mit Blut- und/oder Schleimbeimengungen. Chronische Verlaufsformen zeigen oft die Symptome einer Laktose,- oder Fructose,- oder Histamin,- oder andere Nahrungsmittelunverträglichkeiten.
Die Diagnostik intestinaler Parasitosen erfolgt nach speziellen Anreicherungsverfahren mikroskopisch aus dem Stuhl. Dies erfordert große Erfahrung bei dem Untersucher. Aufgrund der hohen Widerstandsfähigkeit der parasitären Dauerformen ist auch nach dem Postversand ein entsprechender Nachweis möglich. Bei Verdacht auf eine parasitologische Erkrankung sollten aufgrund der häufig intermittierenden Ausscheidung mehrere Stuhlproben untersucht werden

6.5 Ökobilanz

Unter dem Begriff „intestinale Ökobilanz“ versteht man die Interpretation des mikrobiologischen Stuhlbefunds einschließlich des Stuhl-pH-Werts mithilfe eines Summenindexes. Dabei werden unter Zuhilfenahme eines Punktesystems Abweichungen einzelner Keimarten von der physiologischen Gesamtzahl sowie Abweichungen des pH-Werts vom Normwert bewertet. Je größer dabei die Abweichungen, desto höher der Punktwert. Die Summe der einzelnen Punktwerte ergibt dann die intestinale Ökobilanz, die den Zustand der intestinalen Mikroökologie abbildet.

Bei der Interpretation müssen allerdings folgende 3 Einschränkungen berücksichtigt
werden:

1. Alle Keime werden gleich bewertet, die pathogenetische Bedeutung einzelner Keime spielt also keine Rolle.
2. Altersabhängige Veränderungen der Darmflora werden nicht berücksichtigt Die Intestinale Ökobilanz orientiert sich an den Normwerten, die für den gesunden, durchschnittlichen Erwachsenen gelten.
3. Verdauungs-, Entzündungs- und Immunparameter aus der Stuhluntersuchung werden nicht berücksichtigt. Sie sind i.d.R. jedoch obligat für die ätiologische Einordnung mikrobieller Verschiebungen und müssen daher zusätzlich bei der Beurteilung des Zustands der intestinalen Mikroökologie berücksichtigt werden.

Ein wesentliches Problem bei der Durchführung von Ökobilanz-Projekten stellt darüber hinaus die oftmals sehr eingeschränkte Verfügbarkeit geeigneter Daten dar. Die intestinale Ökobilanz darf daher nicht das allein ausschlaggebende Kriterium bei der Frage nach Therapiebedürftigkeit sein, sie ist lediglich ein Hilfsmittel.

Bewertung von Abweichungen in der "Internationalen Ökobilanz"

Stuhlflora	
Gering vermehrt / vermindert	**1 Punkt**
Mäßig vermehrt / vermindert	**2 Punkte**
Stark vermehrt / vermindert	**3 Punkte**
pH-Wert	
Sauer / alkalisch	**3 Punkte**
Stark sauer / alkalisch	**5 Punkte**

6.6 pH-Wert

Um von vornherein Missverständnisse zu vermeiden, sei erwähnt, dass der pH-Wert des Stuhles einerseits nichts mit den pH-Werten des Säure-Basen-Haushaltes zu tun hat und andererseits den Wert eines Ausscheidungsproduktes wiederspiegelt. Innerhalb des Magen-Darm-Traktes finden wir in den einzelnen Abschnitten ganz unterschiedliche Werte – von ganz sauer (pH 1,5) bis ganz alkalisch (8,0).

Hier hilft zum besseren Verständnis eine Übersicht:

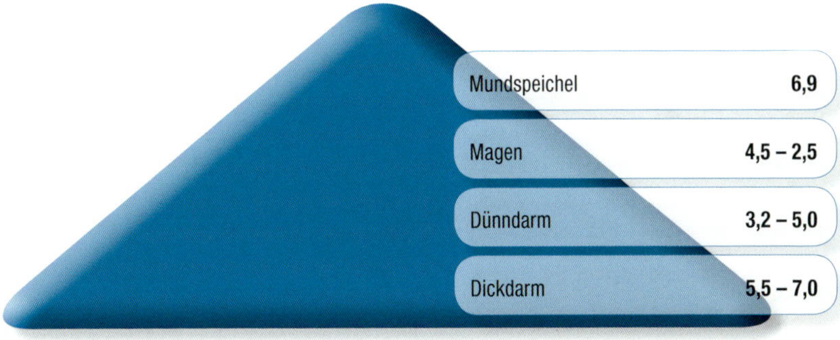

Unter pH-Wert verstehen wir den Gehalt an Wasserstoffionen einer Substanz. Er zeigt die saure, neutrale oder alkalische Reaktion einer Lösung an. Ein pH-Wert von 7,0 wird als neutral, Werte darunter werden als sauer, Werte über 7,0 als alkalisch bezeichnet.

Ein weiteres wichtiges Kriterium zur richtigen Beurteilung des pH-Wertes im Stuhl liegt im Alter und in der Ernährungsform. Ein gestillter Säugling zeigt pH-Werte von 4,5 – 5,5, und ein Mensch über 70 wird auf Grund einer im Alter oft vorkommenden vermehrten Clostridiumbesiedelung eher einen pH-Wert von 7,0 bis 8,0 aufweisen. Auch Medikamente können den pH-Wert beeinflussen. Für Erwachsene ist ein pH-Wert von 5,5 – 6,5 optimal.

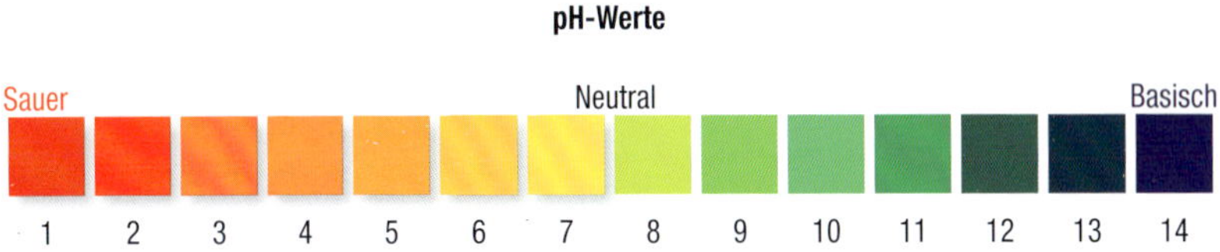

7. Befunde und Therapien

7.1 Eubiose

Für uns bedeutet Eubiose ein Zustand optimaler Symbiose lebenswichtiger Keime in einem störungsfreien stoffwechselaktiven Milieu zu beiderseitigem Nutzen. Der pH-Wert des Stuhles liegt bei 5,5 – 6,5, die Ökobilanz zeigt einen Wert zwischen 0 – 3 und die Flora bestätigt das Bild einer guten Kolonisationsresistenz. Eine gute Kolonisationsresistenz verhindert das Ansiedeln von Fremdkeimen und Pilzen.

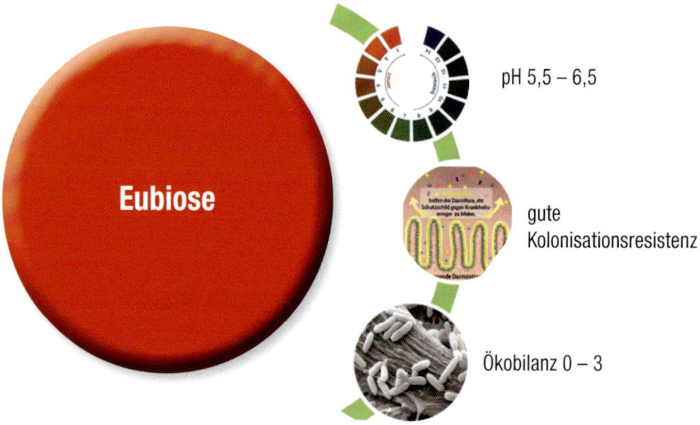

In Symbiose zu leben ist ein Geben und Nehmen, ein unumstößliches Naturgesetz, das die Grundlage für gesundes Leben schafft. Denken Sie an die vielen nützlichen Helfer im fruchtbaren Boden ihres Gartens, die es Ihnen ermöglichen, gesunde, vitalstoff- und ertragreiche Pflanzen hervorzubringen. Prof.Dr. med. Alfred Nissle (1874–1965) erkannte, dass ein Zustand der Dysbakterie, wie aber auch die Eubiose als „Normalzustand" nicht allein an der quantitativen Bestimmung bestimmter Keimarten festgemacht werden darf, denn auch die Interaktionen mit dem Wirtsorganismus müssen miteingeschlossen werden.

Name	Befund einer Eubiose	Normbereich	
E.coli	3 x 10^6	10^6-10^7	Normbereich
E.coli-Varianten	< 10^5	Max. 10^5	Normbereich
Klebsiella	< 10^5	Max. 10^5	Normbereich
Enterococcus	3 x 10^6	10^6 - 10^7	Normbereich
Andere Aerobe	< 10^4	Max. 10^4	Normbereich
Bacteroides	3 x 10^8	10^8 - 10^{10}	Normbereich
Clostridium	< 10^5	Max. 10^5	Normbereich
Bifidumbakterium	< 10^8	108 - 10^{10}	Normbereich
Lactobacillus	< 10^5	105 - 10^7	Normbereich
Andere Anaerobe	< 10^8	Max. 10^8	Normbereich
Candida	< 10^2	Max. 10^2	Normbereich
Geotrichum	< 10^2	Max. 10^2	Normbereich
Andere Pilze	< 10^2	Max. 10^2	Normbereich

(Die Zahl 10^6 bedeutet 1 Million Keime pro Gramm Stuhl, 3 x 10^6 bedeutet demnach 3 Millionen Keime pro Gramm Stuhl)

Eubiose

Zustand, bei dem die Darmflora des Menschen ausgeglichen und gut ist. Die Eubiose gilt als wichtige Voraussetzung für die Gesundheit. Wird die Darmflora gestört, z. B. durch Antibiotika-Therapie, kommt es zur Dysbiose, die erhebliche Erkrankungen nach sich ziehen kann.

Geringfügige Abweichungen in einem Stuhlbefund stellen deswegen noch keine Fehlbesiedelung des Darmes dar. Wir müssen den Befund immer zum Patienten betrachten. Ein eubiotischer Zustand bedarf folglich keiner Therapie. Zeigt der Stuhlbefund jedoch deutliche Abweichungen, muss die Wiederherstellung der Eubiose Ziel des Therapeuten sein. Eine Eubiose kann durch verschiedene Faktoren beeinträchtigt werden. So können Rahmenbedingungen des modernen Lebensstils wie übertriebene Hygiene, häufiger Antibiotika-Einsatz, fettreiche und ballaststoffarme Ernährung sowie Stress und wenig Bewegung die Zusammensetzung der Darmflora beeinflussen und eine Dsybiose begünstigen (Kanai 2014).

Abb. 6 *Faktoren, die das Gleichgewicht der Darmflora zugunsten einer Eubiose bzw. Dysbiose verschieben können.*

7.2 Dysbiose

Die Dysbiose ist demnach ein Missverhältnis zwischen apathogenen (nicht krankmachenden) und pathogenen (krankmachenden) Keimen als Ausdruck eines stoffwechselgestörten immungeschwächten Organismus. Der pH-Wert des Stuhles verändert sich in den alkalischen Bereich, die Ökobilanz erreicht Werte von 3-6, aber es besteht noch eine relative gute Kolonisationsresistenz.

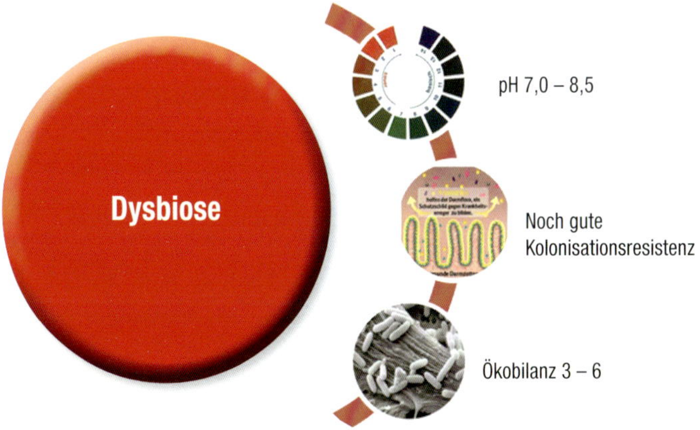

Fast jede Erkrankung geht mit einer Dysbiose einher. Eine Dysbiose führt irgendwann auch immer zu einem krankmachenden Prozess und sei es erst einmal nur, dass das Verdauungssystem mit Blähungen, Durchfall, Verstopfung, Reizdarm, Nahrungsmittelunverträglichkeiten oder Übelkeit reagiert.

Dysbiose

Die Dysbiose beschreibt eine Störung der natürlichen Bakterienflora in der Mundhöhle, auf der Haut, in der Scheide und auch im Darm.

Bleibt eine Dysbiose oder auch Dysbakterie über Wochen oder Monate bestehen, dann kommt es zu einer Veränderung der Darmschleimhaut.

Normalerweise ist die Darmschleimhaut für wichtige Nähr- und Mikronährstoffe durchlässig, für unverdaute Partikel oder für Giftstoffe jedoch sollte sie undurchlässig sein. Beim sog. Leaky-gut-Syndrom (zu Deutsch der „durchlässiger Darm") jedoch werden die Darmwände aufgrund der Dysbiose plötzlich so durchlässig, dass auch schädliche oder ungenügend verdaute Teilchen passieren können und ungehemmt durch den Organismus streifen. Es kommt zu einer chronischen Vergiftung des gesamten Stoffwechsels, was wiederum in Allergien, Nahrungsmittelunverträglichkeiten und chronischen Entzündungsprozessen des Gewebes (z. B. Rheuma, Fibromyalgie etc.) resultieren kann.

Name	Befund einer Dysbiose	Normbereich	
E.coli	2×10^5	10^6-10^7	vermindert
E.coli-Varianten	$<10^5$	Max. 10^5	Normbereich
Klebsiella	$<10^5$	Max. 10^5	Normbereich
Enterococcus	3×10^4	10^6-10^7	vermindert
Andere Aerobe	$<10^4$	Max. 10^4	Normbereich
Bacteroides	3×10^8	10^8-10^{10}	Normbereich
Clostridium	$<10^5$	Max. 10^5	Normbereich
Bifidumbakterium	$<10^8$	10^8-10^{10}	Normbereich
Lactobacillus	1×10^3	10^5-10^7	vermindert
Andere Anaerobe	$<10^8$	Max. 10^8	Normbereich
Candida	$<10^2$	Max. 10^2	Normbereich
Geotrichum	$<10^2$	Max. 10^2	Normbereich
Andere Pilze	$<10^2$	Max. 10^2	Normbereich

Therapie der Dysbiose

Probiotikum → - → - → -

Präparateempfehlung

Hochdosiertes Probiotikum mit folgenden Wirkstoffen und Kulturen:
48 Milliarden (=48 x10^9) doppelt geschützte lebende Milchsäurebakterien pro Tag
8 Kulturen: Lactobacillus acidophilus, Lactobacillus casei, Lactobacillus plantarum, Lactobacillus rhamnosus, Bifidobacterium bifidum, Bifidobacterium lactis, Bifidobacterium breve, Streptococcus thermophilus sowie 1,4 mg Vitamin B1, 1,6 mg Vitamin B2, 2 mg Vitamin B6, 1 µg Vitamin B12, 150 µg Biotin und 200µg Folsäure.

Dosierung: 48 Milliarden Milchsäurebakterien täglich zu den Mahlzeiten mit Flüssigkeit. Im Dauergebrauch kann die Tagesmenge auf 24 Milliarden reduziert werden. Kinder zwischen 2 und 10 Jahren nehmen die halbe Menge. Während einer Antibiotikum-Therapie sollte das Probiotikum mit einem möglichst großen Zeitabstand zu dem Antibiotikum eingenommen werden.

7.3 Intestinale Autointoxikation

Kommt es als Folge einer Dysbiose zu stärkeren Veränderungen der Darmflora und zur Fremdkeimbesiedelung entsteht eine intestinale Autointoxikation. Der pH-Wert verändert sich in den alkalischen Bereich, die Ökobilanz übersteigt den Wert 6 und die Kolonisationsresistenz nimmt ab.

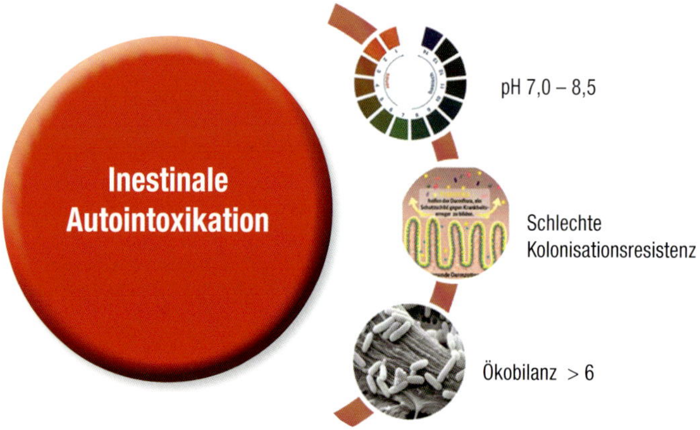

Hier treten Zersetzungsprozesse in Form von konjungierten Gallensäuren, Schwefel-Wasser-Stoffverbindungen, Fuselakohole und Putreszine auf, die zu Schleimhautreizungen, Gasbildungen, Auftreibung des Leibes und Blähungen führen. Im oft erschlafften Darm entstehen Zersetzungsgifte, z. B. Gärprodukte wie Säuren und Alkohole (aus Zucker und kohlenhydratreichen Speisen) oder andere hochgiftige Fäulnisstoffe (aus eiweißreicher Nahrung wie Fisch oder Fleisch). Gelangen die im Darm entstehenden Gifte in die Blutbahn (was z. B. durch entzündlich veränderte Darmschleimhäute begünstigt wird), können sie allmählich eine chronische Selbstvergiftung aus dem Darm hervorrufen (intestinale Autointoxikation). Die objektiven Folgen dieser „Autointoxikation" (Selbstvergiftung) bestehen in einer Schädigung aller Körperzellen und Organe, wobei Sinnesorgane, Nerven, Gefäße und Hormondrüsen besonders empfindlich reagieren.

Folgende Symptome der intestinalen Gifteinwirkung können auftreten: Beeinträchtigung des Allgemeinbefindens, Arbeitsunlust, Missmut, Gereiztheit, Erregbarkeit, Nervosität, übler Körper- und Mundgeruch, Zungenbelag, Rücken- und Kreuzschmerzen, Gelenkschmerzen, Schlaf – oder Sehstörungen, Kopfschmerzen oder Kopfdruck, Migräne, Herzbeschwerden, Atemnot, Gefäßkrämpfe (mit ständig kalten Händen und Füßen), Schwindelgefühle, Erschöpfungszustände, starkes Schwitzen, Bluthochdruck und Neuralgien.

Name	Befund einer Dysbiose mit intestinaler Autointoxikation	Normbereich	
E.coli	3×10^6	10^6-10^7	Normbereich
E.coli-Varianten	$<10^5$	Max. 10^5	Normbereich
Klebsiella	$<10^5$	Max. 10^5	Normbereich
Enterococcus	2×10^4	10^6-10^7	vermindert
Andere Aerobe	$<10^4$	Max. 10^4	Normbereich
Bacteroides	3×10^8	10^8-10^{10}	Normbereich
Clostridium	1×10^8	Max. 10^5	erhöht
Bifidumbakterium	$<10^6$	10^8-10^{10}	vermindert
Lactobacillus	1×10^4	10^5-10^7	vermindert
Andere Anaerobe	$<10^8$	Max. 10^8	Normbereich
Candida	$<10^2$	Max. 10^2	Normbereich
Geotrichum	$<10^2$	Max. 10^2	Normbereich
Andere Pilze	$<10^2$	Max. 10^2	Normbereich

Therapie der Dysbiose mit intestinaler Autointoxikation

Präparateempfehlung

Darmsanierung

Hochdosiertes Probiotikum mit folgenden Wirkstoffen und Kulturen:
48 Milliarden (=48 x109) doppelt geschützte lebende Milchsäurebakterien pro Tag
8 Kulturen: Lactobacillus acidophilus, Lactobacillus casei, Lactobacillus plantarum, Lactobacillus rhamnosus, Bifidobacterium bifidum, Bifidobacterium lactis, Bifidobacterium breve, Streptococcus thermophilus sowie 1,4 mg Vitamin B1, 1,6 mg Vitamin B2, 2 mg Vitamin B6, 1 µg Vitamin B12, 150 µg Biotin und 200µg Folsäure.

Dosierung: 48 Milliarden Milchsäurebakterien täglich zu den Mahlzeiten mit Flüssigkeit. Im Dauergebrauch kann die Tagesmenge auf 24 Milliarden reduziert werden. Kinder zwischen 2 und 10 Jahren nehmen die halbe Menge. Während einer Antibiotikum-Therapie sollte das Probiotikum mit einem möglichst großen Zeitabstand zu dem Antibiotikum eingenommen werden.

Zellentgiftung

Enzymhefezellen – Sie sind auch bei der Verdauung nötig und bauen neue biologische Verbindungen auf, regulieren den Stoffwechsel oder entsorgen den „Abfall" aus den Zellen.

Sie enthalten unter anderem:

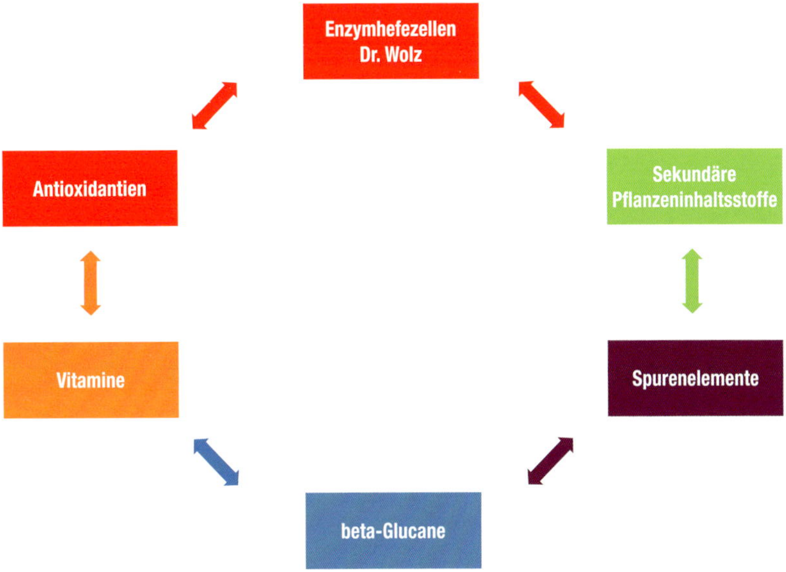

Enzym-Hefezellpräparate sind Konzentrate, daher je nach Bedarf 20-30 ml (2-3 Esslöffel) pro Tag verdünnt mit 200 ml eines Getränkes der Wahl zu oder nach den Mahlzeiten auf einmal oder verteilt nehmen.

7.4 Leaky-Gut-Syndrom

"Leaky Gut" ist ein Begriff aus dem Englischen und bedeutet übersetzt so viel wie „durchlässiger Darm". Nährstoffe, Toxine, Stoffwechselprodukte und Erreger gelangen über die geschädigte Darmschleimhaut direkt in den Organismus und können hier Beschwerden verschiedenster Art hervorrufen. Der pH-Wert verändert sich in den alkalischen Bereich, die Ökobilanz übersteigt den Wert 6 und die Kolonisationsresistenz nimmt ab. Außerdem verursachen chronisch entzündliche oder chronisch allergische Reizzustände der Dünndarmschleimhaut, dass diese aus der Nahrung Eiweißpartikel hindurchwandern lässt, was normalerweise verhindert wird.

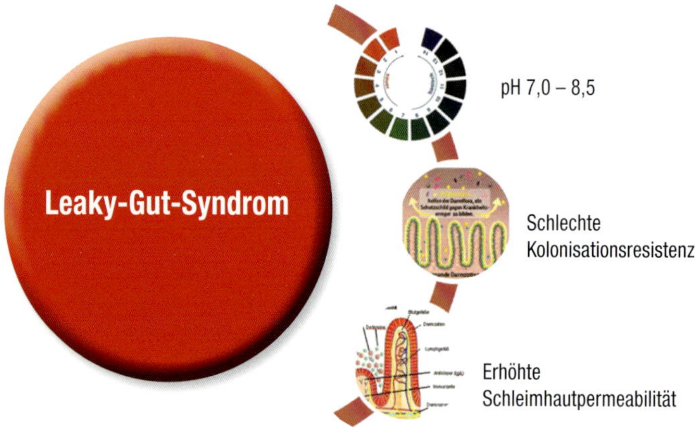

Ursachen für das Leaky-Gut-Syndrom können wiederholte Antibiotika-Gaben, falsche Ernährung oder auch Infektionskrankheiten mit Noroviren, Norwalkviren, Rotaviren und Adenoviren oder chronische entzündliche Darmerkrankungen wie Morbus Crohn oder Colitis ulzerosa sein, durch welche die Darmschleimhaut Schaden nimmt und durchlässig wird. Symptome sind häufig Durchfall, Blähungen und Obstipation. Begleitet wird dies oft von Verwertungsstörungen, die sich durch Gewichtsverlust, Lymphödeme, Blutungsneigung der

Darmschleimhaut, Anämie, Krämpfe, Schwäche oder Ausbleiben der Regelblutung äußcrn können. Daneben ruft das Leaky-Gut-Syndrom noch weitere Symptome durch die im Organismus auftretenden Entzündungen hervor, die sich vielfältig äußern können und oft nicht mit dem Darm in Verbindung gebracht werden. Dazu gehören unter anderem Rheuma, Akne, Neurodermitis, Migräne, niedriger Blutdruck, Arthritis, Osteoporose und Asthma.

Therapie des Leaky-Gut-Syndroms

Präparateempfehlung

Darmsanierung

Hochdosiertes Probiotikum mit folgenden Wirkstoffen und Kulturen:
48 Milliarden (=48 x109) doppelt geschützte lebende Milchsäurebakterien pro Tag
8 Kulturen: Lactobacillus acidophilus, Lactobacillus casei, Lactobacillus plantarum, Lactobacillus rhamnosus, Bifidobacterium bifidum, Bifidobacterium lactis, Bifidobacterium breve, Streptococcus thermophilus sowie 1,4 mg Vitamin B1, 1,6 mg Vitamin B2, 2 mg Vitamin B6, 1 µg Vitamin B12, 150 µg Biotin und 200µg Folsäure.

Dosierung: 48 Milliarden Milchsäurebakterien täglich zu den Mahlzeiten mit Flüssigkeit. Im Dauergebrauch kann die Tagesmenge auf 24 Milliarden reduziert werden. Kinder zwischen 2 und 10 Jahren nehmen die halbe Menge. Während einer Antibiotikum-Therapie sollte das Probiotikum mit einem möglichst großen Zeitabstand zu dem Antibiotikum eingenommen werden.

Zellentgiftung

Enzymhefezellen – Sie sind auch bei der Verdauung nötig und bauen neue biologische Verbindungen auf, regulieren den Stoffwechsel oder entsorgen den „Abfall“ aus den Zellen.

Sie enthalten unter anderem:

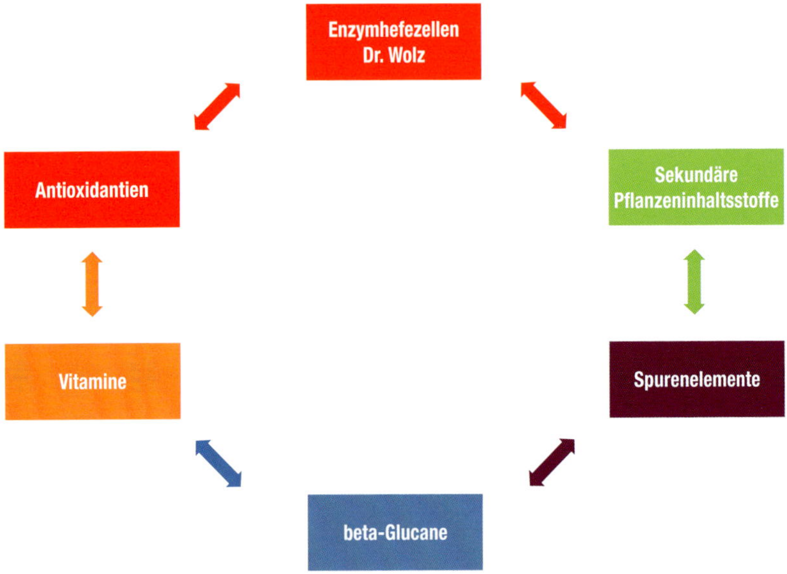

Enzym-Hefezellpräparate sind Konzentrate, daher je nach Bedarf 20-30 ml (2-3 Esslöffel) pro Tag verdünnt mit 200 ml eines Getränkes der Wahl zu oder nach den Mahlzeiten auf einmal oder verteilt nehmen.

Schleimhauttherapie

Omega-3-Fettsäuren – Sie sind eine Untergruppe innerhalb der Omega-n-Fettsäuren, die zu den ungesättigten Verbindungen zählen. Sie sind essenzielle Stoffe für die menschliche Ernährung, sind also lebensnotwendig, und können vom Körper nicht selbst hergestellt werden. Es sind hier zwei Eigenschaften, die uns im Zusammenhang mit dem Darm und dem Leaky-Gut interessieren:

1. Entzündungshemmende Wirkung
2. Schleimhautregenerierende Wirkung

Bei entzündlichen Erkrankungsbildern mit Autoimmunkomponente, wie rheumatoider Arthritis, entzündlichen Darmerkrankungen, Asthma oder primärer sklerosierender Cholangitis sprechen Wirkmechanismen, wie die Verminderung entzündungsfördernder Mediatoren, für einen therapeutischen Effekt.

Da Omega-3-Fettsäuren essentiellen sind, ist es sinnvoll, sie täglich zuzuführen. In Hochseefischen sind diese Omega-3-Fettsäuren besonders reich enthalten. Da nicht jeder täglich Fisch isst oder auch die Empfehlung der Deutschen Gesellschaft für Ernährung, 2-3 x pro Woche Fisch zu verzehren, nicht folgen kann, bleibt als eine Möglichkeit, auf die Omega-3-Fettsäuren von Nordmeer-Seefischen in Kapselform zurückzugreifen. 1 Kapsel täglich mit 300 mg Omega-3-Fettsäuren entsprechen 2-3 Fischmahlzeiten pro Woche. Eine optimale Kombination ergibt sich mit den ungesättigten Fettsäuren aus Borretsch und Kaltwasserfischen. Die beste Qualität haben Omega-3-Fettsäuren von Hochseefischen, die nicht aus Aquakulturen stammen, sondern wild lebenden Fischen. Eine Kapsel Omega-3-Fettsäuren sollte 500 mg Kaltwasser-Seefisch-Öl mit 300 mg Omega-3-Fettsäuren hochkonzentriert (davon mindestens 110 mg DHA und 165 mg EPA) enthalten. 1 Kapsel täglich vor oder zu einer Mahlzeit unzerkaut mit einer Flüssigkeit der Wahl.

Curcumin – Kurkuma (Curcuma longa), wird in der traditionellen Medizin Indonesiens und Indiens (Ayurveda) bereits seit mehreren Tausend Jahren als Mittel gegen eine Vielzahl von Krankheiten und zur Stärkung des Immunsystems eingesetzt. Hierfür relevante Inhaltsstoffe sind das Curcumin und ca. 90 weitere Curcumoide und Tetrahydrocurcuminoide. Entscheidend für die Schleimhauttherapie ist die antiinflammatorische Wirkung des Curcumins. Es hemmt die Enzyme Cyclooxygenase-2, Lipoxygenase und NO-Synthase und wirkt dadurch entzündungshemmend. Curcumoide blockieren zudem in den Zellkernen die Aktivität des Transkriptionsfaktors NF-kB, der bei Entzündungsprozessen eine Rolle spielt. Zudem aktiviert Curcumin die Gluthation-S-Transferase, die Toxine im Körper abbaut. (Z.B. Curcumin Extrakt 45 on Dr. Wolz mit hoch bioverfügbaren Curcumin).

Leaky-Gut-Syndrom mit Defensinverlust

Eine immer häufiger auftretende Erscheinung der Dysbiosen mit Leaky-Gut ist der Verlust an Defensinen in der Schleimhaut des Darmes. Verantwortlich für diese Störung sind in erster Linie Medikamente insbesondere Antibiotika. Defensine sind kleine 33–47 Aminosäuren lange Peptide, die drei intramolekulare Disulfidbrücken besitzen. Sie kommen in allen tierischen Organismen und höheren Pflanzen vor und dienen der Abwehr von mikrobiellen Erregern, vor allem Bakterien, aber auch Pilzen und Toxinen. In Säugetieren findet man sie zahlreich auf Haut- und Schleimhautoberflächen.

Beta-Defensine werden endogen von der Schleimhaut gebildet und sind ein Bestandteil des angeborenen Immunsystems. Bei einem gesunden Menschen gibt es auf einem Gen vier Abschnitte, so genannte Defensin produzierende Genabschnitte. Diese beeinflussen das Immunsystem positiv. Defensine sind im Grunde eine Art körpereigenes Antibiotikum. Die Bedarfssteuerung der Defensin-Bildung hängt von der wandständigen Darmflora ab. Erniedrigte Werte weisen auf eine Abnahme der Kolonisationsresistenz und eine Permeabilitätsstörung der Darmschleimhaut hin. Auffallend ist der deutliche Mangel von Beta-Defensin bei Morbus Crohn. Bei an Morbus Crohn erkrankten Menschen fehlt meist einer dieser vier Abschnitte. Hier sind nur drei Defensin-produzierende Abschnitte vorhanden. Dadurch kann die Abwehr geschwächt werden und Krankheiten wie Morbus Crohn entstehen. In einer solchen Situation muss die Therapie des Darmes um ein wichtiges Mittel zur Wiederherstellung der Defensinfunktion ergänzt werden.

Therapie des Leaky-Gut-Syndroms mit Defensinverlust

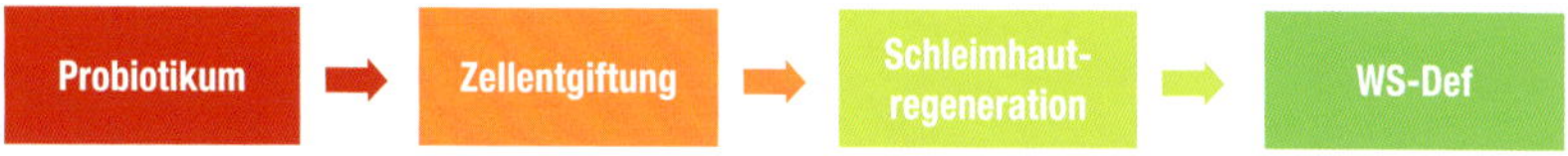

Präparateempfehlung

Defensintherapie

Homöopathisches Mittel WS-Def – Die Inhaltsstoffe von WS-Def sind:

» *NOD2Gen CH 2*
» *Panethzell-Defensine CH 6*
» *β-Defensine CH 6*

Dosierung: 3x tgl. 1 Globulus vor dem Essen

7.5 Mykosen

Wie wir schon festgestellt haben sind Pilze passagere Keime, gehören also nicht zur bodenständigen Darmflora. Unsere Schleimhäute besitzen genügend lokale Abwehrmechanismen gegen einen Befall mit Pilzen. Eine auftretende Pilzinfektion des Verdauungstraktes gibt uns somit einen Hinweis, dass wichtige Immunbarrieren des Darmes nicht mehr intakt sind und die Kolonisationsresistenz deutlich herabgemindert ist. Ursachen für eine Mykose können wiederholte Antibiosen, falsche Ernährung oder auch Infektionskrankheiten sein. Pilze können in jedem Milieu existieren. Der pH-Wert kann sowohl im alkalischen als auch sauren Bereich liegen, die Ökobilanz übersteigt den Wert 6 und die Kolonisationsresistenz hat abgenommen.

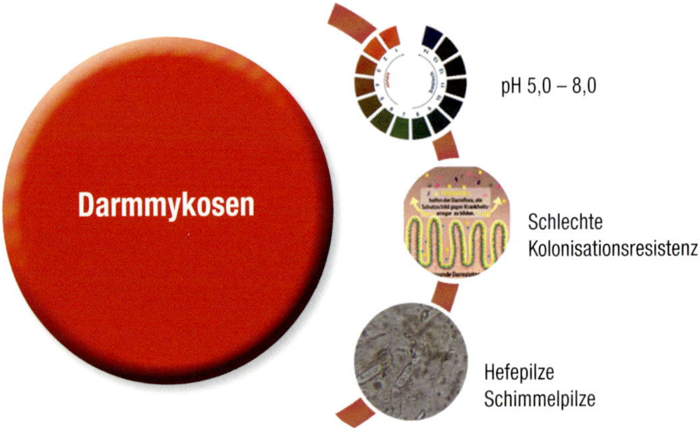

Symptome:
» *Wechselnde Stuhlbeschaffenheit*
» *Ständig wiederkehrender, mitunter wässriger Durchfall*
» *Bauchschmerzen*
» *Blähungen*
» *Juckreiz am After*
» *Soor im Bereich der Schleimhäute*

Diese Symptome selber können auch auf eine andere Darmerkrankung hindeuten, daher ist eine genauere Diagnostik notwendig.

Name	Befund einer Darmmykose	Normbereich	
E.coli	3×10^{6}	10^{6}-10^{7}	Normbereich
E.coli-Varianten	1×10^{8}	Max. 10^{5}	erhöht
Klebsiella	$<10^{5}$	Max. 10^{5}	Normbereich
Enterococcus	3×10^{6}	10^{6}-10^{7}	Normbereich
Andere Aerobe	$<10^{4}$	Max. 10^{4}	Normbereich
Bacteroides	3×10^{8}	10^{8}-10^{10}	Normbereich
Clostridium	1×10^{7}	Max. 10^{5}	erhöht
Bifidumbakterium	$<10^{8}$	10^{8}-10^{10}	Normbereich
Lactobacillus	$<10^{5}$	10^{5}-10^{7}	Normbereich
Andere Anaerobe	$<10^{8}$	Max. 10^{8}	Normbereich
Candida	1×10^{4}	Max. 10^{2}	erhöht
Geotrichum	5×10^{4}	Max. 10^{2}	erhöht
Andere Pilze	$<10^{2}$	Max.10^{2}	Normbereich

Therapie der Darmmukosen

Präparateempfehlung

Darmsanierung

Hochdosiertes Probiotikum mit folgenden Wirkstoffen und Kulturen:
48 Milliarden (=48 x109) doppelt geschützte lebende Milchsäurebakterien pro Tag
8 Kulturen: Lactobacillus acidophilus, Lactobacillus casei, Lactobacillus

plantarum, Lactobacillus rhamnosus, Bifidobacterium bifidum, Bifidobacterium lactis, Bifidobacterium breve, Streptococcus thermophilus sowie 1,4 mg Vitamin B1, 1,6 mg Vitamin B2, 2 mg Vitamin B6, 1 µg Vitamin B12, 150 µg Biotin und 200µg Folsäure.

Dosierung: 48 Milliarden Milchsäurebakterien täglich zu den Mahlzeiten mit Flüssigkeit. Im Dauergebrauch kann die Tagesmenge auf 24 Milliarden reduziert werden. Kinder zwischen 2 und 10 Jahren nehmen die halbe Menge. Während einer Antibiotikum-Therapie sollte das Probiotikum mit einem möglichst großen Zeitabstand zu dem Antibiotikum eingenommen werden.

Zellentgiftung

Enzymhefezellen – Sie sind auch bei der Verdauung nötig und bauen neue biologische Verbindungen auf, regulieren den Stoffwechsel oder entsorgen den „Abfall" aus den Zellen.

Sie enthalten unter anderem:

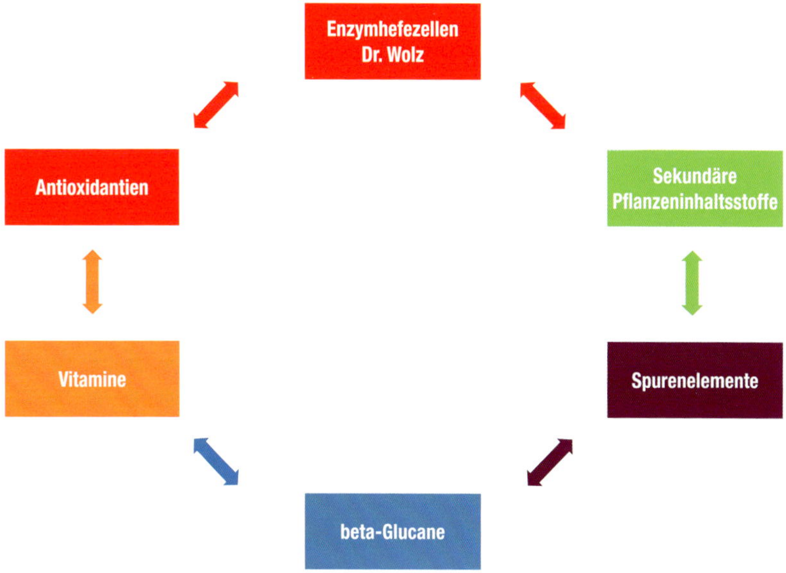

Enzym-Hefezellpräparate sind Konzentrate, daher je nach Bedarf 20-30 ml (2-3 Esslöffel) pro Tag verdünnt mit 200 ml eines Getränkes der Wahl zu oder nach den Mahlzeiten auf einmal oder verteilt nehmen.

7.6 Parasitärer Befall

Die Vorstellung von Parasiten in unseren Gedärmen ist nicht gerade appetitlich. Dennoch gewährt ein nicht unbeträchtlicher Teil der Bevölkerung diesen Störenfrieden unfreiwillig Unterschlupf. Die lebendigen Organismen, darunter Einzeller (z.B. Amöben, Giardien, Neospora, Toxoplasmen, Kryptosporidien, Sarcocystis) und Darmwürmer (z.B. Bandwürmer, Madenwürmer, Hakenwürmer, Fadenwürmer, Spulwürmer), nisten sich bevorzugt im menschlichen Verdauungstrakt ein und belasten unser Immunsystem. Umso wichtiger ist es zu wissen, wie wir Parasiten von unserem Organismus fernhalten können. Während das Problem in Ländern der Dritten Welt vor allem in kontaminiertem Wasser zu suchen ist, ziehen sich Menschen in der westlichen Welt häufig durch den Verzehr von Rohwurst, nicht genügend erhitztem Fleisch und Schalentieren Parasiten zu.

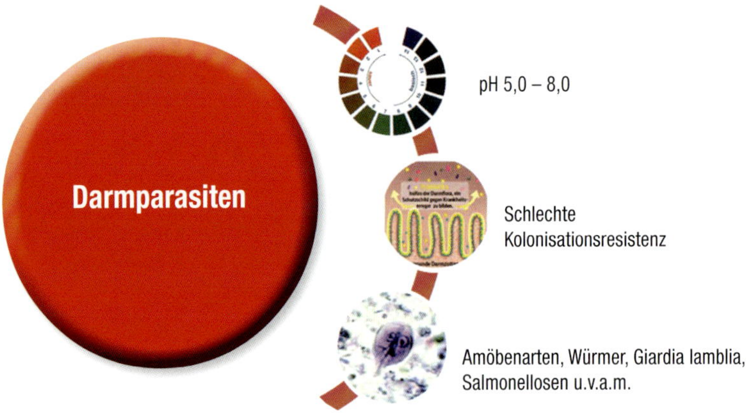

Der pH-Wert kann sowohl im alkalischen als auch sauren Bereich liegen, die Ökobilanz übersteigt den Wert 6 und die Kolonisationsresistenz hat abgenommen.

Haben sich Parasiten erst einmal im Darm eingenistet, können sie sich enorm schnell vermehren. Das Immunsystem setzt sich gegen die Eindringlinge zur Wehr, ist mit der großen Menge von Parasiten aber meist überfordert. Der Kontrollverlust unseres Immunsystems macht sich in typischen Verdauungsbeschwerden wie Durchfall, Blähungen und Völlegefühl bemerkbar. Aber auch grippeähnliche Symptome, Übelkeit, chronische Müdigkeit, Ausschlag, Gelenkschmerzen und chronische Nasennebenhöhlenentzündung können von einem Parasitenbefall herrühren. Um Parasiten loszuwerden, muss man sie sprichwörtlich aushungern, und dies am besten auf natürliche Weise!

Name	Befund einer Parasitose	Normbereich	
Blastocystis hominis			wurde nachgewiesen

Therapie der Darmparasiten

Probiotikum → Zellentgiftung → Schleimhautregeneration → Pilzmittel

Präparateempfehlung

Darmsanierung

Hochdosiertes Probiotikum mit folgenden Wirkstoffen und Kulturen:
48 Milliarden (=48 x109) doppelt geschützte lebende Milchsäurebakterien pro Tag
8 Kulturen: Lactobacillus acidophilus, Lactobacillus casei, Lactobacillus plantarum, Lactobacillus rhamnosus, Bifidobacterium bifidum, Bifidobacterium lactis, Bifidobacterium breve, Streptococcus thermophilus sowie 1,4 mg Vitamin B1, 1,6 mg Vitamin B2, 2 mg Vitamin B6, 1 µg Vitamin B12, 150 µg Biotin und 200µg Folsäure.

Dosierung: 48 Milliarden Milchsäurebakterien täglich zu den Mahlzeiten mit Flüssigkeit. Im Dauergebrauch kann die Tagesmenge auf 24 Milliarden reduziert werden. Kinder zwischen 2 und 10 Jahren nehmen die halbe Menge. Während einer Antibiotikum-Therapie sollte das Probiotikum mit einem möglichst großen Zeitabstand zu dem Antibiotikum eingenommen werden.

Zellentgiftung

Enzymhefezellen – Sie sind auch bei der Verdauung nötig und bauen neue biologische Verbindungen auf, regulieren den Stoffwechsel oder entsorgen den „Abfall" aus den Zellen.

Sie enthalten unter anderem:

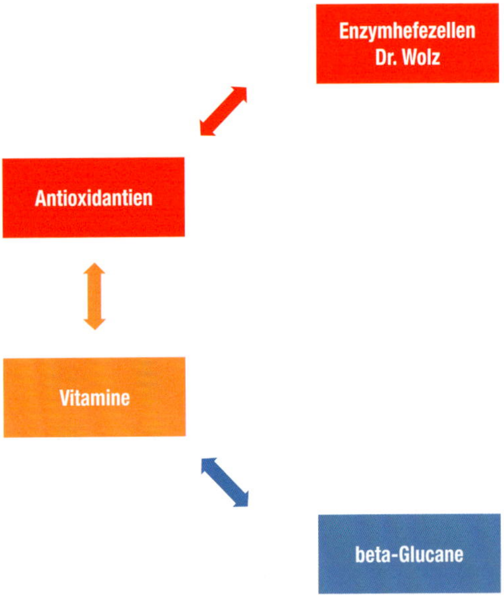

Enzym-Hefezellpräparate sind Konzentrate, daher je nach Bedarf 20-30 ml (2-3 Esslöffel) pro Tag verdünnt mit 200 ml eines Getränkes der Wahl zu oder nach den Mahlzeiten auf einmal oder verteilt nehmen.

Schleimhauttherapie

Omega-3-Fettsäuren – Sie sind eine Untergruppe innerhalb der Omega-n-Fettsäuren, die zu den ungesättigten Verbindungen zählen. Sie sind essenzielle Stoffe für die menschliche Ernährung, sind also lebensnotwendig, und können vom Körper nicht selbst hergestellt werden. Es sind hier zwei Eigenschaften, die uns im Zusammenhang mit dem Darm und dem Leaky-Gut interessieren:

1. Entzündungshemmende Wirkung
2. Schleimhautregenerierende Wirkung

Bei entzündlichen Erkrankungsbildern mit Autoimmunkomponente, wie rheumatoider Arthritis, entzündlichen Darmerkrankungen, Asthma oder primärer sklerosierender Cholangitis sprechen Wirkmechanismen, wie die Verminderung entzündungsfördernder Mediatoren, für einen therapeutischen Effekt.

Da Omega-3-Fettsäuren essentiellen sind, ist es sinnvoll, sie täglich zuzuführen. In Hochseefischen sind diese Omega-3-Fettsäuren besonders reich enthalten. Da nicht jeder täglich Fisch isst oder auch die Empfehlung der Deutschen Gesellschaft für Ernährung, 2-3 x pro Woche Fisch zu verzehren, nicht folgen kann, bleibt als eine Möglichkeit, auf die Omega-3-Fettsäuren von Nordmeer-Seefischen in Kapselform zurückzugreifen. 1 Kapsel täglich mit 300 mg Omega-3-Fettsäuren entsprechen 2-3 Fischmahlzeiten pro Woche. Eine optimale Kombination ergibt sich mit den ungesättigten Fettsäuren aus Borretsch und Kaltwasserfischen. Die beste Qualität haben Omega-3-Fettsäuren von Hochseefischen, die nicht aus Aquakulturen stammen, sondern wild lebenden Fischen. Eine Kapsel Omega-3-Fettsäuren sollte 500 mg Kaltwasser-Seefisch-Öl mit 300 mg Omega-3-Fettsäuren hochkonzentriert (davon mindestens 110 mg DHA und 165 mg EPA) enthalten. 1 Kapsel täglich vor oder zu einer Mahlzeit unzerkaut mit einer Flüssigkeit der Wahl.

Parasitentherapie
Natürliches Parasitenmittel –

Inhaltsstoffe: Walnussöl 1,0 g, Oreganoöl 1,0 g, Nelkenöl 0,6 g, Ingweröl 0,4 g, Wermutöl 0,4 g, Ozonidöl 6,6 g

Anwendung: Parasitäre Dysbiosen, 3x1 Tropfen in Wasser vor den Mahlzeiten

Mit dieser Therapie ist es möglich, dem Immunsystem fehlenden Sauerstoff zuzuführen. Das anaerobe Milieu wird langsam in Richtung aerob verschoben – krankmachenden Parasiten wird auf diese Weise die Lebensgrundlage entzogen (Milieutherapie). Luftsauerstoff wird in Ozon umgewandelt und an ungesättigte Pflanzenöle gebunden. Es entsteht ein Ozonid. Dr. Gerhard Steidl (Dipl.-Chemiker) hat sich sehr um die Erforschung der Ozonide bemüht und 11 Rizole entwickelt. Das Besondere der Rizole ist, dass sie mit Bitterstoffen und ätherischen Ölen wie z. B. Walnuss-, Oregano-, Nelken-, Ingwer- und/oder Wermutöl kombiniert werden. So entfaltet sich eine doppelte Wirkung: die des Sauerstoffs und die des ätherischen Öls bzw. der Bitterstoffe. Die Milieutherapie mit Ozoniden ist nicht neu. Zwischen 1915 und 1947 wurden Ozonide in der Medizin bei Mensch und Tier gegen Infektionen und zur Wundinfektion bei Operationen verwendet. Die Antibiotika-Entdeckung ließ sie fast in Vergessenheit geraten.

7.7. Beispielhafte Untersuchungsbefunde

An dieser Stelle sollen nun noch einige Befunde von Stuhluntersuchungen aufgeführt werden, die mit bestimmten Indikationen assoziiert werden. Dabei fällt auf, dass in allen Fällen die Darmflora dahingehend verändert ist, dass die Zahl bestimmter Darmkeime vermindert ist. Vermindertes sekretorisches/faecales IgA deutet in der Regel auf eine Beeinträchtigung des darmbasierten Immunsystems hin, vermindertes Defensin auf einen Defekt in der Darmbarriere und erhöhtes Defensin auf eine Entzündung der Darmschleimhaut.

Indikation / Diagnose	Beispielhafter Stuhlbefund
Divertikulitis	• Veränderte Darmflora (E. coli stark vermindert, E. coli Variante haem. mäßig vermehrt, Clostridium stark vermehrt) • Vermindertes faecales IgA • Neutralfette: erhöht • Intestinale Ökobilanz: 8 Punkte
Schlechte Pankreasfunktion und starker Mundgeruch	Veränderte Darmflora (E. coli mäßig vermindert, Enterococcus sp. vermindert, Bifidobacterium sp mäßig vermindert, Lactobacillus sp. gering vermindert) • Stärke: erhöht • Neutralfette: erhöht • Fettsäuren: mäßig erhöht • Sekretorisches IgA: deutlich vermindert • Intestinale Ökobilanz: 6 Punkte
Colitis mucosa	Veränderte Darmflora (E. coli-Variante Lact. neg. mäßig vermehrt, Bifidobacterium sp gering vermindert, Candida sp. (Pilze) mäßig vermehrt, Geotrichum sp. (Pilze) mäßig vermehrt) • Stärke: stark erhöht • Faecales IgA: vermindert • Intestinale Ökobilanz: 12 Punkte

Indikation / Diagnose	Beispielhafter Stuhlbefund
Sporadischer Durchfall und Migräne	Veränderte Darmflora (E. coli gering vermindert, Bifidobacterium sp mäßig vermindert, Candida sp. (Pilze) mäßig vermehrt) • Faecales IgA: vermindert • Intestinale Ökobilanz: 5 Punkte
Leaky-Gut-Syndrom / entzündliche Reizungen der Darmschleimhaut	Veränderte Darmflora (Enterococcus sp. stark vermindert, Lactobacillus sp. gering vermindert) • Neutralfette: stark erhöht • Fettsäuren: mäßig erhöht • ß-Defensin 2: stark vermindert • Intestinale Ökobilanz: 4 Punkte
Glutenunverträglichkeit und schwere Verdauungsinsuffizienz	Veränderte Darmflora (Enterococcus sp. stark vermindert) • pH-Wert: alkalisch • Fett: erhöht • Stickstoff: erhöht • PMN-Elastase (Entzündungsmarker): erhöht • Anti-Gliadin-sIgA: vermehrt • Intestinale Ökobilanz: 6 Punkte
Neurodermitis, Asthma, Pollinosis mit Pilzbefall	Veränderte Darmflora Bifidobacterium sp stark vermindert, Lactobacillus sp. stark vermindert, Candida sp. (Pilze) stark vermehrt) • pH-Wert: alkalisch • Alpha 1-Antitrypsin: vermehrt • Intestinale Ökobilanz: 12 Punkte
Parasitenbefall	Veränderte Darmflora (Lactobacillus sp. mäßig vermindert) • Sekretorisches IgA: vermindert • Parasiten: Dientamoeba fragilis • Intestinale Ökobilanz: 2 Punkte

Indikation / Diagnose	Beispielhafter Stuhlbefund
Morbus Crohn	Veränderte Darmflora (Enterococcus sp. gering vermindert, Bifidobacterium stark vermindert) • pH-Wert: sauer • Alpha 1-Antitrypsin (Entzündungsmarker): erhöht • Sekretorisches IgA: vermindert • ß-Defensin-2: erhöht • Intestinale Ökobilanz: 7 Punkte
Befall mit Schimmelpilz und Helicobacter pylori	Veränderte Darmflora (E. coli gering vermindert, Bifidobacterium sp mäßig vermindert, Geotrichum sp. (Pilze) stark vermehrt) • Neutralfette: mäßig erhöht • Fettsäuren: erhöht • Erreger: Heliobacter pylori • Intestinale Ökobilanz: 6 Punkte

8. Hinweise für die Praxis

8.1 Darm-Diagnose-Check

Die Schulmedizin verfügt über einige gut entwickelte Techniken, um Organerkrankungen des Darmes zu erfassen. Von Darmspiegelung über Magnetresonanztechnik bis zum Ultraschall stehen einige Verfahren zur Verfügung. Diese Untersuchungsmethoden sind zuerst einzuleiten, wenn das Verdauungssystem Ihres Körpers Beschwerden verursacht.

Doch leider können diese Methoden funktionelle Störungen des Darmes nicht erkennen, wie wir besonders bei Diagnosen wie Reizdarmsyndrom immer wieder feststellen müssen. Aus diesem Grund wurde in über 30-jähriger Erfahrung ein Diagnoseprogramm festgelegt, mit dem dieses Manko behoben werden kann (www.spillerdarmcheck.de) . Im Darm-Diagnose-Check erfolgen daher folgende Untersuchungen:

1. Mikrobiologische Untersuchung des Stuhles Untersuchung der Darmflora, einschließlich Pilze und Parasiten
2. Komplettanalyse mittels 1 Tropfen Blutes aus der Fingerkuppe Untersuchung von Nahrungsmittelunverträglichkeiten, Erregerbelastungen, Umweltgifte, hormoneller Fehlfunktionen und Vitalstoffmängel
3. Schriftlicher Bericht mit Therapieempfehlung für Ihren Therapeuten

8.2 Praxisbeispiel Reizdarmsyndrom: Anwendungsbeobachtung zur Behandlung mit Probiotika

Unter dem so genannten Reizdarm *(colon irritabile)* leiden in Deutschland schätzungsweise bis zu 12 Millionen Menschen, davon mehr Frauen als Männer. Dieser Befund stellt somit eine häufige und große therapeutische Herausforderung für die naturheilkundliche Praxis dar, weil unter dieser Indikation verschiedene Krankheitszeichen zusammengefasst werden, für die keine organischen oder biochemischen Veränderungen erkennbar sind. Die typischen Symptome: Stuhlunregelmäßigkeiten, krampfartige Bauchschmerzen, Druckgefühl im Unterbauch und Blähungen. Zurückführen lässt sich der Reizdarm in der Regel auf maskierte Nahrungsmittelunverträglichkeiten, pseudoallergische Reaktionen auf Zusatzstoffe in der Nahrung, Pilzbefall, veränderte Darmflora, exokrine Pancreasinsuffizienz sowie Funktionsstörungen im Bereich von Leber-Galle, Magen oder Bauchspeicheldrüse.

Im Zeitraum von Januar 2010 bis Dezember 2010 wurden in der Naturheilpraxis Wolfgang Spiller 433 Patienten, davon 27 Kinder im Rahmen einer ganzheitlichen biologischen Therapie mit Probiotika behandelt. Bei dem verwendeten Präparat handelte es sich um „Darmflora plus select" von der Firma Dr. Wolz. Darmflora plus select Dr. Wolz wurde speziell für die Wiederherstellung einer gesunden Darmflora entwickelt. Es enthält acht selektierte probiotische Kulturen in einer Höchstkonzentration von 48 Milliarden Milchsäurebakterien pro Tagesportion. Diese selektiven Kulturen sind auf die unterschiedlichen Darmabschnitte des menschlichen Körpers abgestimmt und unterstützen hier die physiologische Darmflora in ihren Aufgaben. Zudem sind sie doppelt geschützt gegen Magen- und Gallensäure und kommen daher unbeschadet im Darm an.

Alle Patienten klagten über diffuse Beschwerden wie Bauchschmerzen, Blähungen, unregelmäßiger Stuhlgang, dünne bis durchfällige Stuhlentleerungen, häufigen Entleerungsreiz und Nahrungsmittelunverträglichkeiten. Wenn Coloskopien durchgeführt wurden, zeigten diese keinen klinischen Befund. Untersuchungen nach Enteritiserregern und Parasiten blieben in der Regel erfolglos. Die Patienten wurden über einen Zeitraum von drei Monaten daraufhin mit der Gabe von Darmflora plus select Dr. Wolz in einer Dosierung von je einer Kapsel morgens und abends vor dem Essen behandelt.

Ergebnis

In Kombination mit ernährungstherapeutischen Maßnahmen konnte bei den meisten Patienten eine Verbesserung oder ein vollständiges Verschwinden der Reizdarmsymptomatik beobachtet werden (s. Abb. 7). Therapieversager traten meist bei Diätfehlern auf. Zusammengefasst kann festgestellt werden, dass probiotische Präparate das Mittel der Wahl bei Reizdarmsyndromen zu sein scheinen. Voraussetzung ist allerdings, dass spezialisierte probiotische Bakterienkulturen in ausreichendem Maße zugeführt werden. Diese Bedingung wird bei Darmflora plus select Dr. Wolz erfüllt. Durch die langfristige, stufenweise Gabe unentbehrlicher Darmkeime kann das mikroökobiologische Gleichgewicht des Körpers wiederhergestellt werden.

Abb. 7

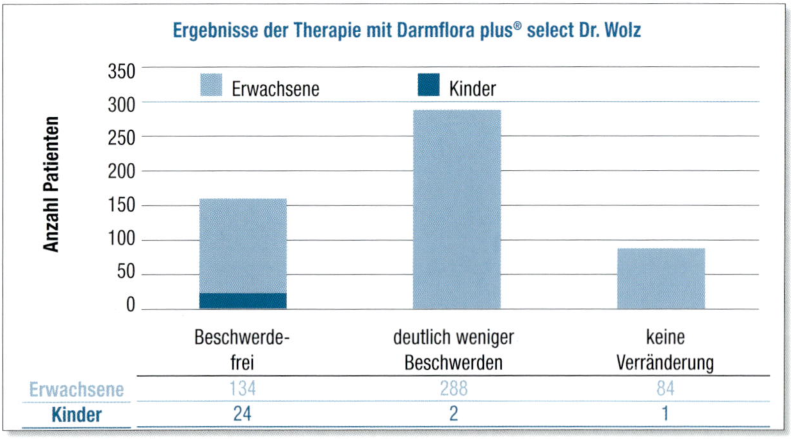

	Beschwerdefrei	deutlich weniger Beschwerden	keine Verränderung
Erwachsene	134	288	84
Kinder	24	2	1

8.3 Praxisbeispiel Immundefizienz: Anwendungsbeobachtung zur Behandlung mit Enzym-Hefezellen

Enzym-Hefezellen werden in ärztlichen und naturheilkundlichen Praxen seit mittlerweile 40 Jahren erfolgreich angewendet. Sie enthalten einen hohen Anteil an β-Glucanen, Enzymen, Coenzymen, Aminosäuren, Spurenelementen, Vitaminen, Enzymhefezellen und sekundären Pflanzenstoffen aus Obst und Gemüsekomplexen. Auf Grund dieser Zusammensetzung ergeben sich viele Einsatzgebiete. Besondere Wirksamkeit zeigt sich bei der Therapie bei einer Schwäche des darmbasierten Immunsystems. Darunter versteht man die verminderte Fähigkeit des körpereigenen Immunsystems, eine normale Reaktion auf Infektionen oder maligne Tumore zu zeigen.

Dass die pharmakodynamische Wirkung lebendiger Enzym-Hefezellen bei der unspezifischen Immuntherapie sich erneut in der Praxis bestätigt hat, zeigt eine aktuelle Anwendungsbeobachtung der Naturheilpraxis Wolfgang Spiller. Hier wurden 786 Patienten (davon 59 Kinder) im Rahmen einer ganzheitlichen-biologischen Therapie mit dem Enzym-Hefezellpräparat Zell Oxygen® Immunkomplex der Firma Dr. Wolz behandelt. Während bei den Kindern chronisch-rezidivierende Infekte, atopische Erkrankungen und Allergien im Vordergrund standen, dominierten bei den erwachsenen Patienten chronisch-degenerative Erkrankungen, Gelenkerkrankungen, Magen-Darm-Beschwerden, Hypertonie, Depressionen, Tumore und autoimmune Reaktionen. Den Patienten wurden drei Monate drei Mal täglich 10 ml Zell Oxygen® Immunkomplex Dr. Wolz verabreicht, um das immunologische und metabolische Regulationsverhalten zu verbessern sowie genügend genreparative Stoffe zur Verbesserung und Heilung der Beschwerden zu erzielen.

Ergebnis

Fast alle Patienten berichteten über eine deutliche allgemeine Leistungssteigerung, Vitalitätszunahme, verbesserte Konzentrationsleistung und mehr seelische Ausgeglichenheit. Beschwerden waren teilweise oder ganz verschwunden, allopathische Medikamenten konnten reduziert oder abgesetzt werden. Kinder berichteten über deutlich weniger bis keine Infekte (Abb. 8).

Abb. 8

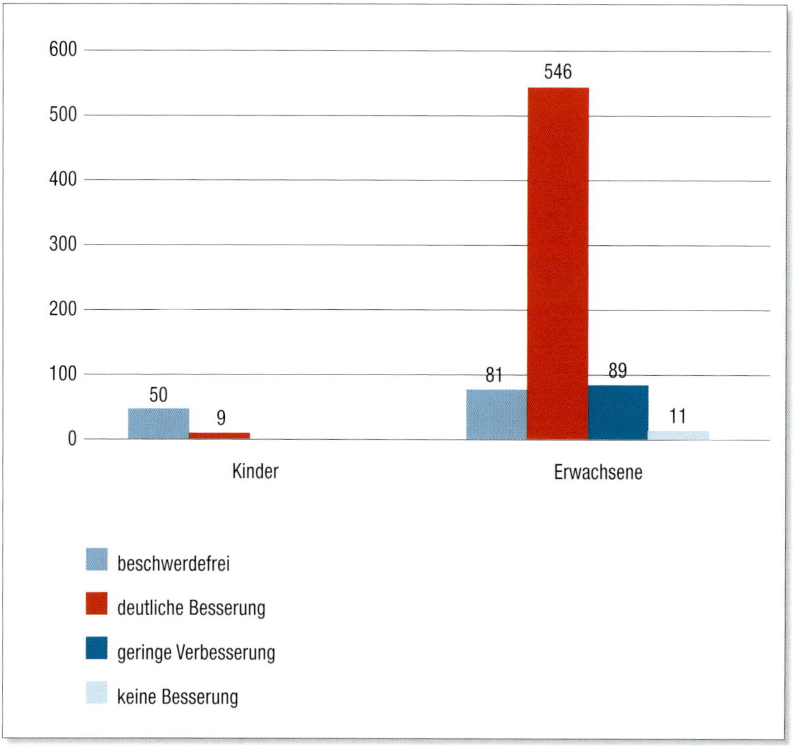

8.4 Bezugs- und Informationsquellen

Apotheken und Reformhäuser

Dr. Wolz Zell GmbH
Marienthaler Str. 3, 65366 Geisenheim
Postfach 1128, 65358 Geisenheim
Telefon: 06722 – 5610 – 0
Telefax: 06722 – 5610 – 20
E-Mail: info@wolz.de
Internet: www.wolz.de

Apotheke zur Kaiserkrone
Mariahilfer Straße 110
A-1070 Wien
Telefon: 0043-1-526 26 46
Telefax: 0043-1-526 26 47
Email: apo@kaiserkrone.at
www.kaiserkrone.at

Dr. Mathias Oldhaver
E-Mail: info@praxis-dr-oldhaver.de
www.praxis-dr-oldhaver.de

Wolfgang Spiller
Niederestraße 24
D-78050 Villingen-Schwenningen
Telefon +49 7721 4503
Telefax +49 7721 27218
Email: info@spillermedic.de
www.spillerdarmcheck.de

LITERATUR

Abbas, Z. et al.: Cytokine and clinical response to Saccharomyces boulardii therapy in diarrhea-dominant irritable bowel syndrome: a randomized trial. Eur J Gastroenterol Hepatol. 2014 Jun;26(6):630-9. doi: 10.1097/MEG.0000000000000094.

Aggarwal, J. et al.: Probiotics and their Effects on Metabolic Diseases: An Update. J Clin Diagn Res. 2013 Jan;7(1):173-7. doi: 10.7860/JCDR/2012/5004.2701. Epub 2013 Jan 1.

Ahmadi, M.A. et al.: Antimutagenic and anticancer effects of lactic acid bacteria isolated from Tarhana through Ames test and phylogenetic analysis by 16S rDNA. In: Nutr Cancer. 2014;66(8):1406-13. doi: 10.1080/01635581.2014.956254. Epub 2014 Oct 20.

Akin, H. u. Tözün, N.: Diet, microbiota, and colorectal cancer. In: J Clin Gastroenterol. 2014 Nov-Dec;48 Suppl 1:S67-9. doi: 10.1097/MCG.0000000000000252.

Almeida, C.C. et al.: Beneficial effects of long-term consumption of a probiotic combination of Lactobacillus casei Shirota and Bifidobacterium breve Yakult may persist after suspension of therapy in lactose-intolerant patients. Nutr Clin Pract. 2012 Apr;27(2):247-51. doi: 10.1177/0884533612440289. Epub 2012 Mar 8.

Allen SJ, et al.: Cochrane Summaries: Probiotics for treating acute infectious diarrhoea, Published Online: December 8, 2010

Alvarez, S. et al.: Immunomodulation of intestinal epithelia cells by non-pathogenic components of the microflora. Tecnogolia Lactea Latinoamericana 1997; 9: 38-44

Anandharaj,M., Sivasankari,B., & Rani,R.P.: Effects of Probiotics, Prebiotics, and Synbiotics on Hypercholesterolemia: A Review. Chinese Journal of Biology Vol. 2014[Article ID 572754], 7 pages. 2014

Annibale, B. et al.: Efficacy of Lactobacillus paracasei sub. paracasei F19 on abdominal symptoms in patients with symptomatic uncomplicated diverticular disease: a pilot study. Minerva Gastroenterol Dietol. 2011 Mar;57(1):13-22.

Antonio, M.A.: Vaginal colonization by probiotic Lactobacillus crispatus CTV-05 is decreased by sexual activity and endogenous Lactobacilli. J Infect Dis. 2009 May 15;199(10):1506-13. doi: 10.1086/598686.

Aragón, F.: Modification in the diet can induce beneficial effects against breast cancer. World J Clin Oncol. 2014 Aug 10;5(3):455-64. doi: 10.5306/wjco.v5.i3.455.

Arrigoni E et al.: Tolerance and absorption of lactose from milk and yogurt during short-bowel syndrome in humans. Am J Clin Nutr 1994;60:926-929

Aso, Y. et al.: Preventive effect of a Lactobacillus casei preparation on the recurrence of superficial bladder cancer in a double-blind trial. The BLP Study Group. Eur Urol. 1995;27(2):104-9.

Aso, Y. et Akazan, H.: Prophylactic effect of a Lactobacillus casei preparation on the recurrence of superficial bladder cancer. BLP Study Group. Urol Int. 1992;49(3):125-9.

Azam, R. et al.: Lactobacillus acidophilus and Lactobacillus crispatus culture supernatants downregulate expression of cancer-testis genes in the MDA-MB-231 cell line. Asian Pac J Cancer Prev. 2014;15(10):4255-9.

Batista D. u. Raffals L.: Role of intestinal bacteria in the pathogenesis of pouchitis. Inflamm Bowel Dis. 2014 Aug;20(8):1481-6. doi: 10.1097/MIB.0000000000000055.

Bauer-Marinovic, M. et al.: Dietary resistant starch type 3 prevents tumor induction by 1,2-dimethylhydrazine and alters proliferation, apoptosis and dedifferentiation in rat colon. In: Carcinogenesis. 2006 Sep;27(9):1849-59. Epub 2006 Apr 5.

Bekkali, N.L. Et al.: The role of a probiotics mixture in the treatment of childhood constipation: a pilot study. Nutr J. 2007 Aug 4;6:17.

Benard, A. et al: Increased intestinal permeability in bronchial asthma. J Allergy Clin Immunol. 1996 Jun;97(6):1173-8.

Berk, M. et al.: So depression is an inflammatory disease, but where does the inflammation come from? BMC Med. 2013 Sep 12;11:200. doi: 10.1186/1741-7015-11-200.

Beyer-Sehlmeyer, G. et al.: Butyrate is only one of several growth inhibitors produced during gut flora-mediated fermentation of dietary fibre sources. Br J Nutr. 2003 Dec;90(6):1057-70.

Bischoff, S. (Hrsg.): Probiotika, Präbiotika und Synbiotika. Stuttgart 2009

Bjerg, A.T. et al.: Lactobacillus paracasei subsp paracasei L. casei W8 suppresses energy intake acutely. Appetite. 2014 Nov;82:111-8. doi: 10.1016/j.appet.2014.07.016. Epub 2014 Jul 15.

Bleichner, G. et al.: Saccharomyces boulardii prevents diarrhea in critically ill tube-fed patients. A multicenter, randomized, double-blind placebo-controlled trial. Intensive Care Med. 1997 May;23(5):517-23.

Boeckner, L.S. et al.: Inulin: a review of nutritional and health implications. Adv Food Nutr Res. 2001;43:1-63.

Böhm, S. u. Kruis, W.: Probiotika zur Prophylaxe und Therapie chronisch entzündlicher Darmerkrankungen. In: Bischoff, S. a.a.O. 2009

Bolognani, F. et al.: Influence of carcinogen binding by lactic acid-producing bacteria on tissue distribution and in vivo mutagenicity of dietary carcinogens. Food Chem Toxicol. 1997 Jun;35(6):535-45.

Bordoni A. et al.: Cholesterol-lowering probiotics: in vitro selection and in vivo testing of bifidobacteria. Appl Microbiol Biotechnol. 2013 Sep;97(18):8273-81. doi: 10.1007/s00253-013-5088-2. Epub 2013 Jul 20.

Bosch,M., Fuentes,M.C., Audivert,S., Bonachera,M.A., Peiro,S., & Cune,J. (2014) Lactobacillus plantarum CECT 7527, 7528 and 7529: probiotic candidates to reduce cholesterol levels. J Sci. Food Agric., 94, 803-809.

Breves, G. u. Holst, H.: Probiotische Hefen. In: Bischoff, S. a.a.O.

Brim, H. et al.: SLC5A8 gene, a transporter of butyrate: a gut flora metabolite, is frequently methylated in African American colon adenomas. PLoS One. 2011;6:e20216.

Bruce-Keller, A.J. et al.: Obese-type gut microbiota induce neurobehavioral changes in the absence of obesity. Biol Psychiatry. 2015 Apr 1;77(7):607-15. doi: 10.1016/j.biopsych.2014.07.012. Epub 2014 Jul 18.

Bruzzese, E. et al.: Effect of Lactobacillus GG supplementation on pulmonary exacerbations in patients with cystic fibrosis: a pilot study. Clinical Nutrition 2007; 26(3): 322-328

Buddington, R.K et al.: Dietary supplement of neosugar alters the fecal flora and decreases activities of some reductive enzymes in human subjects. Am J Clin Nutr. 1996 May;63(5):709-16.

Bultman, S.J.: Emerging roles of the microbiome in cancer. Carcinogenesis. 2014 Feb;35(2):249-55. doi: 10.1093/carcin/bgt392. Epub 2013 Dec 3.

Bunout, D. et al.: Effects of a nutritional supplement on the immune response and cytokine production in free-living Chilean elderly. J ParenteralEnteral Nutr 2004; 28: 348-354

Burton, J.P.: A preliminary study of the effect of probiotic Streptococcus salivarius K12 on oral malodour parameters. J Appl Microbiol. 2006 Apr;100(4):754-64.

Buts, J. et al.: Saccharomyces boulardii for Clostridium difficile-associated enteropathies in infants. J Pediatr Gastroenterol Nutr. 1993 May;16(4):419-25.

Castagliuolo I. et al.: Saccharomyces boulardii protease inhibits the effects of Clostridium difficile toxins A and B in human colonic mucosa. Infect Immun. 1999 Jan;67(1):302-7.

Cetina-Sauri, G. u. Basto, G.S.: Antidiarrhoeische Therapie bei Kindern. Der Kinderarzt 1991; 12: 2095-2097

Chapoy, P.: Treatment of acute infantile diarrhea: controlled trial of Saccharomyces boulardii. Ann Pediatr (Paris). 1985 Jun;32(6):561-3.

Chen, D. et al.: The effect of Lactobacillus rhamnosus hsryfm 1301 on the intestinal microbiota of a hyperlipidemic rat model. BMC Complement Altern Med. 2014 Oct 10;14:386. doi: 10.1186/1472-6882-14-386.

Chen S. J. et al.: Ulcerative colitis as a polymicrobial infection characterized by sustained broken mucus barrier. World J Gastroenterol. 2014 Jul 28;20(28):9468-9475.

Chinnappa, A. et al.: Probiotics for future caries control: a short-term clinical study. Indian J Dent Res. 2013 Sep-Oct;24(5):547-9. doi: 10.4103/0970-9290.123363.

Clarke, G. et al.: The microbiome-gut-brain axis during early life regulates the hippocampal serotonergic system in a sex-dependent manner. Mol Psychiatry. 2013 Jun;18(6):666-73. doi: 10.1038/mp.2012.77. Epub 2012 Jun 12.

Collado Yurrita L et al.: Effectiveness of inulin intake on indicators of chronic constipation; a meta-analysis of controlled randomized clinical trials. Nutr Hosp. 2014 Aug 1;30(2):244-52. doi: 10.3305/nh.2014.30.2.7565.

Commane, D.M. et al.: Effects of fermentation products of pro- and prebiotics on trans-epithelial electrical resistance in an in vitro model of the colon. Nutr Cancer. 2005;51(1):102-9.

Costa, D.J. et al.: Efficacy and safety of the probiotic Lactobacillus paracasei LP-33 in allergic rhinitis: a double-blind, randomized, placebo-controlled trial (GA2LEN Study). Eur J Clin Nutr. 2014 May;68(5):602-7. doi: 10.1038/ejcn.2014.13. Epub 2014 Feb 26.

Crumeyrolle-Arias, M. et al.: Absence of the gut microbiota enhances anxiety-like behavior and neuroendocrine response to acute stress in rats. Psychoneuroendocrinology. 2014 Apr;42:207-17. doi: 10.1016/j.psyneuen.2014.01.014. Epub 2014 Jan 31.

Cui, H.H. et al.: Effects of probiotic on intestinal mucosa of patients with ulcerative colitis. Worls J Gastroenterol 2004;10:1521-1525

Cummings JH, Englyst HN. Fermentation in the human large intestine and the available substrates, Am J Clin Nutr 45 (1987) 1243–1255

Dash, S.: Achse Darm-Gehirn: Was das Mikrobiom mit Demenz, Multipler Sklerose und Depression zu tun hat. Medscape. 17. Apr 2015.

De Alberti, D.: Lactobacilli vaginal colonisation after oral consumption of Respecta® complex: a randomised controlled pilot study. Arch Gynecol Obstet. 2015 Apr 9. [Epub ahead of print]

Deplancke B. u. Gaskins H.R.: Microbial modulation of innate defense: goblet cells and the intestinal mucus layer. Am J Clin Nutr. 2001 Jun;73(6):1131S-1141S.

De Seta, F.: Lactobacillus plantarum P17630 for preventing Candida vaginitis recurrence: a retrospective comparative study. Eur J Obstet Gynecol Reprod Biol. 2014 Nov;182:136-9. doi: 10.1016/j.ejogrb.2014.09.018. Epub 2014 Sep 17.

de Vrese M.: Effects of probiotic bacteria on gastro-intestinal symptoms, Heliobacter pylori activity and antibiotics-induced diarrhoea. Gastroenterology 2003;124:A560

de Vrese M et al.: Effect of Lactobacillus gasseri PA 16/8, Bifidobacterium longum SP 07/3, B. bifidum MF 20/5 on common cold episodes: a double blind, randomised controlled trial. Clin Nutr 2005; 24:481-491

Dhiman, R.K.: Probiotic VSL#3 reduces liver disease severity and hospitalization in patients with cirrhosis: a randomized, controlled trial. Gastroenterology. 2014 Dec;147(6):1327-37.e3. doi: 10.1053/j.gastro.2014.08.031. Epub 2014 Aug 27.

Didari T. et al.: Effectiveness of probiotics in irritable bowel syndrome: Updated systematic review with meta-analysis. World J Gastroenterol. 2015 Mar 14;21(10):3072-84. doi: 10.3748/wjg.v21.i10.3072.

Dimidi, E. et al.: The effect of probiotics on functional constipation in adults: a systematic review and meta-analysis of randomized controlled trials. Am J Clin Nutr. 2014 Oct;100(4):1075-84. doi: 10.3945/ajcn.114.089151. Epub 2014 Aug 6.

Dinan, T.G. et al.: Psychobiotics: a novel class of psychotropic. Biol Psychiatry. 2013 Nov 15;74(10):720-6. doi: 10.1016/j.biopsych.2013.05.001. Epub 2013 Jun 10.

Donders, G.: Diagnosis and management of bacterial vaginosis and other types of abnormal vaginal bacterial flora: a review. Obstet Gynecol Surv. 2010 Jul;65(7):462-73. doi: 10.1097/OGX.0b013e3181e09621.

Drago L et al.: Effects of Lactobacillus sal.ivarius LS01 (DSM 22775) treatment on adult atopic dermatitis: a randomized placebo-controlled study. Int J Immunopathol Pharmacol. 2011 Oct-Dec;24(4):1037-48.

Drago, L. et al.: Immunomodulatory Effects of Lactobacillus salivarius LS01 and Bifidobacterium breve BR03, Alone and in Combination, on Peripheral Blood Mononuclear Cells of Allergic Asthmatics. Allergy Asthma Immunol Res. 2015 Mar 5. [Epub ahead of print]

Driessen, F.M. et al.: Evidence that Lactobacillus bulgaricus in yoghurt is stimulated by carbon dioxide produced by Streptococcus thermophiles. Neth Milk Dairy J 1982; 36: 135-144

Ducluzeau, R. et Bensaada, M.: Comparative effect of a single or continuous administration of "Saccharomyces boulardii" on the establishment of various strains of "Candida" in the digestive tract of gnotobiotic mice (in French). Ann Microbiol (Inst. Pasteur) 133 B, 491-501 (1982)

DuPont, H. L.: Guidelines on acute infectious diarrhea in adults. The Practice Parameters Committee of the American College of Gastroenterology. Am J Gastroenterol. 1997 Nov;92(11):1962-75.

Ebert, M.N. et al.: Expression of glutathione S-transferases (GSTs) in human colon cells and inducibility of GSTM2 by butyrate. Carcinogenesis. 2003 Oct;24(10):1637-44. Epub 2003 Aug 1.

Elmer, G.W. et al.: Evaluation of Saccharomyces boulardii for patients with HIV-related chronic diarrhea and in healthy volunteers receiving antifungals. Microecol Ther 1995; 25:23-31

Eloe-Fadrosh, E. A. et al.: Functional Dynamics of the Gut Microbiome in Elderly People during Probiotic Consumption. MBio. 2015 Apr 14;6(2). pii: e00231-15. doi: 10.1128/mBio.00231-15.

Esposito, S. et al.: Can probiotic administration during pregnancy and the first year of life effectively reduce the risk of infections and allergic diseases in childhood? J Biol Regul Homeost Agents. 2014 Oct-Dec;28(4):565-73.

Famularo, G. et al.: Traditional and high potency probiotic pre-parations for oral bacteriotherapy. Biodrugs 1999; 12: 455-470

Feizizadeh, S. et al.: Efficacy and safety of Saccharomyces boulardii for acute diarrhea. Pediatrics. 2014 Jul;134(1):e176-91. doi: 10.1542/peds.2013-3950.

Femia, A.P. et al.: Antitumorigenic activity of the prebiotic inulin enriched with oligofructose in combination with the probiotics Lactobacillus rhamnosus and Bifidobacterium lactis on azoxymethane-induced colon carcinogenesis in rats. Carcinogenesis. 2002 Nov;23(11):1953-60.

Fernández-Bañares, F.: Nutritional care of the patient with constipation. Best Pract Res Clin Gastroenterol. 2006;20(3):575-87.

Festi, D.: Gut microbiota and metabolic syndrome. World J Gastroenterol. 2014 Nov 21;20(43):16079-94. doi: 10.3748/wjg.v20.i43.16079.

Flichy-Fernández, A.J. et al.: The effect of orally administered probiotic Lactobacillus reuteri-containing tablets in peri-implant mucositis: a double-blind randomized controlled trial. J Periodontal Res. 2015 Feb 25. doi: 10.1111/jre.12264. [Epub ahead of print]

Ford, A.C.: Efficacy of prebiotics, probiotics, and synbiotics in irritable bowel syndrome and chronic idiopathic constipation: systematic review and meta-analysis. Am J Gastroenterol. 2014 Oct;109(10):1547-61; quiz 1546, 1562. doi: 10.1038/ajg.2014.202. Epub 2014 Jul 29.

Fric P, Zavoral M.: The effect of non-pathogenic Echerichia coli in symptomatic uncomplicated diverticular disease of the colon. Eur J Gastroenterol Hepatol 2003;15:313-315

Frohlich-Wyder, M.T. et al.: Interaction between propionibacteria and starter/non-starter lactic acid bacteria in Swiss-type cheeses. Lait 2002; 82: 1-15

Fuentes,M.C., Lajo,T., Carrion,J.M., & Cune,J. (2013) Cholesterol-lowering efficacy of Lactobacillus plantarum CECT 7527, 7528 and 7529 in hypercholesterolaemic adults. Br. J Nutr., 109, 1866-1872.

Fujimori S. et al.: High dose probiotic and prebiotic cotherapy for remission induction of active Crohn's disease.. J Gastroenterol Hepatol. 2007 Aug;22(8):1199-204.

Fujimori S et al.: A randomized controlled trial on the efficacy of synbiotic versus probiotic or prebiotic treatment to improve the quality of life in patients with ulcerative colitis. Nutrition. 2009 May;25(5):520-5. Epub 2009 Feb 8.

Fuller R et Gibson, G.R.: Modification of the intestinal microflora using probiotics and prebiotics. Scand J Gastroenterol 1997; 32 Suppl 222: 28-31

Furrie E et al.: Synbiotic therapy (Bifidobacterium longum/Synergy 1) initiates resolution of inflammation in patients with active ulcerative colitis: a randomised controlled pilot trial. Gut 2005;54:242-249

Gallaher, D.D. et Khil, J.: The effect of synbiotics on colon carcinogenesis in rats. J Nutr. 1999 Jul;129(7 Suppl):1483S-7S.

Gao, D. et al.: Antioxidant effects of Lactobacillus plantarum via activation of transcription factor Nrf2. Food Funct. 2013 Jun;4(6):982-9. doi: 10.1039/c3fo30316k. Epub 2013 May 16.

Gerasimov, S.V. et al.: Probiotic supplement reduces atopic dermatitis in preschool children: a randomized, double-blind, placebo-controlled, clinical trial. Am J Clin Dermatol. 2010;11(5):351-61. doi: 10.2165/11531420-000000000-00000.

Glei, M. et al.: Both wheat (Triticum aestivum) bran arabinoxylans and gut flora-mediated fermentation products protect human colon cells from genotoxic activities of 4-hydroxynonenal and hydrogen peroxide. J Agric Food Chem. 2006 Mar 22;54(6):2088-95.

Goldenberg, J.Z. et al: Probiotics for the prevention of Clostridium difficile-associated diarrhea in adults and children. Cochrane Database Syst Rev. 2013 May 31;5:CD006095. doi: 10.1002/14651858.CD006095.pub3.

Gore, C. et al.: Bifidobacterium pseudocatenulatum is associated with atopic eczema: a nested case-control study investigating the fecal microbiota of infants. J Allergy Clin Immunol. 2008 Jan;121(1):135-40. Epub 2007 Sep 27.

Guardamagna, O. et al.: Bifidobacteria supplementation: effects on plasma lipid profiles in dyslipidemic children. Nutrition. 2014 Jul-Aug;30(7-8):831-6. doi: 10.1016/j.nut.2014.01.014. Epub 2014 Feb 15.

Guarner F. et al.: Should yoghurt cultures be considered probiotic? Br J Nutr 2005;93:783-786.

Guilbaud, J.F.: The treatment of digestive and mico-cutaneous candidiasis by large doses of Ultra-Levure (in French). Extrait de la Vie Medicale Nr. 8, Fevrier 4/1975

Gupta, P.: Is lactobacillus GG helpful in children with Crohn's disease? Results of a preliminary open-lable study. J Pediatr Gastroenterol Nutr 2000; 453-457

Guslandi et al.: Saccharomyces boulardii in maintenance treatment of Crohn's disease. Dig Dis Sci 2000; 45: 1462-1464

Guslandi, M. et al.: A pilot trial of Saccharomyces boulardii in ulcerative colitis. Eur J Gastroenterol Hepatol. 2003 Jun;15(6):697-8.

Hacker, J. u. Hesemann, J. (Hrsg.): Molekulare Infektionsbiologie. Interaktionen zwischen Mikroorganismen und Zellen. Spektrum Akademischer Verlag, Heidelberg, Berlin 2000.

Halpern G.M. et al.: Treatment of irritable bowel syndrome with Lacteol Fort: a randomized, double-blind, cross-over trial. Am J Gastroenterol. 1996 Aug;91(8):1579-85.

Hamad A. et al.: A systematic review and meta-analysis of probiotics for the management of radiation induced bowel disease. Clin Nutr. 2013 Jun;32(3):353-60. doi: 10.1016/j.clnu.2013.02.004. Epub 2013 Feb 18.

Hao Q, et al.: Cochrane Summaries: Probiotics (live micro-organisms) to prevent upper respiratory tract infections (for example, the common cold), Published Online: September 7, 2011

Hayatsu, H. et al.: Mutagenicity of human urine caused by ingestion of fried ground beef. Jpn J Cancer Res. 1985 Jun;76(6):445-8.

Helwig, U. et al.: Lactobacilli, bifidobacteria and E. coli Nissle induce pro- and anti-inflammatory cytokines in peripheral blood mononuclear cells. World J. Gastroenterol. 2006; 12(37):5978-86

Hempel, S. et al.: Probiotics for the prevention and treatment of antibiotic-associated diarrhea: a systematic review and meta-analysis. JAMA. 2012 May 9;307(18):1959-69. doi: 10.1001/jama.2012.3507.

Hickson M et al.: Use of probiotic Lactobacillus preparation to prevent diarrhoea associated with antibiotics: randomised double blind placebo controlled trial. BMJ 2007; 335:80-83

Hilton E. et al.: Efficacy of Lactobacillus GG as a diarrheal preventive in travellers. J Travel Med 1997;4:41-43

Holstiege J, Garbe E: Systemic antibiotic use among children and adolescents in Germany: a population-based study. Eur J Pediatr 2013; 172: 787–95. CrossRef MEDLINE

Huchzermeyer H. u. Schumann C.: Lactulose – a multifaceted substance. Z Gastroenterol. 1997 Oct;35(10):945-55.

Hughes, R. et Rowland, I.R.: Stimulation of apoptosis by two prebiotic chicory fructans in the rat colon. Carcinogenesis. 2001 Jan;22(1):43-7.

Ishida, Y. et al.: Clinical effects of Lactobacillus acidophilus strain L-92 on perennial allergic rhinitis: a double-blind, placebo-controlled study. J Dairy Sci. 2005 Feb;88(2):527-33.

Ishikawa H et al.: Randomized controlled trial of the effect of bifidobacteria-fermented milk on ulcerative colitis. J Am Coll Nutr 2003;22:56-63

Ishikawa, H. et al.: Randomized trial of dietary fiber and Lactobacillus casei administration for prevention of colorectal tumors. Int J Cancer. 2005 Sep 20;116(5):762-7.

Isolauri, E. et al.: Probiotics in Reducing the Risk of Gestational Diabetes. Diabetes Obes Metab. 2015 Apr 16. doi: 10.1111/dom.12475. [Epub ahead of print]

Jayasimhan, S. et al.: Efficacy of microbial cell preparation in improving chronic constipation: a randomized, double-blind, placebo-controlled trial. Clin Nutr. 2013 Dec;32(6):928-34. doi: 10.1016/j.clnu.2013.03.004. Epub 2013 Mar 13.

Jernberg C et al.: Long-term impacts of antibiotic exposure on the human intestinal. microbiota. Microbiology. 2010 Nov;156(Pt 11):3216-23. Epub 2010 Aug 12.

John, M. et al.: Otitis media among high-risk populations: can probiotics inhibit Streptococcus pneumoniae colonisation and the risk of disease? Eur J Clin Microbiol Infect Dis. 2013 Sep;32(9):1101-10. doi: 10.1007/s10096-013-1858-0. Epub 2013 Mar 20.

Kalliomäki,M. et al.: Probiotics in primary prevention of atopic disease: a randomised placebo-controlled trial. Lancet 2001; 357: 1076-1079

Kalliomäki, M. et al.: Early differences in fecal microbiota composition in children may predict overweight. Am J Clin Nutr 2008; 87: 534-538

Kanai T. et al.: Diet, microbiota, and inflammatory bowel disease: lessons from Japanese foods. Korean J Intern Med. 2014 Jul;29(4):409-415. Epub 2014 Jun 27.

Karuppaiah, R.M. et al.: Evaluation of the efficacy of probiotics in plaque reduction and gingival health maintenance among school children – A Randomized Control Trial. J Int Oral Health. 2013 Oct;5(5):33-7. Epub 2013 Oct 26.

Kato, I.: Suppressive effects of the oral administration of Lactobacillus casei on type II collagen-induced arthritis in DBA/1 mice. Life Sci.1998;63(8):635-44

Kennedy, P.J. et al.: Irritable bowel syndrome: a microbiome-gut-brain axis disorder? World J Gastroenterol. 2014 Oct 21;20(39):14105-25. doi: 10.3748/wjg.v20.i39.14105.

Khanna, S. et Tosh, P.K.: A Clinician's Primer on the Role of the Microbiome in Human Health and Disease. Mayo Clinic Proceedings January 2014 Volume 89, Issue 1, Pages 107–114

Khodadad, A. u. Sabbaghian, M.: Role of synbiotics in the treatment of childhood constipation: a double-blind randomized placebo controlled trial. Iran J Pediatr. 2010 Dec;20(4):387-92.

Ki, Y. et al.: Probiotics for rectal volume variation during radiation therapy for prostate cancer. Int J Radiat Oncol Biol Phys. 2013 Nov 15;87(4):646-50. doi: 10.1016/j.ijrobp.2013.07.038. Epub 2013 Sep 18.

Kim, S.E. et al.: Change of Fecal Flora and Effectiveness of the Short-term VSL#3 Probiotic Treatment in Patients With Functional Constipation. J Neurogastroenterol Motil. 2015 Jan 1;21(1):111-20. doi: 10.5056/jnm14048.

Kim, S.O.: Effects of probiotics for the treatment of atopic dermatitis: a meta-analysis of randomized controlled trials. Ann Allergy Asthma Immunol. 2014 Aug;113(2):217-26. doi: 10.1016/j.anai.2014.05.021. Epub 2014 Jun 20.

Kirjavainen P.V. et al.: The ability of probiotic bacteria to bind to human intestinal mucus. FEMS Microbiol Lett. 1998 Oct 15;167(2):185-9.

Klinder, A. et al.: Gut fermentation products of inulin-derived prebiotics beneficially modulate markers of tumor progression in human colon tumor cells. Int J Cancer Prev 2004; 1:19

Klinder, A. et al.: Effekte von Probiotika, Präbiotika und Synbiotika auf Dickdarmtumoren. In: Bischoff, S. et al. a.a.O. 2009

Koebnick et al.: Probiotic beverage containing Lactobacillus casei Shirota improves gastrointestinal symptoms on patients with chronic constipation. Can J Gastroenterol 2003;17:655-659

Kollaritsch, H. et al.: Prophylaxe der Reisediarrhöe. Ergebnisse einer doppelblinden, plazebokontrollierten Studie über die Wirksamkeit von Saccharomyces boulardii. Münch med Wschr 1988; 38: 671-674

Kollaritsch, H. et al.: Prophylaxe der Reisediarrhöe mit Saccharomyces boulardii. Fortschr Med 1993; 9:152-156

Komanduri, S. et al.: Dysbiosis in Pouchitis: Evidence of unique microfloral patterns in pouch inflammation. Clin Gastroenterol Hepatol 2007; 5: 352-360

Kollaritsch, H. et al.: Prophylaxe der Reisediarrhoe mit Saccharomyces boulardii. Fortschr Med 1993; 111:153-156

Koo, M. et Rao, A.V.:Long-term effect of Bifidobacteria and Neosugar on precursor lesions of colonic cancer in CF1 mice. Nutr Cancer. 1991;16(3-4):249-57.

Kotowska, M.: Saccharomyces boulardii in the prevention of antibiotic-associated diarrhoea in children: a randomized double-blind placebo-controlled trial. Aliment Pharmacol Ther. 2005 Mar 1;21(5):583-90.

Krasse, P. et al.: Decreased gum bleeding and reduced gingivitis by the probiotic Lactobacillus reuteri. Swed Dent J. 2006;30(2):55-60.

Kühbacher, T. et al.: Bacterial and fungal microbiota in relation to probiotic therapy (VSL#3) in pouchitis. Gut 2006; 55:833-841

Kumar, M. et al.: Cholesterol-lowering probiotics as potential biotherapeutics for metabolic diseases. Exp Diabetes Res. 2012;2012:902917. doi: 10.1155/2012/902917. Epub 2012 May 3.

Kurugöl, Z. u. Koturoğlu, G.: Effects of Saccharomyces boulardii in children with acute diarrhoea. Acta Paediatr. 2005 Jan;94(1):44-7.

Lahner E. et al.: High-fibre diet and Lactobacillus paracasei B21060 in symptomatic uncomplicated diverticular disease. World J Gastroenterol. 2012 Nov 7;18(41):5918-24. doi: 10.3748/wjg.v18.i41.5918.

Lakritz, J.R.: Beneficial bacteria stimulate host immune cells to counteract dietary and genetic predisposition to mammary cancer in mice. Int J Cancer. 2014 Aug 1;135(3):529-40. doi: 10.1002/ijc.28702. Epub 2014 Jan 10.

Laleman, I. u. Teughels W.: Probiotics in the dental practice: a review. Quintessence Int. 2015 Mar;46(3):255-64. doi: 10.3290/j.qi.a33182.

Lamiki, P. et al.: Probiotics in diverticular disease of the colon: an open label study. J Gastrointestin Liver Dis. 2010 Mar;19(1):31-6.

Lamont, R.F. et al.: The vaginal microbiome: new information about genital tract flora using molecular based techniques. BJOG. 2011 Apr;118(5):533-49. doi: 10.1111/j.1471-0528.2010.02840.x. Epub 2011 Jan 20.

Lee, et al.: Antiobesity effect of trans-10,cis-12-conjugated linoleic acid-producing Lactobacillus plantarum PL62 on diet-induced obese mice. J Appl Microbiol 2007; 103: 1140-1146

Lee, J.Y. et al.: Effects of 12 weeks of probiotic supplementation on quality of life in colorectal cancer survivors: A double-blind, randomized, placebo-controlled trial. In: Dig Liver Dis. 2014 Dec;46(12):1126-32. doi: 10.1016/j.dld.2014.09.004. Epub 2014 Oct 23.

Lee, S.H. et Kim YJ.: A comparative study of the effect of probiotics on cariogenic biofilm model for preventing dental caries. Arch Microbiol. 2014 Aug;196(8):601-9. doi: 10.1007/s00203-014-0998-7. Epub 2014 Jun 12.

Lema, M. et al.: Reduction of fecal shedding of enterohemorrhagic Escherichia coli 0157: H7 in lambs by feeding microbial feed supplement. Small Rumin Res 2001; 39: 31-39

Levi, J. R. et al.: Complementary and alternative medicine for pediatric otitis media. Int J Pediatr Otorhinolaryngol. 2013 Jun;77(6):926-31. doi: 10.1016/j.ijporl.2013.03.009. Epub 2013 Apr 4.

Ley, R.E. et al.: Micobial ecology: Human gut microbes associated with obesity. Nature 2006; 444: 1022-1023

Li, J.: Lactococcus lactis expressing food-grade β-galactosidase alleviates lactose intolerance symptoms in post-weaning Balb/c mice. Appl Microbiol Biotechnol. 2012 Dec;96(6):1499-506. doi: 10.1007/s00253-012-3977-4. Epub 2012 Mar 8.

Lidbeck, A. et al.: Effect of Lactobacillus acidophilus supplements on mutagen exretion in faeces and urine in humans. Microbial Ecology in Health and Disease 1992; 5:59

Lim, B.K. et al.: Chemopreventive effect of Lactobacillus rhamnosus on growth of a subcutaneously implanted bladder cancer cell line in the mouse. Jpn J Cancer Res. 2002 Jan;93(1):36-41.

Lin, T.Y. et al.: Effect of probiotics on allergic rhinitis in Df, Dp or dust-sensitive children: a randomized double blind controlled trial. Indian Pediatr. 2013 Feb;50(2):209-13. Epub 2012 Jun 10.

Linsalata, M. et al.: Pharmacological and dietary agents for colorectal cancer chemoprevention: effects on polyamine metabolism (review). Int J Oncol. 2014 Nov;45(5):1802-12. doi: 10.3892/ijo.2014.2597. Epub 2014 Aug 14.

Liu, S. et al.: Lactobacillus rhamnosus GG supplementation for preventing respiratory infections in children: a meta-analysis of randomized, placebo-controlled trials. Indian Pediatr. 2013 Apr;50(4):377-81.

Llopis M et al.: Lactobacillus casei downregulates commensals' inflammatory signals in Crohn's disease mucosa. Inflamm Bowel Dis. 2009 Feb;15(2):275-83.

Lye,H.S., Kuan,C.Y., Ewe,J.A., Fung,W.Y., & Liong,M.T. (2009) The improvement of hypertension by probiotics: effects on cholesterol, diabetes, renin, and phytoestrogens. Int. J Mol. Sci., 10, 3755-3775

Maes, M. et al.: Increased IgA and IgM responses against gut commensals in chronic depression: further evidence for increased bacterial translocation or leaky gut. J Affect Disord. 2012 Dec 1;141(1):55-62. doi: 10.1016/j.jad.2012.02.023. Epub 2012 Mar 11.

Majamaa H, Isolauri E. Probiotics: A novel approach in the management of food allergy. J Allergy Clin Immunol 1997;99:179-185

Malchow, H.: Crohn's disease and Escherichia coli: a new approach in therapy to maintain remission of colonic Crohn's disease? J Clin Gastroenterol 1997; 25: 653-658

Marlow, G. et al.: Differential effects of two probiotics on the risks of eczema and atopy associated with single nucleotide polymorphisms to toll-like receptors. Pediatr Allergy Immunol. 2015 Mar 16. doi: 10.1111/pai.12371. [Epub ahead of print]

Marteau P et al.: Lactose maldigestion. In: Fuller R (ed.): Probiotics 2. Applications and practical aspects. 1997

Mathers,J.C. et al.: Can resistant starch and/or aspirin prevent the development of colonic neoplasia? The Concerted Action Polyp Prevention (CAPP) 1 Study. Proc Nutr Soc. 2003 Feb;62(1):51-7.

Matsuzaki, T.: Immunomodulation by treatment with Lactobacillus casei strain Shirota. Int J Food Microbiol 1998; 41: 133-140

McFarland, L.V. et al.: A randomized placebo-controlled trial of Saccharomyces boulardii in combination with standard antibiotics for Clostridium difficile disease. JAMA. 1994 Jun 22-29;271(24):1913-8.

McFarland, L.V. et al.: Prevention of beta-lactam-associated diarrhea by Saccharomyces boulardii compared with placebo. Am J Gastroenterol. 1995 Mar;90(3):439-48.

McFarland, L.V.: Meta-analysis of probiotics for the prevention of antibiotic associated diarrhea and the treatment of Clostridium difficile disease. Am J Gastroenterol. 2006 Apr;101(4):812-22.

McFarland, L.V.: Meta-analysis of probiotics for the prevention of traveler's diarrhea. TRAVEL MED INFECT Dis 2007;5:97-105

McFarland, L.V., Dublin S.: Meta-analysis of probiotics for the treatment of irritable bowel syndrome. World J Gastroenterol 2008;14(17):2650-2661

McFarland, L.V.: Deciphering meta-analytic results: a mini-review of probiotics for the prevention of paediatric antibiotic-associated diarrhoea and Clostridium difficile infections. Benef Microbes. 2014 Jun 2:1-6. [Epub ahead of print]

Meance S. et al.: A fermented milk with the Bifidobacterium probiotic strain DN-173010 shortened oro-fecal gut transit time in elderly. Microb Ecol Health Dis 2001

Metts, J. et al: Lactobacillus acidophilus strain NAS (H2O2 positive) in reduction of recurrent Candidal vulvovaginitis. Journal of Applied Research 2003;3(4):340-8.

Meyer-Hoffert U. et al.: Secreted enteric antimicrobial activity localises to the mucus surface layer. Gut. 2008 Jun;57(6):764-71. doi: 10.1136/gut.2007.141481. Epub 2008 Feb 4.

Michail S. u. Abernathy F.: Lactobacillus plantarum reduces the in vitro secretory response of intestinal epithelial cells to enteropathogenic Escherichia coli infection. J Pediatr Gastroenterol Nutr. 2002 Sep;35(3):350-5.

Micklefield, G.: Saccharomyces boulardii in the treatment and prevention of antibiotic-associated diarrhea. MMW Fortschr Med. 2014 Apr 17;156 Suppl 1:18-22.

Mistry, P.: Natural cholesterol-lowering products: focus on probiotics. Br J Community Nurs. 2014 Oct;Suppl Nutrition:S14-8. doi: 10.12968/bjcn.2014.19.Sup11.S14.

Mohammadi, A.A. et al.: The effects of probiotics on mental health and hypothalamic-pituitary-adrenal axis: A randomized, double-blind, placebo-controlled trial in petrochemical workers. Nutr Neurosci. 2015 Apr 16. [Epub ahead of print]

Moore, W.E. et Holdeman, L.V.: Human fecal flora: the normal flora of 20 Japanese-Hawaiians. Appl Microbiol. 1974 May;27(5):961-79.

Moratalla A. et al.: Bifidobacterium pseudocatenulatum CECT7765 promotes a TLR2-dependent anti-inflammatory response in intestinal lymphocytes from mice with cirrhosis. Eur J Nutr. 2015 Feb 6. [Epub ahead of print]

Murosaki S. et al.: Heat-killed Lactobacillus plantarum L-137 suppresses naturally fed antigen-specific IgE production by stimulation of IL-12 production in mice. J Allergy Clin Immunol. 1998 Jul;102(1):57-64.

Murzyn, A. et al.: The effect of Saccharomyces boulardii on Candida albicans-infected human intestinal cell lines Caco-2 and Intestin 407. FEMS Microbiol Lett. 2010 Sep 1;310(1):17-23. doi: 10.1111/j.1574-6968.2010.02037.x. Epub 2010 Jun 16.

Myllyluoma E et al.: Effects on anti-Heliobacter pylori treatment and probiotic supplementation on intestinal microbiota. Intern J Antimicrobial Agents 2007;29:66-72

Narula, N. u. Marshall, J.K.: Role of probiotics in management of diverticular disease. J Gastroenterol Hepatol. 2010 Dec;25(12):1827-30. doi: 10.1111/j.1440-1746.2010.06444.x.

Nemani, K. et al.: Schizophrenia and the gut-brain axis. Prog Neuropsychopharmacol Biol Psychiatry. 2015 Jan 2;56:155-60. doi: 10.1016/j.pnpbp.2014.08.018. Epub 2014 Sep 19.

Niedzielin, K. et al.: A controlled, double-blind, randomized study on the efficacy of Lactobacillus plantarum 299V in patients with irritable bowel syndrome. Eur J Gastroenterol Hepatol. 2001 Oct;13(10):1143-7.

Niittynen, L. et al.: Probiotics and otitis media in children. Int J Pediatr Otorhinolaryngol. 2012 Apr;76(4):465-70. doi: 10.1016/j.ijporl.2012.01.011. Epub 2012 Feb 2.

Nowak, A.: Probiotic lactic acid bacteria detoxify N-nitrosodimethylamine. Food Addit Contam Part A Chem Anal Control Expo Risk Assess. 2014;31(10):1678-87. doi: 10.1080/19440049.2014.943304. Epub 2014 Aug 30.

Ogawa, A. et al.: Lactobacillus gasseri SBT2055 reduces postprandial and fasting serum non-esterified fatty acid levels in Japanese hypertriacylglycerolemic subjects. Lipids Health Dis. 2014 Feb 19;13:36. doi: 10.1186/1476-511X-13-36.

O'Hara, A.M. et Shanahan, F.: The gut flora as a forgotten organ. EMBO Rep. 2006 Jul;7(7):688-93.

Ohashi, Y. et al.: Habitual intake of lactic acid bacteria and risk reduction of bladder cancer. Urol Int. 2002;68(4):273-80.

Ohigashi, S. et al: Functional outcome, quality of life, and efficacy of probiotics in postoperative patients with colorectal cancer. Surg Today. 2011;41:1200–1206. [PubMed]

Ojetti, V. et al.: The effect of oral supplementation with Lactobacillus reuteri or tilactase in lactose intolerant patients: randomized trial. Eur Rev Med Pharmacol Sci. 2010 Mar;14(3):163-70.

Oksanen PJ et al.: Prevention of travellers' diarrhoea by Lactobacillus GG. Ann Med 1990;22:53-56

O'Mahony L. et al.: Probiotic impact on microbial flora, inflammation and tumour development in IL-10 knockout mice. Aliment Pharmacol Ther. 2001 Aug;15(8):1219-25.

Orel, R. u. Kamhi Trop, T.: Intestinal microbiota, probiotics and prebiotics in inflammatory bowel disease. World J Gastroenterol. 2014 Sep 7;20(33):11505-11524.

Osset J. et al.: Assessment of the capacity of Lactobacillus to inhibit the growth of uropathogens and block their adhesion to vaginal epithelial cells. J Infect Dis. 2001 Feb 1;183(3):485-91. Epub 2000 Dec 29.

Osset, J. et al: Role of Lactobacillus as protector against vaginal candidiasis. Med Clin (Barc) 2001; 117(8):285-8.

Ouwehand, A.C. et al.: Specific probiotics alleviate allergic rhinitis during the birch pollen season. World J Gastroenterol. 2009 Jul 14;15(26):3261-8.

Ouwehand, A.C. et al.: Probiotics reduce symptoms of antibiotic use in a hospital setting: a randomized dose response study. Vaccine. 2014 Jan 16;32(4):458-63. doi: 10.1016/j.vaccine.2013.11.053. Epub 2013 Nov 26.

Paubert-Braquet, M. et al.: Enhancement of host resistant against Salmonella Typhimurium in mice fed a diet supplement with yogurt or milks fermented with various Lactobacillus casei strains. Int J Immunother 1995; 11: 153-161

Pereira D. u. Gibson, G.R.: Cholesterol assimilation by lactic acid bacteria and bifidobacteria isolated from the human gut. Appl Environ Microbiol. 2002 Sep;68(9):4689-93.

Perdigon; G. et al.: Prevention of gastrointestinal infection using immunobiological methods with milk fermented with Lactobacillus casei and Lactobacillus acidophilus. J Dairy Res 1990; 57: 255-264

Petrova, M.I. et al.: Lactobacillus species as biomarkers and agents that can promote various aspects of vaginal health. Front Physiol. 2015 Mar 25;6:81. doi: 10.3389/fphys.2015.00081. eCollection 2015.

Pimentel M. et al.: A link between irritable bowel syndrome and fibromyalgia may be related to findings on lactulose breath testing. Ann Rheum Dis. 2004 Apr;63(4):450-2.

Pirotta M. et al.: Effect of lactobacillus in preventing post-antibiotic vulvovaginal candidiasis: a randomised controlled trial. BMJ. 2004 Sep 4;329(7465):548. Epub 2004 Aug 27.

Plein, K. u. Hotz, J.: Therapeutic effects of Saccharomyces boulardii on mild residual symptoms in a stable phase of Crohn's disease with special respect to chronic diarrhea--a pilot study. Z Gastroenterol. 1993 Feb;31(2):129-34.

Pohjavuori, E. et al.: Lactobacillus GG effect in increasing IFN-gamma production in infants with cow's milk allergy. J Allergy Clin Immunol. 2004 Jul;114(1):131-6.

Ponz de Leon, M. et Roncucci, L.: Chemoprevention of colorectal tumors: role of lactulose and of other agents. Scand J Gastroenterol Suppl. 1997;222:72-5.

Pool-Zobel BL. Inulin-type fructans and reduction, in colon cancer risk: Review of experimental and human data, Br J Nutr 93 (2005) S73–S90

Prescott, S.L. et al.: Clinical effects of probiotics are associated with increased interferon-gamma responses in very young children with atopic dermatitis. Clin Exp Allergy. 2005 Dec;35(12):1557-64.

Prilassnig, M. et al.: Are probiotics detectable in human feces after oral uptake by healthy volunteers? Wien Klin Wochenschr. 2007;119(15-16):456-62.

Quah, H.M. et al.: Prospective randomized crossover trial comparing fibre with lactulose in the treatment of idiopathic chronic constipation. Tech Coloproctol. 2006 Jul;10(2):111-4. Epub 2006 Jun 19.

Rafter, J. et al.: Dietary synbiotics reduce cancer risk factors in polypectomized and colon cancer patients. Am J Clin Nutr. 2007 Feb;85(2):488-96.

Rautava, S. et al.: Specific probiotics in reducing the risk of acute infections in infancy--a randomised, double-blind, placebo-controlled study. Br J Nutr. 2009 Jun;101(11):1722-6. doi: 10.1017/S0007114508116282. Epub 2008 Nov 6.

Rautava, S. et al.: Maternal probiotic supplementation during pregnancy and breast-feeding reduces the risk of eczema in the infant. J Allergy Clin Immunol. 2012 Dec;130(6):1355-60. doi: 10.1016/j.jaci.2012.09.003. Epub 2012 Oct 16.

Redman, M.G. et al.: The efficacy and safety of probiotics in people with cancer: a systematic review. Ann Oncol. 2014 Oct;25(10):1919-29. doi: 10.1093/annonc/mdu106. Epub 2014 Mar 11.

Ringel-Kulka, T. et al.: Probiotic bacteria Lactobacillus acidophilus NCFM and Bifidobacterium lactis Bi-07 versus placebo for the symptoms of bloating in patients with functional. bowel disorders: a double-blind study. J Clin Gastroenterol. 2011 Jul;45(6):518-25.

Rowland, I.R. et Tanaka, R.: The effects of transgalactosylated oligosaccharides on gut flora metabolism in rats associated with a human faecal microflora. J Appl Bacteriol. 1993 Jun;74(6):667-74.

Rowland, I.R. et al.: Effect of Bifidobacterium longum and inulin on gut bacterial metabolism and carcinogen-induced aberrant crypt foci in rats. Carcinogenesis. 1998 Feb;19(2):281-5.

Saavedra, J.M. et al.: Feeding of Bifidobacterium bifidum and Streptococcus thermophilus to infants in hospital for prevention of diarrhoea and shedding of rotavirus. Lancet 1994; 344: 1046-1049

Sadeghzadeh, M. et al.: The effect of probiotics on childhood constipation: a randomized controlled double blind clinical trial. Int J Pediatr. 2014;2014:937212. doi: 10.1155/2014/937212. Epub 2014 Apr 9.

Safavi, M. et al.: The effects of synbiotic supplementation on some cardio-metabolic risk factors in overweight and obese children: a randomized triple-masked controlled trial. Int J Food Sci Nutr. 2013 Sep;64(6):687-93. doi: 10.3109/09637486.2013.775224. Epub 2013 Mar 12.

Saint-Marc, T. et al.: Diarrhées en relation avec le SIDA. Essai en double aveugle de Saccharomyces boulardii. Sem Hôp Paris 1995; 71: 735-741

Sakai, T. et al.: Effect of fermented milk containing Lactobacillus casei strain Shirota on constipation-related symptoms and haemorrhoids in women during puerperium. Benef Microbes. 2014 Nov 6:1-10. [Epub ahead of print]

Sánchez, M. et al: Effect of Lactobacillus rhamnosus CGMCC1.3724 supplementation on weight loss and maintenance in obese men and women. Br J Nutr. 2014 Apr 28;111(8):1507-19. doi: 10.1017/S0007114513003875. Epub 2013 Dec 3.

Sánchez B.: The Effects of Bifidobacterium breve on Immune Mediators and Proteome of HT29 Cells Monolayers. Biomed Res Int. 2015;2015:479140. doi: 10.1155/2015/479140. Epub 2015 Feb 22.

Sanders, M.E. et al.: Bringing a pro-biotic-containing functional food to the market: microbiological, product, regulatory and labeling issues. Antonie Van Leeuwen-hoek 1999; 76: 293-315

Sartor RB: Microbial influences in inflammatory bowel diseases. Gastroenterology 2008; 134: 577-594

Sauer, J. et al.: Physiological concentrations of butyrate favorably modulate genes of oxidative and metabolic stress in primary human colon cells. J Nutr Biochem. 2007 Nov;18(11):736-45. Epub 2007a Apr 16.

Sauer, J. et al.: Products formed during fermentation of the prebiotic inulin with human gut flora enhance expression of biotransformation genes in human primary colon cells. Br J Nutr. 2007b May;97(5):928-37.

Savage, D.C.: Microbial ecology of the gastrointestinal tract. Annu Rev Microbiol. 1977;31:107-33.

Savignac, H.M. et al.: Bifidobacteria modulate cognitive processes in an anxious mouse strain. Behav Brain Res. 2015 Jul 1;287:59-72. doi: 10.1016/j.bbr.2015.02.044. Epub 2015 Mar 17.

Sazawal, S. et al.: Efficacy of probiotics in prevention of acute diarrhoea: a meta-analysis of masked, randomised, placebo-controlled trials. Lancet Infect Dis. 2006 Jun;6(6):374-82.

Schiffrin, E.J et al.: Immune modulation of bloodleukozytes in human by lactic acid bacteria: criteria for strain selection. Am J Clin Murt 1997; 66: 515S-520S

Schlotterer, M. et al.: Value of Saccharomyces boulardii in the digestive acceptibility of continuous-flow enteral nutrition in burnt patients. Nutr Clin Metabol 1987; 1:31-34

Schmidt, K. et al.: Prebiotic intake reduces the waking cortisol response and alters emotional bias in healthy volunteers. Psychopharmacology (Berl). 2015 May;232(10):1793-801. doi: 10.1007/s00213-014-3810-0. Epub 2014 Dec 3.

Schulze J. et al.: Probiotika. Mikroökologie, Mikrobiologie, Qualität, Sicherheit und gesundheitliche Effekte. Stuttgart 2008

Seifert, S. u. Watzl, B.: Inulin and oligofructose: review of experimental data on immune modulation. J Nutr. 2007 Nov;137(11 Suppl):2563S-2567S.

Seksik, P. et al: Review article: the role of bacteria in onset and perpetuation of inflammatory bowel disease. Aliment Pharmacol Ther 2006; 24 (Suppl. 3): 11-18

Sen, S. et al: Effect of Lactobacillus plantarum 299v on colonic fermentation and symptoms of irritable bowel syndrome. Dig Dis Sci. 2002 Nov;47(11):2615-20.

Sepp, E.: Intestinal microbiota and immunoglobulin E responses in 5-year-old Estonian children. Clin Exp Allergy. 2005 Sep;35(9):1141-6.

Shankar, P. et Davies, F.: Associated bacterial growth in yogurt starters, initial observation on stimulatory factors. J Soc Dairy Technol 1976; 30: 31-32

Shen J. et al.: Effect of probiotics on inducing remission and maintaining therapy in ulcerative colitis, Crohn's disease, and pouchitis: meta-analysis of randomized controlled trials. Inflamm Bowel Dis. 2014 Jan;20(1):21-35. doi: 10.1097/01.MIB.0000437495.30052.be.

Shi X. et al.: Hepatic and Fecal Metabolomic Analysis of the Effects of Lactobacillus rhamnosus GG on Alcoholic Fatty Liver Disease in Mice. J Proteome Res. 2015 Feb 6;14(2):1174-82. doi: 10.1021/pr501121c. Epub 2015 Jan 27.

Singh, A. et al.: Immune-modulatory effect of probiotic Bifidobacterium lactis NCC2818 in individuals suffering from seasonal allergic rhinitis to grass pollen: an exploratory, randomized, placebo-controlled clinical trial. Eur J Clin Nutr. 2013 Feb;67(2):161-7. doi: 10.1038/ejcn.2012.197. Epub 2013 Jan 9.

Silvi, S. et al.: Resistant starch modifies gut microflora and microbial metabolism in human flora-associated rats inoculated with faeces from Italian and UK donors. J Appl Microbiol. 1999 Mar;86(3):521-30.

Sistek, D. et al.: Is the effect of probiotics on atopic dermatitis confined to food sensitized children? Clin Exp Allergy. 2006 May;36(5):629-33.

Soltan Dallal, M.M.: Effects of Probiotic Lactobacillus acidophilus and Lactobacillus casei on Colorectal Tumor Cells Activity (CaCo-2). Arch Iran Med. 2015 Mar;18(3):167-72. doi: 0151803/AIM.006.

Stancu, C.S. et al.: Probiotics determine hypolipidemic and antioxidant effects in hyperlipidemic hamsters. Mol Nutr Food Res. 2014 Mar;58(3):559-68. doi: 10.1002/mnfr.201300224. Epub 2013 Sep 18.

Stojanović, N. et al.: Normal vaginal flora, disorders and application of probiotics in pregnancy. Arch Gynecol Obstet. 2012 Aug;286(2):325-32. doi: 10.1007/s00404-012-2293-7. Epub 2012 Mar 23.

Surawicz, C.M. et al.: Treatment of recurrent Clostridium difficile colitis with vancomycin and Saccharomyces boulardii. Am J Gastroenterol. 1989 Oct;84(10):1285-7.

Surawicz, C.M. et al.: Prevention of antibiotic-associated diarrhea by Saccharomyces boulardii: a prospective study. Gastroenterology. 1989 Apr;96(4):981-8.

Swidsinski, A. et al.: Active Crohn's disease and ulcerative colitis can be specifically diagnosed and monitored based on the biostructure and the fecal flora. Inflamm Bowel Dis 2008; 14: 147-161

Takahashi, T. et al.: Antitumor effects of the intravesical instillation of heat killed cells of the Lactobacillus casei strain Shirota on the murine orthotopic bladder tumor MBT-2. J Urol. 2001 Dec;166(6):2506-11.

Tempé, J.D. et al.: Prévention par Saccharomyces boulardii des diarrhées de l'alimentation entérale à débit continu. Sem Hôp Paris 1983; 59: 1409-1412

Tiequn B. et al.: Therapeutic Effects of Lactobacillus in Treating Irritable Bowel Syndrome: A Meta-analysis. Intern Med. 2015;54(3):243-9. doi: 10.2169/internalmedicine.54.2710.

Timmermann, H. u. Rijkers, G.: Das Multi-Spezies-Konzept. In: Bischoff, S. 2009 a.a.O

Tong JL et al.: Meta-analysis: the effect of supplementation with probiotics on eradication rates and adverse events during Heliobacter pylori eradication therapy. Aliment Pharmacol Ther 2007;25:155-168

Treepongkaruna, S. et al.: A randomised, double-blind study of polyethylene glycol 4000 and lactulose in the treatment of constipation in children. BMC Pediatr. 2014 Jun 19;14:153. doi: 10.1186/1471-2431-14-153.

Tungland, B.: Inulin- A comprehensive scentific Review. 2000

Turnbaugh, P.J. et al.: An obesity-associated gut microbiome with increased capacity for energy harvest. Nature 2006; 444: 1027-1031

Tursi A: New phsyiopathological and therapeutic approaches to diverticular disease of the colon. Expert Opin Pharmacother 2007;8(3):299-307

Tursi A. et al.: Randomised clinical trial: mesalazine and/or probiotics in maintaining remission of symptomatic uncomplicated diverticular disease – a double-blind, randomised, placebo-controlled study. Aliment Pharmacol Ther. 2013 Oct;38(7):741-51. doi: 10.1111/apt.12463. Epub 2013 Aug 19.

Vandenbulcke, L. et al.: The innate immune system and its role in allergic disorders. Int Arch Allergy Immunol 2006; 139: 159-165

Venturi, A. et al.: Impact on the composition of the faecal flora by a new probiotic preparation: preliminary data on maintenance treatment of patients with ulcerative colitis. Aliment Pharmacol Ther 1999; 13: 1103-1108

Vercelli, D.: Mechanisms of the hygiene hypothesis--molecular and otherwise. Curr Opin Immunol. 2006 Dec;18(6):733-7. Epub 2006 Sep 28.

Verghese, M. et al.: Dietary inulin suppresses azoxymethane-induced aberrant crypt foci and colon tumors at the promotion stage in young Fisher 344 rats. J Nutr. 2002 Sep;132(9):2809-13.

von Rahden, B.H u. Germer, C.T.:b Pathogenesis of colonic diverticular disease. Langenbecks Arch Surg. 2012 Oct;397(7):1025-33. doi: 10.1007/s00423-012-0961-5. Epub 2012 Jun 20.

Vujic, G. et al.: Efficacy of orally applied probiotic capsules for bacterial vaginosis and other vaginal infections: a double-blind, randomized, placebo-controlled study. Eur J Obstet Gynecol Reprod Biol. 2013 May;168(1):75-9. doi: 10.1016/j.ejogrb.2012.12.031. Epub 2013 Feb 7.

Wang et al. "Treatment of perennial allergic rhinitis with lactic acid bacteria." Pediatr Allergy Immunol. 2004 Apr;15(2):152–8

Wang, I.J. et Wang, J.Y.: Children with atopic dermatitis show clinical improvement after Lactobacillus exposure. Clin Exp Allergy. 2015 Apr;45(4):779-87. doi: 10.1111/cea.12489.

Wang, L.X. et al.: Protective effects of two Lactobacillus plantarum strains in hyperlipidemic mice. World J Gastroenterol. 2013 May 28;19(20):3150-6. doi: 10.3748/wjg.v19.i20.3150.

Wassenberg, J. et al.: Effect of Lactobacillus paracasei ST11 on a nasal provocation test with grass pollen in allergic rhinitis. Clin Exp Allergy. 2011 Apr;41(4):565-73. doi: 10.1111/j.1365-2222.2011.03695.x.

Wehkamp J. et. al.: NF-kappaB- and AP-1-mediated induction of human beta defensin-2 in intestinal epithelial cells by Escherichia coli Nissle 1917: a novel effect of a probiotic bacterium. Infect Immun. 2004 Oct;72(10):5750-8.

Wehkamp J. et al.: Mechanisms of disease: defensins in gastrointestinal diseases. Nat Clin Pract Gastroenterol Hepatol. 2005 Sep;2(9):406-15.

Weizman Z et al.. Effects of a probiotic infant formula on infections in child care centers: Comparison of two probiotic agents. Pediatrics 2005; 115:5-9

Weizman Z, Alsheik A.: Safety and tolerance of probiotic formula in early infancy comparing two probiotic agents: A pilot study. J Am Coll Nutr 2006; 25: 415-419

Werfel, Th.: Allergieprävention und Behandlung der atopischen Dermatitis mit Probiotika. In: Bischoff, S. a.a.O. 2009

Weston S et al.: Effects of probiotics on atopic dermatitis: a randomised controlled trial. Arch Dis Child 2005;90:892-897

Wiest, R. et Schölmerich, J.: Einsatz von Probiotika und Synbiotika bei Lebererkrankungen. In: Bischoff, C. 2009 a.a.O.

Wijnands, M.V. et al.: A comparison of the effects of dietary cellulose and fermentable galacto-oligosaccharide, in a rat model of colorectal carcinogenesis: fermentable fibre confers greater protection than non-fermentable fibre in both high and low fat backgrounds. Carcinogenesis. 1999 Apr;20(4):651-6.

Williams, A.B. et al.: Evaluation of two self-care treatments for prevention of vaginal candidiasis in women with Human Immunodeficiency Virus infection. J. Assoc Nurses AIDS Care 2001;12(4):51-7

Williams, E.A. et al.: Clinical. trial.: a multistrain probiotic preparation significantly reduces symptoms of irritable bowel syndrome in a double-blind placebo-controlled study. Aliment Pharmacol Ther. 2009 Jan;29(1):97-103. doi: 10.1111/j.1365-2036.2008.03848.x. Epub 2008 Sep 9.

Woo, S.I. et al.: Effect of Lactobacillus sakei supplementation in children with atopic eczema-dermatitis syndrome. Ann Allergy Asthma Immunol. 2010 Apr;104(4):343-8. doi: 10.1016/j.anai.2010.01.020.

Yang, H. et al.: Probiotics reduce psychological stress in patients before laryngeal cancer surgery. Asia Pac J Clin Oncol. 2014 Feb 20. doi: 10.1111/ajco.12120. [Epub ahead of print]

Yeşilova, Y. et al.: Effect of probiotics on the treatment of children with atopic dermatitis. Ann Dermatol. 2012 May;24(2):189-93. doi: 10.5021/ad.2012.24.2.189. Epub 2012 Apr 26.

Zhang, X.B. u. Ohta, Y.: Binding of mutagens by fractions of the cell wall skeleton of lactic acid bacteria on mutagens. J Dairy Sci. 1991 May;74(5):1477-81.

Zhang, X.B. u. Ohta, Y.: Microorganisms in the gastrointestinal tract of the rat prevent absorption of the mutagen-carcinogen 3-amino-1,4-dimethyl-5H-pyrido(4,3-b)indole. In: Can J Microbiol. 1993 Sep;39(9):841-5.

Zhou, L. et Foster, J.A.: Psychobiotics and the gut-brain axis: in the pursuit of happiness. Neuropsychiatr Dis Treat. 2015 Mar 16;11:715-23. doi: 10.2147/NDT.S61997. eCollection 2015.

Zimmermann, Th.: Probiotika bei Atemwegserkrankungen. In: Bischoff, S.2009 a.a.O.

Zocco MA et al.: Efficacy of Lactobacillus GG in maintaining remission of ulcerative colitis. Aliment Pharmacol Ther 2006:23:1567-1574

Zoppi, G. et al.: Modulation of the intestinal ecosystem by probiotics and lactulose in children during treatment with ceftriaxone. Curr Ther Res 2001; 62: 418-435

ÜBER DIE AUTOREN

Dr. Mathias Oldhaver

Dr. Mathias Oldhaver ist Heilpraktiker und Medizinjournalist. Als Autor von Fachartikeln und -büchern sowie durch TV-Auftritte hat er sich bei einem gesundheitsorientierten Publikum bekannt gemacht. Mathias Oldhaver hat die Lehre von der Ethnoeubiotik entwickelt, die versucht, die Gründe für die Eigenschaften zu identifizieren, bei denen uns die Naturvölker voraus sind. Über seine zahlreichen Expeditionsreisen und exotischen Heilpflanzen und -methoden berichtet Oldhaver in seinem Ethnoblog (www.ethnoblog.de)

Wolfgang Spiller

Wolfgang Spiller ist Heilpraktiker, Mikroimmuntherapeut, Ausbilder, Autor und Fachreferent. 1984 gründete Wolfgang Spiller in Villingen-Schwenningen die Schwarzwaldklinik und damit die erste Fachklinik für Ernährungsmedizin überhaupt. Hier wurden über 13.000 Patienten mit atopischen Erkrankungen, also Neurodermitis, Asthma und Allergien durch ein von ihm entwickeltes neues medizinisches Therapiekonzept sehr erfolgreich behandelt. 1989 erfolgte parallel zur Klinik die Eröffnung der Spillermedic Naturheilpraxis und 2004 die Intergration von Spillerradionik – Labor für klinische Radionik. Seine medizinische Laufbahn startete Wolfgang Spiller als Fachpfleger für Intensivmedizin und Fachpfleger für Urologie. Spiller zeichnet sich durch umfassendes Wissen aus, das er sich durch seine langjährige Tätigkeit mit mittlerweile unzähligen Patienten erworben hat.

18357664R00179

Made in the USA
Charleston, SC
29 March 2013

Advance Praise for *Dragons at Work*

"A bite-by-bite feast of food for the soul, filled with beautiful illustrations and practical wisdom, elegant in its simplicity. No leader or coach should be without it."

~ **Bill Joiner**, President, Changewise, inc.

"Stephen Josephs' mastery of transformational change in organizations is everywhere evident in Dragons at Work. Indeed, his story is so skillfully rendered that it literally induces the very experience it describes. He had me rooting protagonist, of course, but at a certain moment the magic had happened and I was actually championing myself! This is the book you have been waiting for."

~ **Raz Ingrasci**, Chairman, Hoffman Institute International

"This book encapsulates gems from Stephen Josephs' lifetime of experience, skill and wisdom. Each short chapter repays reading again and again, as a modern man faces ago-old dilemmas and discovers new ways to a better life, family and world. Buy it for yourself, and for those you love. And for those you'd love better if only. And for everyone else. In the world. Period."

~ **Dr Mark McKergow,** Director, Centre for Solutions Focus at Work (London), and coauthor of *The Solutions Focus.*

"I have long admired Stephen Josephs' mastery at putting people on the path to awakening. *Dragons at Work* shows how he skillfully guides business people in that exploration. It's a great read, as well. Enjoy it!"

~ **Arjuna Ardagh,** Founder of Awakening Coaching - author of the #1 National Bestseller *The Translucent Revolution*

"I loved this book. After reading *Dragons at Work*, two things become clear: Work is a viable path to happiness and fulfillment, and Stephen Josephs is the consummate guide to show you the way."

~ **Jack Canfield,** CEO, The Canfield Training Group – author *The Success Principles: How to Get from Where You Are to Where You Want to Be*

"In this brilliant and engaging parable, award winning author and executive coach Stephen Josephs, shows how leaders can emerge into true leaders--wise and effective contributors to organizational health. This landmark book offers a clear and practical roadmap for bringing an array of transformational awareness strategies into the workplace. I wish leaders in every institution in our society would read *Dragons at Work* and take its magic to heart: We'd have a more compassionate, awake and sane world."

~ **Tara Brach, Ph.D.** Author of *Radical Acceptance and True Refuge*

"A story that has the power to change your view of life and is also a damn good read is worth its weight in gold…Dragons at Work is THAT kind of story!"

~ **Blaine Bartlett** , President , Avatar Resources, Inc.

"More than a master guidebook for transforming fire-breathing monsters into empowering collaborators, Stephen Josephs' new book, *Dragons at Work*, is a way of life. I carry this bible for leaders with me on my smartphone at all times (so that some day I won't need to.)"

~ **Barnet Bain,** Producer, What Dreams May Come and The Celestine Prophecy.

"*Dragons at Work* grabbed me right from the start. It immediately dove into the core, real-world problems that I encounter on a daily basis at work. But it did so in a way that provides clear, action oriented steps toward skillfully managing these challenges. If you want to stop struggling and start thriving, Dragons at Work is for you."

~ **Greg Schottland**, COO

"*Dragons at Work* illustrates how quickly transformation can occur with proper guidance and better choices. Dan learns that despite relentlessly driving his team, he is not effectively leveraging his expertise or enlisting their intelligence and commitment. Under the guidance of his coach, he learns to pay attention in a new way, draw upon more resourceful states, and experiment with more effective ways of leading. The author, Stephen Josephs, illustrates a depth of techniques from a variety of disciplines that are powerful guides for any leader looking to develop their own agility."

~ **Scott Zimmerman**, President, Televox, Inc.

DRAGONS AT WORK

Stephen Josephs

Dragons At Work by Stephen Josephs

Published by Tao Alchemical Press

Produced by Pedernales Publishing, LLC
www.pedernalespublishing.com

Cover Art by Brooks Cole

Library of Congress Control Number: 2013934241

ISBN Number:978-0-9889902-1-0 Paperback Edition

Dedication

This book is dedicated to my wife Alice, whose keen eye for editing and ear for dialogue and description improved this book immeasurably. Her support was good-natured, indefatigable, and always wise.

How to Use This Book

Dragons at Work is meant to be a manual for evolution of the self at work. As such, there are links to many teachers of transformation and other resources. At the end of chapters you'll find links to interviews, songs, and audio instructions. I hope you enjoy following the threads that intrigue you.

If you wish to contact me or work with me, visit: www.stephenjosephs.com. I look forward to hearing from you.

Stephen Josephs
December 2012
Novato, CA

Contents

Chapter 1

AWAKE AT 5 A.M., lying on her back, Michele Wu focuses on her breath. As each inhale fills her torso, she relaxes. Her breathing animates her entire body, while her mind rests, aware of space inside and outside her skin. A smile at the corners of her eyes merges and travels with her breath until her body feels awake and alive, like a rested cat.

Slipping into loose-fitting clothes and tai chi slippers, Michele enters the moonlit garden. Her grandfather acknowledges her with a glance and continues his tai chi, barely making a sound on the crushed granite underfoot. His body sinks deeply into each successive posture, his spine erect and supple. His shoulders, elbows, wrists, and fingers echo the powerful movements of his legs, torso, and hips. With his feet rooted to the earth, his mind extends to the stars.

Near her grandfather, Michele settles into standing meditation, her arms extended as though embracing a tree. She aligns her posture and deepens her breathing.

Soon, she begins walking slowly in a circle, her front foot sliding in an arc and her upper body turned toward the center. Every step a kick, every kick a step, as Grandfather taught her. Faster now, she reverses direction. Energy from the earth spirals through her feet and legs, up her torso to the top of her head.

A half-hour after sunrise, they sit at their kitchen table, chatting over tea and the morning paper.

DAN SCHAEFFER slams on his brakes. He stops just inches from the front end of the truck leaving his driveway. Three glazed donuts and the remains of a large coffee mingle on the floor of the front seat of his new BMW 335i.

Dan gets out and storms to the driver's side of the truck. "Helping Hand, Inc." is painted on the door.

"I thought you were here to pick up the furniture," Dan barks.

The driver rolls down his window.

"Say again?"

"The furniture. You were supposed to pick it up," shouts Dan.

"Yeah, but I can't take that piece."

"Why not?" Dan demands.

"Because it don't meet our standards."

"What are you talking about?"

The driver climbs out of his truck and walks toward the love seat, Dan right behind him. The driver runs his hand along the frayed upholstery and says, "You got a cat or something?"

"What I've got is a piece of furniture that's in perfectly good condition. I called your office. I described it. I scheduled a pickup. Now do your job, so we can both get on with our lives."

"Sir, would you please move your vehicle so I can exit your driveway?"

"Would I *what*?" says Dan.

"I think you heard me," says the driver.

"Yeah, I heard you. My car stays right there until you load that piece onto your truck."

Looking at Dan, the driver sizes him up. Five-nine, maybe 200 pounds, a big gut on him. He could take him out, 10 seconds tops. But what about the cops and assault charges? Been down that road. Maybe he could get him to take the first shot. No. Better get in the truck and let him cool off.

Through the half-closed window of his cab, the driver says, "Did you ever think of taking an anger management course?"

Dan lurches back to his car, pulls the door shut with rattling force, and grabs his cell phone. He gnashes through numbers and menus until a receptionist at Helping Hand Incorporated cheerfully responds.

"Helping Hand. This is Deborah. How may I help you?"

"I scheduled a pickup for today," says Dan. "Your driver is here and refuses to take a perfectly good love seat. I want to talk to someone who can order him to load the goddamn piece onto his goddamn truck."

"I wish I could help you, sir, but the manager is the only one who can do that and he isn't in on Saturdays. You know, our drivers are trained to make these decisions."

"Well, he's making the wrong decision."

"Excuse me, sir. I have another call coming in. Can you hold, please?"

Dan sees a police car looming in his rearview mirror. The officer steps out of his cruiser and walks toward Dan's car. Dan gets out to meet him.

"Is there a problem, sir?" the officer asks Dan.

"I'm the one who called, Officer," says the driver, climbing out of his truck.

Dan steps toward the officer. "I'm trying to get this guy from Helping Hand to take that love seat, but it doesn't seem to meet his high aesthetic standards."

"I'll show you, Officer." The driver points to the frayed fabric. "I'm not supposed to take furniture in this condition."

"Look," says Dan, "it's a perfectly good love seat. We kept its back against the wall. I just took it from our living room this morning."

The driver turns toward Dan. "I'm sorry you had to live that way."

For a moment no one speaks.

Addressing Dan, the officer says, "Sir, I'm sorry, but it's his decision to make. Move your car, please, and let him drive away."

"You've got to be kidding," says Dan.

"No, I'm not. Move your car."

Dan mashes his tire rim into the curb as he backs up. The truck and cruiser are gone, and Dan stands alone in his driveway, looking at the love seat. Against the black asphalt, it looks forlorn and hideously pink.

He wrestles it from the ground and balances it on his thighs, his knees bent. Lifting it higher, he hobbles to the side of the garage and drops it under the eave. His hands tremble, his chest feels tight, and he wants more air than he can get into his lungs.

Read Dr. Redford Williams's comments on how anger hurts the heart: http://www.dragonsatwork.com/RedfordWilliamsInterview

Chapter 2

JANICE CAME HOME to find her husband slumped in a chair in front of their wide-screen TV—no sound, just silent football replays. "Something wrong, Dan?"

"No, just a little cardiac arrest."

"All right then. Can you help me with the groceries?"

"I need to sit here for a moment," he said, taking shallow breaths.

"OK, I'll get the first load. Then, can you pick up Maggie at Tara's house? It's 3 o'clock. Their party's over by now."

"I need to sit here."

"OK, you sit. I've got to put the milk in the fridge." Holding a bag of groceries in each hand, Janice returned and stood in front of Dan. There was no color in his face. "Are you OK?"

"Just catching my breath."

"You don't look so good." She put down the groceries and touched his arm. "You're all *clammy*." She put her hand on his forehead. It was moist with perspiration.

Dan looked up at her and said, "I think I need to go to the emergency room."

The ER was packed, and Dan didn't want to wait for four hours to be seen. Janice told him that if he said he had chest pains, they would see him right away. But Dan suddenly hated this hospital with its grim fluorescent light, its antiseptic smell. He balked. Though Janice wanted him to wait, Dan insisted he was feeling better. He promised to see a cardiologist as soon as possible, but he refused to spend another minute in that microbe-infested waiting room. Reluctantly, she consented to leave.

On their way home Dan tried to put a comic spin on the loveseat incident. Janice was not amused, and she said so.

In bed that night, a mild ache in his chest kept Dan awake. Moonlight projected shadows of trees on the bedroom wall. As he watched their shifting shapes, the ache persisted, and he imagined himself an invalid. Memories of his father in intensive care flooded in—the beep of the heart monitor, the profusion of tubes, and his father struggling to speak.

Would he end up like him—with words unspoken, promises abandoned, and a family stunned by loss and regret? No, not if he could help it.

Was his disability insurance intact? As a VP at an insurance company, Dan knew there were scores of technical tricks to deny payment. Was he vulnerable? Was his left arm numb?

Chapter 3

THE CARDIOLOGIST EXAMINED Dan on his first visit and delivered his diagnosis to Dan and Janice on the second. His stress test and EKG showed nothing remarkable, but Dan's blood pressure was high at 158 over 90. Although his chest pains and shortness of breath had mimicked a heart attack, they may have come from the stress of arguing with the driver and moving the love seat. Still, he needed to be watched. His waist size and high cholesterol indicated metabolic syndrome, increasing his risk of coronary heart disease, stroke, and diabetes.

The doctor asked Dan about his lifestyle. Was he amenable to change? Dan equivocated. If Dan didn't make the necessary changes, he'd have to put him on statin drugs. Would he rather just take the drugs? No, Dan said, he'd try to exercise and lose weight. Privately, he thought this was impossible.

As Janice drove them home, Dan texted his company's VP of Human Resources:

Natalie, I surrender. Set up the interviews with the coaches ASAP.

Dan

Chapter 4

NATALIE CRAWFORD sat in the Thoreau Room, one of many windowless meeting spaces. She surveyed the remains of the last meeting—plans for a phased rollout scrawled in blue and red across the whiteboard—signs of another team thrashing to meet its milestones. The HVAC register dispensed just enough air flow to support human respiration. Not exactly Walden Pond, she thought. But between meetings, it offered her a quiet place to sit alone and take stock. As was often the case these past months, her thoughts turned to Dan Schaeffer.

No one could deny Dan's knowledge of the Data Consolidation Project. His brain was hardwired to every detail and problem confronting the teams under his command. And this brain was truly a marvelous instrument, equipped with lightning processing power and seemingly endless memory. Supporters and detractors both acknowledged Dan's intellectual capacity as "scary."

At first, Dan's commanding presence comforted the

senior executives. They understood the critical importance of systematizing 75 years of chaotic records—some of them centrally located, others in remote offices around the globe—in order to mine and manage the data efficiently. The success of the project was a matter of survival for California Sentinel Insurance (CSI), a mid-sized life and property company. Over the last year, its CEO, George Corbett, determined that a strategic investment in information technology (IT) would yield a significant competitive advantage. Industry analysts concurred and tracked the project's progress at every investor relations meeting.

As the initiative gained visibility, it became ever more important that a strong leader deliver the project on time and on budget. Dan was the unanimous choice. But as problems spawned and mutated across organizations, Dan's intellect, will, and drive seemed to come up short. Milestones slipped, and early attempts to bring parts of the new system online were embarrassingly substandard.

Dan's response: work harder. Sixty-five-hour weeks grew to 80-hour weeks. He confided in Natalie that each morning he rolled out of bed at 5 a.m., logged online, and ate breakfast with a Bluetooth headset grafted to his ear. Conference call voices swarmed in his head, followed him into his car and onto the freeway. At work, he hurled himself through a morass of meetings, juggling phone calls in

the margins until he returned to his home office at night to get some real work done.

As VP of Human Resources, Natalie witnessed executives slip into downward spirals. Dan's descent bore all the familiar signs, including office gossip with its now predictable refrains: Dan yells at people. Dan walks out of meetings. Dan won't let anyone finish a sentence. What is it with Dan? He's losing it.

Natalie knew Dan was not entirely at fault. Senior management bought into the project with its $4 million price tag. They spent a great deal of time looking over his shoulder, and there were no early wins. As Dan's team worked to make the system meet the specific needs of sales, customer service, and finance, they found it needed extensive custom programming. The added requirement of integrating five different legacy systems that previously had never talked to each other presented intractable snarls. Much of the data needed to populate the new system had been low quality from the start. Garbage in—and nothing reassuring coming out.

Prior to this project, Dan had been the golden boy. No challenge was too complex or daunting. He became a vice president at 42 and was on the fast track to succeed the Chief Information Officer. But this project was bigger and more unmanageable than anything Dan had undertaken.

No one, least of all Natalie, liked seeing Dan stagger under this weight. A few months earlier, she suggested retaining an executive coach to help him better manage the project.

"What the hell for?" he'd said. He knew what to do and didn't want to waste time explaining the obvious to a coach.

Natalie wasn't sure what accounted for Dan's change of heart, but she was glad to get his email requesting coaching. As she picked up her phone to schedule initial meetings, she wondered which of the three coaches he would choose.

Chapter 5

TWO COACHES STRUCK OUT with Dan. The first, a thoughtful man, positioned himself as an information technology expert, and presumably a natural fit for Dan's needs. He offered his own ideas on restructuring the project, but Dan's careful questioning revealed this coach was out of his depth. "Sounds like you know what you're doing," the coach said in summation. "It's a bear of a project."

Because Dan was in no mood for meeting the second coach, he flooded her with a cascade of questions about the value of coaching, her training, and how coaching actually worked. Did she get paid by the project? By the hour? Would she attend meetings? Shadow him? Had she ever coached someone through a project like this?

The coach launched into what might have been a credible defense had Dan been listening. Instead, he thumbed his Blackberry®: **Re: Tuesday. No, don't meet with freddy's team until I see what u propose. must sync with carla's team. call me @ 3.**

He looked up. She was silent, probably had been that way for a minute or two. "Do you conduct all your meetings this way?" she asked, a vertical line deepening on her brow. Under the table, her foot shook while Dan continued texting: **4's better.**

"Sorry," Dan finally said. "What were you saying?"

"Tell you what. Obviously, you're busy. I understand you're meeting with one more coach. Why don't you get back to me when you've made your decision?"

The third coach wore her jet black hair in a simple cut framing her face—elegant and functional. To Dan, she appeared to be 25; then again she might be 40. She wore tailored black pants and a simple fitted white blouse with an upturned collar.

"Hello, Dan. I'm Michele Wu. I'll be your coach today," she said, deadpan.

"I guess you know you're the last of three," he said.

"Yes. Did you like the others?"

"I was unimpressed."

"How come?" asked Michele.

"The first guy had his own mediocre ideas about how I should run the project. I can't remember much about the second coach, and frankly, I don't have time for this conversation, either."

"Sounds like you don't want a coach."

"Tell me how a coach is supposed to help," said Dan.

"I can do better than that. You and I can roll up our sleeves and have a brief working session. At the end, you'll know whether I can help and if it's worth your time. Want to give it a try?"

Dan looked at Michele. He'd dealt with many salespeople in his 20 years in business. Nothing "sales-y" about her.

"Why don't you tell me about your background first?" he asked.

"OK. Blah, blah, blah—Stanford. Blah, blah—MIT. Blah, blah—18 years of coaching experience. Now, do you want to work or not?"

Dan smiled. "I'm on unfamiliar ground here. You start."

"All right," she said. "What questions have occupied your mind lately?"

"What do you mean?"

"This project is important to your company. From what your VP of HR told me, CSI has a lot riding on it. They chose you to head it up, and it's not going well. Yes? I imagine you have questions about this."

Dan nodded. "Yes, I've got a question. Every project I've ever done I delivered the results on time and on spec. This is like a freakin' hydra. You take care of one problem, and five more come at you out of nowhere. I think I've got something solved, and then weeks later I find my solution

doesn't work. Every day I hammer a new piece of Jell-O to the wall."

"What's your question?" Michele asked.

"Why is this falling apart? Why can't I get people to think? Why can't I get good information from them? Why can't they just do their freaking jobs? What happened to standards, work ethic? Why am I the first one here every morning and the last one to go home? Why is that?"

"Those are all excellent questions."

Dan frowned. "What are you, some kind of consultant? I need more than someone telling me I have excellent questions."

"Yes, you do need more than that."

Gesturing with both hands and speaking louder, Dan said, "Great. How is this supposed to help? I need results. I need to get control of this project and get people off my back and stop second-guessing me. How am I supposed to…?"

Michele raised her hand, palm facing him at chest level. "Dan, stop. Stop."

Dan stared at her.

"Notice how you feel right now?" Michele asked. "Wound up? Frustrated? Do you feel it in your body? In the muscles of your face?"

"Yes."

"That's part of the problem. You like walking around like a coiled spring?"

"I don't have to like how I feel. I have to get things done," he said.

"They're connected. Take a breath."

"What's that going to do?"

"I don't know yet," said Michele, "but I do know the way you're breathing now creates tension, interferes with clear thinking, and it's bad for your health."

Dan frowned and audibly inhaled into his upper chest.

"OK. Now exhale—slowly. Now, another breath. Good, keep breathing this way."

The red started to fade from his face, and his expression softened slightly.

After a few more breaths, she said, "I want to give you a model to play with and then ask a question."

Sliding her hands apart on the table, Michele said, "Imagine this is a continuum of energy — mental and physical. On one end is low energy — depression, apathy. On the other — a manic, driven, even angry energy. At both extremes of the continuum, people make bad choices. On the low energy end, they may not have enough juice to find alternatives. On the high end, they may seize only one solution and run with it. It's in the middle zone where the number of intelligent choices goes up. Where do you fall on the continuum?"

"Most of the time I'm a high energy guy," said

Dan, "but I don't usually make bad choices. And I'll tell you this, I'd make better choices if I could get the right information."

"How are you going to get better information?"

"Keep demanding it, I guess. Maybe they'll catch on."

"Do you think people sit on bad news before they let you in on it?" Michele asked. "Do you ever shoot the messenger?"

"That's been said about me, but it's inaccurate. Sure, I can get upset. I demand excellence, and I express my frustration. What's wrong with that? They shouldn't take it personally. They get over it."

"What's your attrition rate?" she said.

"I lost 21 percent of my people last year."

"That's a lot."

"People who work for me know I'm not Mister Nice Guy. They know they're going to get their butts kicked from time to time. But the survivors know how to assess a problem and solve it the way I do."

"Is that how you learned?" she asked.

"I was trained by a boss who should have been a Marine drill sergeant. I hated it, but I learned. I became his go-to guy when everyone else cowered in the corner."

"Where is he now?"

"Unfortunately, he died a few years ago," he said.

"Let me guess. A heart attack?"

“As a matter of fact, it was a massive stroke. No one saw it coming.”

“I’m sorry. Were you close?”

“About as close as you can get to a Gila monster. I admired him, though.”

“And did he send emails out at 2 a.m. like you do now?”

“Indeed, he did. He worked harder than I do. Nobody works like he did.”

“Sounds like hard work is a point of pride for you. Dan, I’m not here to ruin your work ethic or tone down your passion for excellence. No one can take that away from you. I can offer you new ways to achieve your goals that will build a smarter organization under you. Your leadership style adds a lot of friction to the machine, and I can help you remove the heat and operate far more efficiently. Are you interested?”

“Let me sleep on it. And now I have to get to a three o’clock meeting.”

“OK, I’ll wait to hear from you,” said Michele, standing up.

Dan got up and shook Michele’s hand. He grabbed his briefcase, and as he wheeled around to head for the door, his Blackberry®, perched atop the briefcase, took to the air. Helplessly, he watched it in its arc toward the floor, hoping it would survive. Instantly, Michele dropped low,

spine straight, and with her left hand plucked it in flight, inches from impact. In one fluid motion she returned upright and handed the Blackberry® to Dan.

"Sleep on it," she said.

Coaches, here are 7 Tips for you, including how to conduct a first meeting like Michele: http://www.stephenjosephs.com/Coach-7

Chapter 6

BETWEEN BRIEF BOUTS of exhausted sleep, Dan contemplated hiring a coach.

Could he afford the time? He was over-scheduled as it was. He imagined Janice, with Maggie in tow, visiting him in the hospital, worried and trying not to let it show. In the darkness of their bedroom, Janice sleeping soundly beside him, Dan ran future scenarios.

By the time he abandoned the idea of sleep and began his day, he decided to hire Michele.

Chapter 7

ARRIVING ON TIME for their first meeting, Dan dove right in and told her the whole story — the love seat showdown, his trembling hands and shortness of breath, the emergency room, and the doctor's warnings.

"Sounds like you had a bit of a scare," said Michele.

"I did."

"And that's why you agreed to coaching?"

"Yes. Who said fear isn't a great motivator?" he said.

Michele laughed. "I can't deny that it moves people."

"So, are you going to ask me to surrender my secret weapon—fear?"

Michele leaned forward, looked side to side, and whispered, "I don't think it's that much of a secret, Dan."

"True enough," he said, "but it works."

"It certainly got you here. So, let's talk about what you want to get from coaching. If our coaching were successful, what would be different for you at the end?"

"Everything would magically get done by itself. I'd be

a senior vice president and spend a lot of time by the ocean under palm trees, sipping drinks with little umbrellas in them."

"Excellent," she said. "What else?"

"I'd be fully in control of this project. I'd be healthier. And I'd have a life."

"All worthwhile goals," she said. "Choose one to work on first."

"I'll take health for $400."

"Good choice. First, let's talk about how we'll approach any goal. Whatever you decide to work on must be your choice; it can't be my prescription. If it starts to feel like I'm directing you, tell me immediately. I'll help you brainstorm ideas and clarify your thinking. I will not withhold my opinions, but the goals have to be yours. Otherwise, coaching won't work. Does that make sense?"

"It does," he said.

"What are your health goals?" she asked.

"I'm overweight and my blood pressure and cholesterol are too high. I'm at risk for a heart attack, stroke, and diabetes. None of these are pleasant prospects. My doctor referred me to a nutritionist and a personal trainer. He thinks I can turn it around that way, and I'm willing to give it a go."

"If you can do it, that's the best way," said Michele. "You and I are meeting in a week. What do you want to have done by then?"

"I will have made appointments and seen them both. We'll see how that goes. There's a reason why I don't look like a triathlete."

"I think I can help you with your health goals," she said. "More on that later. Next topic—having a life or having control of your project?"

"Well," said Dan, "I can't really have a life until I get the project under control."

"Why is that?"

"Because I'm totally committed to it. If it fails, I fail. And failure has never been an option for me. I will not let this project fail."

"And you'll do whatever it takes to make it succeed," said Michele.

"Yes."

"Good. I assume that includes experimenting with new ways of operating, if they seem worthwhile to you."

"Provided they work," he said.

"Often, you won't know if they work until you put them into action. You don't have to believe what I say at the outset. But I do need you to be empirical about our work. Otherwise, you won't learn anything new and you won't progress. Can I count on you to keep an open mind? Will you actively experiment?"

"Yeah, if the experiments seem reasonable," said Dan.

"You sound skeptical."

"Just wary."

"You should be. You have a lot at stake. Will you tell me when you have misgivings and that you'll only try things you believe have a chance of working?"

"Agreed."

"That's all we need. Another thing: I read a lot about business, health, and psychology. Given your demanding project, I imagine you have little time to read."

"You got that right," said Dan.

"What I can do is give you brief summaries of current books and articles that I think pertain to you. New ideas may stimulate our thinking or offer direction for a course of action. But if you feel lectured at, let me know. I'm here to serve your needs, not to hold forth."

"Don't worry, I'll let you know."

"Also, I'd like you to take an assessment called the *7 Powers Profile*. It will give us a comprehensive and detailed view into which of your capacities support your long-term success and which ones need developing. You take it online. I'll send you the link."

"Finally," Michele said, "I've studied the interconnection between the mind and the body. Because of your health concerns and because smoothing out your emotional responses could make you a much more effective leader, you'd benefit from learning some simple mind-body techniques. Are you interested in exploring that, too?"

"Will I be chanting 'Om' and sitting in strange, uncomfortable postures?"

"Why do you ask?"

"Because that's what my brother does, and I tease him mercilessly. The irony of doing it myself is a bit much."

"All right. No chanting, no postures," said Michele. "I'll make a note of that."

"I'm serious. I'm not into that stuff."

"We don't have to do any of it. You and I can stick to the business issues, and you can address your health concerns with the nutritionist and the personal trainer. Would you prefer that?"

Dan sat silently. "Michele, before I reject your offer, maybe I ought to know what I'm rejecting. What do you have in mind?"

"Just some things I learned from my grandfather. They're ancient methods of relaxing."

"Do they help with hypertension?"

"They do," she said.

"As evidenced by what studies?"

"I could show you a stack of published studies, but you don't have time to read them. Besides, even if the studies show that 95 percent of people are helped by these techniques, we have no guarantee they will work for you, or that you'd like them."

"How can we test that?" Dan said.

"We experiment. You try it. If it works, you do more. If you don't like it, we drop it. Given your initial objections, why don't we save that for another time?"

"Actually, Michele, I'm curious now. What is this mysterious method your grandfather taught you?"

Michele looked at Dan. He seemed earnest enough, but she felt hesitant. Her breathing was shallow and her belly felt tight. *Why should I have to prove to this ignorant skeptic what my grandfather and generations before him knew as invaluable truth?* She smiled at her own haughtiness and the cultural chasm between Dan and herself. With an exhale, she dropped her resentment, relaxed her breathing, and refocused on Dan. *Why not teach him? If he rejects it, I won't have to mention it again. But if he takes to it, it would make our work together go much faster.*

"The method comes from Chinese *qigong* (pronounced chee gong). It's an exercise system that promotes health and vitality. It wakes up the body and makes you feel fully alive. In fact, the word **A-L-I-V-E** serves as an acronym to help remember the five building blocks of the system. I'd teach them to you, one at a time. As you master each skill, we add the next one. Eventually they become second nature, and you have access to optimal performance states whenever you need them. Do you want to try the first skill?"

"Strangely enough, I do. I'm still curious."

"Our first experiment entails helping you feel at **Ease** in your body—the E in ALIVE. What's the opposite of ease for you?"

"Tension."

"Right. Our aim is to reverse your hyper-tension, your dis-ease. Ever watched a baby learn to walk? They fall hundreds of times, often in awkward positions that would injure an adult. Part of the reason babies fall without getting hurt is their relaxed state and their flexible joints. As we age, the elasticity of our joints diminishes. We'll start by working with the joints of your hands to restore their ease of motion. Let me demonstrate something."

Michele stood up. "This is the opening move of a tai chi form."

Michele stood still and erect for a moment, arms at her sides. Then, her entire body sank in an unbroken motion as she bent at the knees, raising her arms in front of her, and extending her palms facing out.

"When I extend my hand like this," she said, "I open it slightly—the fingers spread a bit. But it's not just the fingers that open. My wrist opens, too, as do my elbow, shoulder, spine, hips, knees, and ankles—all the way down to my feet. When my hand opens, my feet open. When I draw my hand back, like this, simultaneously all the joints begin to close in one fluid motion. Then I open them again."

She repeated the movement, and while Dan couldn't perceive the motion of individual joints, he did see her body expand in one posture and smoothly draw inward in the next.

"There's a saying in the Tai Chi Classics," she said, continuing the tai chi. " 'One part moves, all parts move. One part stops, all parts stop.' I realize you don't have time to learn tai chi, but you can bring some of that same ease into your body, by simply sitting in a chair and working with the joints of your hands."

"Ready to try the armchair version?" she said.

"OK, but remember, no chanting 'Om.'"

"No chanting," she said.

Michele sat down facing Dan. She asked him to raise both hands to shoulder level, palms facing outward, and open and close his hands.

"Is there one hand that feels stiffer than the other?" she said.

"This one," he said, motioning with his right hand.

"Fine. We'll work with your right hand."

She removed her jacket, folded it, and set it on the table between them.

"Are you comfortable resting your right hand here on my jacket and letting me work with the joints of your fingers?"

"Go ahead," he said, extending his hand.

She placed his hand, palm up on her folded jacket. "Just relax, and as I begin to work with your hand, see if you can feel the sensations of movement in the joints of your fingers." She held his ring finger at the nail between her thumb and index finger and began to slowly, gently pull the finger outward; then she guided it back to its original relaxed position.

"I could extend your joints farther, but I'm staying within 70 percent of their range of movement. That way, we're not creating stress by overextending the joints." Michele worked each finger in turn, instructing Dan to simply relax and let her initiate the movement. "In that way, you'll experience what it's like to move with minimum effort."

It took five minutes to work all the fingers of his right hand.

"Now pick up both hands," she said. "Open and close them. What do you notice?"

"Now the left hand is the stiff one," he said, his eyes widening. "The right hand feels as if someone oiled every joint; the fingers are swimming in hydraulic fluid."

"Excellent," she said, gesturing for his left hand.

As she finished working with his left hand, she said, "That's part of the first skill. It's the E in ALIVE, which stands for 'ease.' Your entire body-mind will feel that kind of ease when you finish learning these skills."

"That sounds good," he said.

"To start spreading the ease in your hands into your entire body, you coordinate the movement of your joints with the breath. Now, as I lengthen the joints of your fingers, expand your belly with each inhalation. When you exhale, relax your belly as I return your finger to its resting position. I've noticed that when you're relaxed, you naturally breathe into your belly. Keep doing that."

After a few breaths, Dan found it easier to synchronize his inhalations and exhalations with the movement of his fingers.

Letting go of his hand, Michele said, "Rest your hands on your thighs. Keep breathing while you gently open and close the joints of your fingers. Let the movement of your belly and hands feel easy. Now, rest for a few moments. How do you feel?"

"Good, actually."

"You're getting it, Dan, and you're ready for the next skill, the V in ALIVE. It stands for the **Vitality** that comes from engaging the entire torso as you breathe. Sit near the edge of your chair, with your spine straight," Michele said. "By the way, I can record the next instructions, so you can listen to them later."

"Great, I'll put them on my iPod."

"Again, rest your hand blades on your thighs, and as you breathe, transfer the ease you feel in your hands

to your belly. With each breath, let your hands and belly relax. It's as though both the belly and hands yield to the incoming breath," she said as Dan inhaled, "and relax and become still as you exhale. Continue like this, yielding on the inhale and relaxing on the exhale."

Dan settled into the cadence of Michele's instructions as she guided him for another few minutes. Then she began teaching him the technique of breathing into the back.

"Place one hand on your belly and the other on your lower back. As you inhale, feel your belly expand into the front hand. On the next inhale, also breathe into your lower back. Both front and back expand on the inhale, although the movement in the back is smaller."

After Dan had taken a few breaths, Michele asked, "Can you feel your lower back expand into your hand?

"Barely."

"In the beginning, the motion is slight; later, it will increase. The key is to strengthen the motion through relaxation, not by forcing breath into the body. It's the *ease*, the yielding to the breath that increases your capacity. When someone breathes fully," she explained, "with each inhalation the whole torso feels like an inflating cylinder that expands to the front, back, and sides. You feel bigger and taller on the inhale, and return to stillness on the exhale. It takes time and practice to build this capacity, and it looks like you've done enough for today. How do you feel?"

"Relaxed, but a little sleepy."

"That's because you've become aware enough of your body to realize you need rest."

"I thought you weren't going to ruin me," he said.

"When you run as close to the edge as you do, you're vulnerable to breakdown. And if you break down, no deadlines will get met," she said.

"Except maybe the ultimate deadline," said Dan.

"When you reach it, what will they write on your tombstone?"

"He died on time and under budget."

Michele laughed. "And what's the benefit of a life lived like that?"

"I actually live for more than that. I have a life with my wife Janice and with our daughter Maggie. But, I see precious little of them these days."

"How are they with that?" she said.

"They don't like it, but they've adapted."

"Lao Tzu, the ancient Taoist master, wrote a little poem about this," she said.

"Which means more to you,
You or your renown?
Which brings more to you,
You or what you own?
And which would cost you more
If it were gone?"

"Very cool. When did he live?" he asked.

"Twenty-five hundred years ago."

"Did he have a mortgage?"

Michele laughed.

"Then, how could he possibly understand?" said Dan.

"Lao Tzu was the keeper of the royal archives at a time when scholars were executed if they were found wanting in the performance of their duties. It's not as though we invented stress."

Dan held up his hands and opened and closed his fingers. He asked Michele how long they would feel so relaxed.

"They'll still feel that way tonight," she said, "maybe longer."

"Amazing," he said.

She promised to send an audio file of the breathing instructions, and advised him that he'd progress more rapidly with short sessions — nothing longer than 5 or 10 minutes.

"I think I can restrain myself," said Dan.

To listen to the Lao Tzu poem as a song: http://www.dragonsatwork.com/Lao-Tzu-Poem

For an interview with Bill Ryan on the physical technique Michele uses: http://www.dragonsatwork.com/Bill-Ryan-Interview

Chapter 8

AFTER WORK, Dan called Janice on his way home. He told her that Michele thought working on his breathing might lower his blood pressure. Janice had read about that and agreed it was worth a try. She wanted to know about Michele: What did she look like? How old was she? How did she dress? Dan described Michele in the plainest, least enthusiastic way possible. No point in disturbing Janice with descriptions of Michele's attractiveness.

That night in his home office, Dan logged into the "7 *Powers Profile*" and took the assessment. The resulting report indicated a lot of areas to improve, maybe too many. But he was too tired to worry about it. He needed sleep.

For more information about the *7 Powers Profile*: http://www.stephen-josephs.com/7-Powers-Profile

Chapter 9

AT THEIR NEXT coaching session, Michele gave Dan an overview of the *7 Powers Profile*. "The assessment comes out of research about the capacities leaders draw upon when they're faced with extraordinary challenges. It looks at the degree to which you've developed the seven powers or capacities so that you know which ones you can lean on in a crisis and which ones are weak enough to derail your career."

"That's a cheery thought," said Dan.

"It may not be cheery, but it's worth examining. On the plus side, when you're strong in all these areas, not only are you more resilient and resourceful, your work is more fulfilling and successful. And knowing where you're weak now is much better than being blindsided later during a crisis.

"Let's look at the first triad. Its three powers pertain to how alive you feel at work. The first is your physical vitality and health. Obviously, if that's low, it dramatically affects your performance and staying power.

"The second power in this triad is emotional mastery and maturity. When that's low, you make mistakes out of impatience and irritation. You miss cues from others, and you can make enemies. If it's high, you have access to lots of intuitive and interpersonal information, and you're less likely to be manipulated or driven by unconscious desires. You scored low on many of these items."

"What a surprise," said Dan.

Michele smiled. "The third power comes from alignment on the job. Are your roles and responsibilities a match for your natural gifts and deeply held values? You scored high on this one and that partially compensates for the low scores on the other two in the triad. It means that your work is an expression of your deeply held values. That's a powerful force. It certainly fueled the genius and success of Steve Jobs, and Stephen Hawking is still going strong.

"In your case, you have the potential for all three of these powers to work for you. When I see someone with these low scores who's already successful, I think, If you managed to get this far with an engine that misfires on so many cylinders, just think of what you can accomplish when those capacities are all working for you."

"Yes," Dan said. "I'm a shell of my future self."

"Yes, that's actually a good way to describe it." Michele agreed. "The three powers in the second triad have

to do with accomplishment. The first is focus: the capacity to execute productively and proactively the tactics and strategy that make your vision a reality. You're strong on most dimensions of this one.

"Your capacity to learn is superior. It's an important strength, and it bodes well for our coaching.

"Your social networks could use attention, but coaching will naturally address that. Your scores indicate that you pay little attention to organizational politics."

"I really hate politics," Dan said. "I just do my work and let it speak for itself."

"That would be OK if everyone played by those rules. Experience says otherwise. This assessment is meant to uncover potential threats to your career. Ignoring politics is a classic derailer."

"Well, politics is the least of my concerns right now. I just want to get this project under control."

"There is a way to be skillful without being overly political," explained Michele. "We'll address that as we go. As part of our work together, I'll interview a number of people you work with and for. We can see what emerges from those conversations."

"What about the 7th Power?" asked Dan.

"The 7th Power is the capacity to clarify your intent and master how you pay attention to the world around you—your sensory experience, and the subtle signals

from your intuition. It's the meta-power that nourishes them all. When this one comes on line, everything gets easier."

"How do we make that happen?" asked Dan.

"We'll integrate it into our coaching work. But first, we need to gather more information. And I need to see you in action."

Chapter 10

DAN HELD HIS WEEKLY staff meetings in the Emerson Conference Room, its walls painted the same off-white as the Thoreau Room and adorned only with whiteboards. The conference room was prized for its view: a single window, which didn't open, overlooking a low green hedge and parking lot C.

Of Dan's staff of ten, three participated by teleconference; the rest sat in swivel chairs around the oblong light gray Formica table. An LCD projector, aimed at a screen pulled from the ceiling, sat ready for the PowerPoint slides that would accompany today's reports.

Michele observed the team members. There was little talking among them—no good-natured banter. They remained engrossed in their laptops. A few glanced at her, without smiles of acknowledgment or greeting. No telling what they were thinking.

Michele knew her presence, even as an observer, would initially alter how people behaved. But she also

knew that as the meeting progressed, they would reveal themselves.

"OK, everybody," Dan said. "Let's get started." When they looked his way, he continued, "This is Michele Wu, my executive coach. I asked her to join us this morning to observe how we work together as a team."

Some looked directly at Michele now. How young they look, and how serious, she thought.

One man who looked to be in his thirties, broke the silence. "We're rooting for you, Michele."

A few others chuckled, and when Dan appeared not to scowl, they laughed a little more.

"Can he be helped?" asked another.

More laughter this time, then quiet.

One at a time, Michele looked at each of them. Because of the three remote team members participating by phone, she kept the silence short.

"CSI hired me," she said, looking into the face of a thin woman with short straight hair, "because they want to invest in Dan's development as a leader." She shifted her gaze to the young man in a plaid shirt, who then stopped clicking his ballpoint pen.

"I know that you're tackling a large and complex project." Making eye contact with each of the staff, in sync with the rhythm of her phrases, Michele continued. "I also know that you've been working hard under a lot of pres-

sure with little time off. Part of my job is to help Dan make changes that will improve your team's effectiveness and the quality of your work environment."

Having briefly connected with them, she said, "I realize that my presence here as an observer is somewhat artificial. Everyone will be on their best behavior, and I might miss the most difficult discussions. Still, I encourage you to conduct yourselves as you usually do, so that I can see how you work through various issues, as outlined in your agenda on the white board. I'm very glad to meet all of you. It will help me in my work with Dan to watch you in action."

Their best behavior held up for 20 minutes until Peter Meyers, a programmer, presented his team's work. Finding flaws in Peter's reasoning, Dan responded with a barrage of questions culminating with "What were you thinking?" To Michele's ear, Dan's voice sounded hard, condescending, even scolding. She tried to gauge how Peter was taking it.

Peter acknowledged the shortcomings of his data, but said he wanted to show a "work in progress." His voice caught in the back of his throat and his face flushed.

"Right," said Dan. "Progress would be refreshing."

Peter said nothing, and his face darkened. Dan moved on to the next report.

By the end of the hour, the group had made it through the agenda. Dan concluded the meeting with assignments

for the coming week and reminded the team members how important the project was. He apologized for getting edgy and said it was something he and Michele were working on.

“Nevertheless,” he added, “however roughly or politely I say it, there is no substitute for professional execution of tasks. Is that understood?”

They nodded. Peter audibly exhaled. Without looking at each other, the team members gathered their belongings and left.

Michele and Dan stayed in the meeting room for another hour to compare notes.

“How do you think it went?” asked Dan.

“More importantly, how do you think it went?”

“Why do consultants get paid for that kind of drivel?” he asked.

“That is puzzling, isn’t it?” said Michele. “Dan, I’m certainly not going to withhold my opinions and observations. Still, it would help me to know what outcomes you were going for and how well you think you achieved them, so that I don’t end up telling you what you already know. What did you want to achieve in that meeting?”

“Each team member has a different piece of the project to work on,” he said. “In my mind, I see the whole project as a puzzle that’s slowly assembling itself. I can feel where the pieces snap into place and where there’s trouble

at the intersection points. I listen to everyone's status report to gauge our progress and identify potential glitches. It takes a tremendous amount of focus, like playing three dimensional chess."

"Is that enjoyable for you?"

"I enjoy figuring it out. What I don't appreciate—and you saw some of this in the meeting—is when someone gives me incomplete or irrelevant information. Peter fell way short of what I wanted from him today. And I let him know that, even with you there."

"I noticed. So, a successful meeting," Michele continued, "would be one that yields high-quality information and gives you a clear picture of whether the pieces are falling into place."

"If we could consistently have meetings like that, I'd be confident that when we deploy the new system, it would run without major problems," said Dan.

"Did you have other goals for the meeting?" said Michele.

"That's pretty much it. Not glamorous, but functional."

"Those are excellent goals."

"But," said Dan.

"*And* there is more you can accomplish. But first let's acknowledge what's already working for you and your team. You have a group of capable people who are dedicated to the project and are willing to put up with the stress."

"Sure, but how dedicated would they be if I didn't drive them hard?" Dan asked.

"That's the million-dollar question, and it may take some time before you have your answer. For the moment, let's look at what you contribute. From what I've observed, you have an enormous capacity for work and the intelligence to grasp the project's complexity. You see the whole system in a way that allows you to fit the pieces together. All this is valuable, so let's take a moment to appreciate your abilities, without trying to fix anything."

"But that's what I do. I fix things."

"I agree, and there's a more efficient way of fixing things that better leverages your expertise and enlists more of your team's intelligence. Right now, even though you push them hard, you're not getting enough out of them, and they're certainly not getting enough from you."

"How do I do that?" he asked. "I can't push them any harder."

"Take today's meeting: your leadership style was like a hub with spokes. Your brain is the hub and your staff are the spokes. One at a time, they give you status reports that you process in your brain at the hub. When Peter was presenting his status update, what was everyone else doing?"

"Working on emails, thinking about their own presentations. I let them do that. What are you getting at?"

"If your goal is simply to supervise the project, then a hub and spoke style is sufficient. If you want to truly lead—to use every opportunity to develop your staff and create a highly functioning team—you need to get people to participate in a different way. Right now, you remain the indispensable hub. That puts tremendous pressure on you to have all the answers. It discourages the spokes from trying or even wanting to apprehend the system as a whole. And it almost guarantees that you'll have no able candidates to succeed you.

"Dan," Michele continued, "there's a perspective on how leaders evolve that could be useful here. Are you interested in a three-minute lecture on adult human development as applied to leadership?"

"Go for it."

"How old is your daughter?

"Twelve."

"Do you remember what she was like when she was five? She's very different now in how she makes sense of the world, isn't she?"

"Of course."

"We expect profound cognitive changes in a growing child, but not in an adult. Psychologists once thought adults were fully mature when they reached their twenties. Now we know adults can change dramatically throughout their lifespan. However, that change doesn't

automatically come with age. Some keep evolving, while others don't.

"In a book called *Leadership Agility*, the authors, Joiner and Josephs, explore five progressive stages of leadership and how being at one stage or another affects a leader's capacity to lead. Let me describe the first stage, and then we'll discuss how it might apply to your leadership."

"I'm listening."

"The first stage is called the Expert. What image does that conjure for you?"

"I think of someone who knows his subject matter backwards and forwards, someone who can summon a vast amount of experience when it's needed."

"Yes, that's what the Expert is especially proud of. But it goes beyond that. The Expert stage of development is a way of being in the world. An Expert leader needs to be perceived as the one with the answers: his self-worth and identity are tied to it. The Expert believes a leader is followed and respected because of what he knows, and he takes great pride in demonstrating his expertise."

"Interesting," said Dan.

"How do you think an expert leads a team or an organization?"

"I guess he'd insist on the highest quality results from his team, because it reflects back on him."

"Yes, that's his central concern. How might that be a weakness?"

"I'm not sure. Isn't having the answer pretty essential?"

"It is. How would an Expert delegate?" she said.

"Ah, yes, he would have a little trouble with that."

"Why?"

"Because he knows the right way and loses patience letting others fumble for answers he already knows."

"Ah," said Michele. "If you want it done right..."

"Do it yourself," Dan finished. "What's wrong with that?"

"Nothing inherently. Great satisfaction can be derived from doing it yourself. I knew a general manager who ran billion-dollar construction projects in the Middle East. He would move to Dubai for four years and build a city—a project with tremendous pressure and unbelievable complexity. When he finished, he'd move on to another project. But between them, for R & R, he would build a house somewhere in rural Maine, all by himself. Nothing gave him greater joy than sitting on a subfloor surrounded by stacks of two by fours and plywood sheathing, listening to birds sing, and drinking a cup of coffee—no one to talk to, no one to be responsible for."

"Well, that's good for building a house, but you can't build a city that way," said Dan. "The methodology doesn't scale."

"Given that, how could you run your meetings if you wanted your team to think like you or better—so that you could take a vacation, sip drinks with little umbrellas in them, and return to a project that's humming along nicely?" she asked.

"Interesting question." Dan jotted it down in his notebook.

"Dan, we're at the end of our time for today. How about in a future session we revisit this topic along with the next two stages of leadership?"

"You mean there's something beyond the Expert stage?" asked Dan, smiling.

"Stay tuned," she said.

For an interview with *Leadership Agility* co-author Bill Joiner on Michele's coaching: http://www.dragonsatwork.com/Bill-Joiner-Interview

Chapter 11

AFTER MICHELE LEFT, Dan headed for the water dispenser, next to the snack vending machine. Walking past it, he scanned its offerings and turned back to face them head on. Ever since his nutritionist handed him a list of what he could and could not eat, a blazing poster size image of this machine was branded in his memory—filled with peanut butter crackers, M&Ms, Twizzlers, trail mix, Clark Bars, Reese's Pieces, Lay's Potato Chips, Fritos, and Snickers.

The moment he read his nutrition plan, even though he had just eaten, he felt hungry and deprived. Now, in the second week of his diet, he had gained three pounds. He'd calculated that if he continued at that rate, he would weigh over 300 pounds in a year. That math eluded him now as he fumbled for change.

Chapter 12

CARLA MORRISON popped her head inside Peter's office door. "You busy?"

Peter looked up from his computer screen and stared at it again. "Like a little beaver."

"Like a little beaver that got a public flogging?"

"That would be me."

Dragging a steel chair over to Peter's desk, Carla sat down. "Pretty intense meeting, huh?"

Peter sighed. Around him lay stacks of files, and a small whiteboard on the wall listed 15 carefully written items with their deadlines; only the first item was checked. A shelf was crowded with software manuals and programming books. Although only 32, his thin body stooped slightly from years at the computer. He turned to face her.

"Carla, I'm outta here. I put in unbelievable hours, and just thinking about preparing for one more of Dan's meetings, I start to sweat. I can hardly look at the guy. I'm not built for this. Give me one good reason to stay."

"Credit card debt?"

"Hey, I've got to save myself. I'm ready to jump, even though I have zero leads. I was never Mr. Networker."

"Peter, I know Dan can grind you down, and you seem to be his favorite grinding object right now. I know what that's like. I survived it."

"I thought you and he always got along."

"Not in the early days. Dan rode me pretty hard until one day I'd had enough. I told him we needed to do a reset. I wanted to work under conditions where I could succeed and feel free to tell him the truth without getting punished for it. If he couldn't do that, I said I'd find a new job."

"What happened?" Peter said.

"You could see him boiling, but he calmed down. We went out and had a beer. Over time, he learned to trust me. He still gets testy sometimes, but he'll only go so far."

"Carla, there's trouble brewing in this project that I'd never tell Dan about. Let someone else bear the bad news. I've hunkered down through enough of his shit storms to know not to start one."

"You think that coach can help him?" he said.

"Maybe. It's too soon to tell."

"Well, she didn't stop today's beating," he said.

"We don't know what was said afterwards, Peter. She's his coach—she's not going to lead a mutiny."

"And I'm not about to lead one either," he said.

After a moment Carla said, "Peter, if I had a vote, I'd cast it for you staying. You do good work."

"I appreciate that."

"Who knows? If Dan becomes easier to work for, we could learn a lot from him."

"So far, I've learned to cringe."

"Well, that's something," said Carla.

For an interview with Ivan Misner (Business Networks International) on social capital and job security: http://www.dragonsatwork.com/Ivan-Misner-Interview

Chapter 13

THE FIRST HOLE at the Alameda Hills Golf Club was a par 5 dogleg to the left with traps surrounding the fairway and an elevated green 435 yards out. For the last five years, CSI's CEO George Corbett had been slipping out for a 3:30 tee time every Thursday with Bob Shaw, VP of Customer Service.

They'd met eight years ago in Stanford's executive M.B.A. program and stayed in touch. When a slot opened for VP of Customer Service, George recruited Bob for the job. They played every week they could, sometimes with others or, like today, in a twosome.

The morning fog had burned off and left the freshly cut grass green and aromatic. The clear sky, low wind, and 78 degree temperature made this a perfect day for golf.

George teed up and addressed the gleaming white ball. At 64, he no longer swung for distance. Starting from a methodical backswing, he hit the ball simply, made good contact, and sent it out 190 yards into the fairway. "I'll take

that," he said, picking up his tee and moving to the side to observe Bob's drive.

Bob's tee shot sailed 285 yards, and the men watched the ball in flight. On its descent, when its mid-fairway position was guaranteed, Bob said, "And I'll take that."

On the way to their second shot, George asked, "How do you think the information integration project is coming?"

"Time will tell," said Bob.

"You sound hesitant."

"So far, I'm not encouraged. That doesn't mean Dan can't pull it out of the fire in the last stages. But his team hasn't been especially responsive to my team's needs. What's more, the early tests have been disappointing."

"This isn't trivial," said George. "We've made promises to the street about how the new system will give us a competitive advantage. I don't want to have to face them and say, 'It didn't work.'"

"I know. If this fails, I'm looking at a meltdown in customer service. Frankly, I'm worried," said Bob. "Still, maybe Dan can really deliver the goods. He's famous for the flying catch."

"Maybe, but we'd better have a backup plan. I'm an insurance guy and don't like overexposure to risk."

"I've had some thoughts about that," said Bob, "but it might be too early in the game to be thinking this way."

"What do you have in mind?" said George. "We don't have to act on it, but I need to know there's a plan B."

"Plan B is hire someone with more experience than Dan has with large integration projects."

"You mean push Dan out?" said George.

"No, his knowledge is useful. We need him for now. We could hire someone above him."

"Do you think Dan would go for that?"

"We can start the new guy in a consulting role and position him to learn about the project from Dan. Once he's up to speed, hire him over Dan. Then if Dan leaves, it won't hurt us."

"Do you have anyone in mind?" said George.

"I know two excellent people, but it's premature to talk to them."

"Bob, without making an offer, I want you to explore this with them, and see what kind of backup we can line up."

"You don't think it's too early?" said Bob.

"I hope it's not too late."

"OK, George. I'll make the calls."

For comments by Rick Brandon (author of *Survival of the Savvy*) on office politics: http://www.dragonsatwork.com/Rick-Brandon-Interview

Chapter 14

DAN'S WARDROBE reflected his preference for simplicity and comfort. He could reach into his closet in the dark and pull out a shirt and chinos which almost always matched. He often chose his clothes this way to keep the closet light from waking Janice. Today's blind selection paired a light blue polo shirt with khakis. His brown Italian loafers could be mistaken as a nod to style, but for Dan, they were simply the most comfortable shoes he owned. When they inevitably wore out, Janice replaced them with an identical pair purchased through an online discount retailer. In Silicon Valley, where pricey watches conveyed wealth or taste, Dan's $19.00 Casio made a different kind of statement. It answered the question: "What time is it?"

10:00 a.m. on Monday.

As Michele and Dan settled into their swivel chairs in the Thoreau Room Dan asked, "What do we do today, Coach?"

"We'll explore the use of feedback in our coaching. Without third-party observations, you and I would only be guessing which changes in your leadership style may matter most to the people around you. So, the next step is for me to interview your boss, your peers, and your direct reports."

"Sounds scary."

"Compared to what?"

"Blissful ignorance."

Michele nodded. "Ah, yes, the choice many of us prefer."

"Explain how this works."

"You and I decide whose feedback would be useful. We generate a list of about a dozen people who have worked with you closely. Then I interview them and compile the data, and together we work with the report I generate."

Dan took a deep breath and let out an audible sigh.

"What are your reservations?"

"You're in for an earful, Michele. I hope they talk about my results, not just my shortcomings in the niceties of management."

"You may be surprised at what we get," said Michele. "Whatever comes back will be helpful. If you genuinely respond to people's concerns, it can have a tremendous positive effect. This is not charm school. The interviews

can reveal where precise changes will yield more effective leadership."

"I think I'll believe it when I see it," said Dan.

"Spoken like a true empiricist. The interviews also encourage people to be invested in your change process and more willing to participate in it. Often people are oblivious to changes in their coworkers. The interview process will sensitize your peers, direct reports, and superiors to the positive changes you make. Rather than avoid difficult people, include everyone who can make a difference for you."

They compiled a list of 13 key players: Dan's boss, three senior executives, four peers, and five direct reports.

"If we have any luck with scheduling, I'll have the report written in two weeks, three at the outside," she said. "Meanwhile, there are other things we can work on, including stress reduction. By the way, did you like the breathing and ease of movement practices I showed you the other day?"

"I felt relaxed as you walked me through it, and I was able to recapture some of the feeling listening to the recording you made for me."

"Excellent! You tried it on your own," she said.

"I listened to the breathing instructions on my way home after our last session. By the time I got home, I actually felt less stressed. I even listened to your recording

in bed, and I think it helped me get to sleep. Then I just forgot about it. I haven't done it since."

"You don't need to practice a lot. And if that little bit had an effect, it's a good sign. We may move toward your health goals more quickly than I thought. Are you ready to learn your next skill?"

"I am ready," he said.

"Let's start with what you've learned so far. Show me your breathing."

With his hands on his thighs, Dan began breathing into his belly. He coordinated the movement of his torso and the joints of his hands with the rhythm of his breath.

"Nicely done! Now, we'll add the shoulders, elbows, and wrists into the mix so every part of your body from the belly up will move with the breath. Breathing that way will increase your vitality significantly. This completes the first two skills of **A-L-I-V-E**—the **V** stands for **Vitality**, and the **E** for **Ease.** The next skills will change your experience exponentially. For now, let's stay with the breathing."

Michele demonstrated how to involve the upper torso, shoulders, arms, and wrists. By the end of the lesson, Dan could move his body in synchrony with full, relaxed inhales and exhales. She encouraged him to continue to relax and focus on his movement. "Let the breath move you."

When they stopped, Dan reported he felt energized and relaxed.

"Good," she said. "Most people only use the opening and closing of the joints at the start of each session to integrate their whole body into their breathing practice. But you can use it anytime to revitalize yourself. You're picking this up very quickly. Were you an athlete?"

"I swam in high school and the first two years of college. Then I got too busy."

"I think it's helping you now." she said. "It's best to practice concentration in short sessions. The trick is not to turn this into an obligation. Let it be easy and enjoyable—something you can play with. Try it before and during meetings when you want your head clear."

"Lucky me," said Dan. "Today I'm booked solid with opportunities to practice."

For breathing instructions and audio: http://www.dragonsatwork.com/Breath

Chapter 15

MICHELE SET HER CUP of tea to cool on the antique oak table in her office. Her grandfather made the tea to strengthen her kidneys, because she expended so much energy in her work. The familiar aroma of mushrooms, bark, and herbs brought back her first memories of Grandfather when she arrived in San Francisco in 1968. On the trip with Auntie, she had been brave—polite, quiet, and as invisible as possible. When she peeked from behind her auntie's black dress to see her grandfather, she wept unabated for two hours. She had heard this story many times with variations. But in all versions, Grandfather would say, "Two hours crying! I knew then how strong you were. How very strong."

This began her life of two worlds—the public schools of San Francisco and the private learning of her grandfather's teachings. The English language made little sense, and her schoolmates' behavior was impenetrable at first. She clung to other Chinese children, and her grandfather's

herb shop and garden offered familiar and nourishing havens.

Gradually, she absorbed English. It shaped the sounds her mouth could make to formulate sentences, answer questions in class, and defend against taunts on the playground. Her comfort deepened in both worlds.

Grandfather taught her about tending flowers in the garden, the medicinal use of herbs, and how to put her hand on someone's wrist to listen to the body speak through the pulses.

What Michele loved most was learning to move through space the way he did. At first, he played with her, teaching no forms at all. "Let's play with the animals," Grandfather would say. Then they'd move like monkeys, tigers, cranes, and her favorite, the dragon.

Later he showed her the inner mechanics of movement—how to open and close the joints, twist the fascia, spiral energy up and down the central channel. He taught her the martial arts of *bagua*, *xingyi*, and *tai chi*. In time, her practice penetrated her bones and organized her body alignment within any movement—martial or dance.

In high school, Michele finished her homework quickly, preferring to study martial arts and herbs with Grandfather. She seldom gave school much thought, but was happy to get a scholarship. At 18, she enrolled at Stanford and entered yet another world.

This morning, Michele looked at the phone interviews scheduled for her work with Dan. If everyone kept their appointments, she could complete the reports in two weeks. Then the real work would begin. She checked her telephone recording equipment and dialed. Carla Morrison answered on the first ring. Michele oriented her to the process.

"For Dan's coaching to be successful," said Michele, "we need multiple points of view. Otherwise, Dan and I might delude ourselves. Dan suggested you for an interview because he thought you could give us valuable insight. What you say will be anonymous. I'll incorporate it with other interviews, all without attribution. If you tell me something that only you could know, you'll have the choice of leaving it in, taking it out, or I can generalize it so you're not identified. You have total control. Is that acceptable to you?"

"Yes," said Carla.

"Also, I've signed a non-disclosure agreement with your company, so you're free to refer to things that may be sensitive. Finally, I record our conversations to back up my notes, and then I delete the audio file. Is that OK with you?" said Michele.

Carla agreed.

Michele's inquiry began with Carla's role and the context in which she worked and observed Dan.

"I report directly to Dan," Carla said, "and I have 15 people under me. Our job is to integrate the legacy systems into the new system. I attend weekly staff meetings and have a one-on-one with Dan nearly every week. I've worked with him in one capacity or another for six years. I know him pretty well."

"Great, Carla. After observing him over time, what are his strengths?"

"In an organization of pretty smart people, Dan stands out. He's flat out brilliant, and he's got a memory on him that's astounding. Ask him about any aspect of the project, and he'll know the answer. The whole thing mapped out in his head down to the gnat's ass detail."

"What are his other strengths?" asked Michele.

"When his back isn't to the wall, he can be fun, and funny, too—not that he's that much fun these days."

"What else on the plus side?"

"Dan can get it done. He's totally dedicated. He won't stop until it's done."

"Until what's done?"

"A project, a deadline, a milestone, an unanswered question. He'll trudge on when others have given up. He never sleeps. I get 1 a.m. emails from him all the time."

"And on the other side of the ledger?" Michele asked.

"I guess I'd put that last trait on the negative side as well. It's a double-edged sword. Dan can work you under

the table, and some of us would rather not live life under the table. And he can be downright testy at times."

"Can you give me an example?"

"At a staff meeting just two weeks before the one you attended, one agenda item was a status update on a data conversion project. Peter Meyers, the same guy Dan called out in the meeting last week, is giving the update, and he puts up a slide that's a little iffy. This slide is going to be part of a presentation to senior management, and Dan begins to question Peter about the slide. Then it gets ugly—squirm-in-your-seat ugly. By now, Peter is looking like a whipped dog."

"What kinds of things did Dan say?" asked Michele.

"Things like—let me see if I can do Dan." In a deeper voice and sharper tone, Carla continued. " 'The agenda says that you're here to present the status of the quality problems in the data conversion from the old system to the new. Would you say that this slide qualifies as data?' Peter stammers out some lame defense, and Dan cuts him off with, 'What's the difference between your data and, say, sewage, effluent, excrement? I'm trying to avoid the word *shit*. How would you characterize what you're trying to pass off as data before the Executive Management Team?'

"Peter sits down and is silent. Then Dan says to the rest of us, 'I will not have any of you present questionable material. I don't want to single you out, Peter, but no one

should present anything that isn't squeaky clean. I'll be the one with egg on my face because of the crap you throw up on a slide.'

"Then Dan goes on to the next agenda item like nothing happened. We're all stunned. He ended the meeting early. Peter now walks around with his shoulders up to his ears. 'Uptight' doesn't even begin to describe it."

"May I include this in the feedback?" Michele asked.

"Sure. Anyone at the meeting could have told that story. Also, Dan and I have known each other for a long time, and I would say those things to his face."

Michele concluded the interview with Carla and called Bob Shaw, VP of Customer Service. She oriented him to the interview process and asked him to explain his role.

"I'm responsible for our policyholders' experience in their transactions with the home office and field agents. I oversee our compliance with examiners in all 50 states. Also, I designed our policyholder procedures to protect us against litigation. Dan's project directly impacts thousands of transactions. If his system goes online and fails, we'll have chaos in the marketplace. We'd lose policyholders and independent agents. We could also lose valuable data, and I don't even want to think about the ensuing investor relations nightmare. I get nervous just saying it out loud."

"In what context do you work with Dan?" she asked.

"We're part of executive management meetings where we're updated weekly on the project's progress. I've got to say, I'm not happy with what I'm hearing. I've lost confidence that his group can deliver what he promises. We tested part of the system, and it was a disaster. Right now, I'm using the old system, and I will stay on it until I can be assured that the new system works. Frankly, it has to be someone other than Dan who could make that assurance."

"Why?"

"Because he's lost credibility with me. Everyone talks about how bright he is and how hard he works. But so what? He's totally opaque. When we suggest a different approach, he just vetoes it. If we try discussing it with him, he talks down to us as though we're out of our technical depth and we could never comprehend complexities only his mind can grasp. I'm fed up with it. He doesn't understand that his behavior impacts the business. I'm sorry to tell you this, and I hope you can do something with him."

Michele thanked Bob for his observations and said Dan would want to talk with him about the themes emerging from the interviews. She asked if he thought that kind of conversation might be helpful; after a long pause, Bob said he guessed it might. Then he had to run. He wished her the very best of luck and hung up.

Two weeks later, Michele had compiled all the interviews into a 20-page report. It sat on her desk, and she could almost hear it ticking.

For an interview with James Flaherty, founder of New Ventures West (a coaching training company): http://www.dragonsatwork.com/James-Flaherty-Interview

Chapter 16

"WHAT ARE YOU WATCHING, Grandfather?" asked Michele.

With eyes fixed on the TV screen, he said, "I'm improving my English." Mafia boss Tony Soprano was meeting with friends at his bar, Ba-Da-Bing. One gang member fretted over a complicated career decision, and Tony offered wise counsel about achieving happiness through the execution of familial obligations.

"Ah!" said Grandfather at the episode's end. "Very Confucian. And how is Dr. Melfi?"

"Just so you know, Grandfather, Dr. Melfi is Tony Soprano's a psychiatrist on that show. I'm an executive coach."

"Yes, I know. And how is Dr. Michele?"

"I'm OK. I've been doing interviews for a client, and he's getting some pretty harsh messages from the people around him. I wonder how he's going to react when he reads the report."

"What kind of messages?"

"The picture coming back is that he's very bright, very driven to achieve—and he pushes people too hard. He pushes himself way too hard."

"Why does he push?" asked her Grandfather.

"He prides himself on having all the answers, and now he's got a big project that's more complex than anything he's dealt with in the past. It's like he's grabbed the tail of a large animal that he can't tame and he can't let go."

"That reminds me of the story about monkeys and how to trap them. I know I've told you the story before."

"I'd like to hear it again."

"Why don't you tell me? How do you trap a monkey, Dr. Michele?"

"You find a tree with a hole in it, a hole just big enough for the monkey to get his hand into. And then you put a peanut in the hole. The monkey reaches in, grabs the peanut, but now his clenched fist is too big to pull out of the hole. So, he's trapped, because he can't let go of his prize."

Grandfather nodded. "Yes. There is a wonderful, spacious forest all around him, and he is trapped in a tiny prison of his wants. There are birds, lizards, flowers, magnificent trees, and he can enjoy none of it. What peanut does your client grasp?"

"He wants so badly to succeed, and he insists on doing it his way," said Michele.

"And what will you do for him?"

"Because his mind is so strong and because he is scared now that he might have heart problems, I'm showing him things to relax his body-mind. Maybe, if he can interrupt his angry responses, he can make wiser choices."

"Good to start there. It will make him feel better and he will make some progress that way, but it won't cure the disease," said Grandfather.

"What would you do?"

"He needs to dissolve his small self and live in the awareness of his true self. Until this is done, hope and fear will continue to disturb his mind, and even success will not bring peace. As Lao Tzu says," he recited in Chinese:

"How can success and failure be called equal ailments?
Because a man thinks of the personal body as self.
When he no longer thinks of the personal body as self
Neither failure nor success can ail him.
One who knows his lot to be the lot of all other men
Is a safe man to guide them,
One who recognizes all men as members of his own body
Is a sound man to guard them."

He sat back in his chair and looked at his granddaughter. His eyes softened. "That's how we need our leaders to be."

"That's pretty advanced, Grandfather," said Michele. "I'm just trying to get him to stop yelling at people."

To hear this poem set to music as a blues: http://www.dragonsatwork.com/Winning-Losing-Blues

For an interview with Tara Brach (Buddhist teacher and author of Radical Acceptance): http://www.dragonsatwork.com/Tara-Brach-Interview

Chapter 17

BREAKFAST OFFERINGS in the company cafeteria included oily home fries and eggs any way you wanted them, if you were prepared to wait. Dan relished the ample supply of free Starbucks coffee, and he could always find an isolated corner there for an early morning meeting.

Michele, in her black pant suit, dark plum silk shirt, and jade pendant suspended on a fine gold chain, looked somewhat out of place. Yet, the longer he sat in her presence, the more she seemed to carry her own sense of place, her own comfort. Across from one another on two plastic chairs at a Formica table, her straight posture, smile, and clear eyes drew his attention to just how weary he was.

Last night, before going to bed, Dan had glanced at Michele's interview report in preparation for this meeting. He expected a mixture of appreciative comments and some of the normal griping. But each successive section—peers, direct reports, and superiors—hit him like a one, two, three punch. It was 2 a.m. before he attempted sleep.

By 3 a.m., his imagined conversations in which he set people straight had run all possible permutations of phrasing, and then began to repeat on their own, in shuffle mode. They had no idea, none of them did, what it took to keep this project together. He thought of his networks outside the company and wondered how long it would take to line up another job. Then he thought, no, I need to finish this project well and professionally.

Eyes open in the darkness and tired of his own thoughts, Dan recalled what Michele had taught him. He imagined the rhythm of her voice instructing him how to breathe. Gradually, he slowed his breath down, moved his entire torso with each inhale, and relaxed on each exhale. Then it was morning.

Now, over breakfast in the cafeteria, Michele asked him, "How did the report strike you?"

The laugh that emerged from Dan surprised him. "How did it strike me?" *Why,* he thought, *why is this so funny?* As the laugh continued, recruiting more of his body, it carried on with a life of its own and the fact that he was laughing seemed funny all by itself.

Looking down through a blur of tears at the 20-page report—his emphatic scribbles, highlighted sections, and exclamation points—he closed his eyes. Still laughing, he felt he was crying, too. He realized that Michele had asked him a question.

"Fine," he managed to answer, and that brought a new wave that rolled on until his laugh gently set him down in front of Michele in the cafeteria. "Fine. It struck me just fine, thank you."

They sat in silence amid the distant voices and clatter of plates and trays.

"Apparently, I needed that," said Dan.

"Yes," said Michele, who had quietly laughed along with him. "We all need a good belly laugh now and again."

Dan looked around and was glad to see they were alone in their corner of the cafeteria. He pointed to the report. "What do you think of this? And don't tell me it's more important what I think of it."

"It's important what each of us thinks, because together we can understand what it's telling us about how to make you a more effective leader. And the short answer to your question is: I've seen worse."

"And you've seen better," he said.

"Dan, you're talking to someone who believes in the compost theory of leadership development. This is the stuff that makes you grow. If the report were too awful, I would tell you. But it's not. I took you on because I trust your intelligence and your capacity to learn. There's nothing in here that isn't 100 percent workable. It's actually perfect." She added, "Remember, these interviews are a snapshot in time. Because of the way we'll work, people's perceptions

could change dramatically in six months. May I tell you how I read this?"

"By all means."

"Here's what I see," said Michele. "You are a highly intelligent and capable man. No one disputes this, not even your detractors. No one questions your dedication; nor does anyone think this project is a piece of cake. People enjoy your humor, except when it's leveled at them, and they want you to succeed. There are also some hard feelings and mistrust. Do you agree with me so far?"

"Yes, I do." Dan picked up the report. "But what do I do with this information?"

"What's your instinct? What do you want to do?"

He dropped the report back on the table. "Besides putting plastic explosives underneath certain people's houses?"

"Yes, besides that."

"I don't know. Talk to them, maybe," he said.

"Yes, you need to talk to them. They've taken the time to be interviewed, express their opinions, and share their observations. What do you think they want in return?"

"Well, they don't want business as usual. They want to see that I've listened to them."

"Exactly. They want to see a change," said Michele. "And it's up to you to decide what changes you want to make. I'll teach you how to have productive conversations

with the people who were interviewed. I'd also like to add the third **A-L-I-V-E** skill. It's easy to learn, and it will dramatically improve how the conversations go with your stakeholders. Are you interested in learning it now?"

"Barely."

"Out of 100 percent, how much of you is interested?" she asked.

"About 3 percent," said Dan.

"What's the remaining 97 percent interested in?"

"Not much. Actually, that's not true. But I have these moments when I feel like the project, the people, the politics—it's overwhelming."

"Would you like to try an experiment with how you're feeling right now?"

"Yeah, sure," replied Dan in a flat voice.

"All right, from the work we've done, you know what your body feels like when it's breathing freely. Use your breath now to sense where your body feels tense or deadened."

Dan shifted in his seat and noticed the small movement of his chest in response to his inhale.

"What do you notice?" asked Michele. "And where in your body do you feel it?"

"My chest feels tight. I'm hardly breathing."

"It's good that you're aware of that. Now, I'm going to give you some instructions. Don't worry about making

logical sense of them. Take the tightness in your chest and link it to your face, so that your face expresses any emotion that may be associated with the sensations in your chest. Just relax, and let your face respond. And feel how your body wants to move."

Dan's head moved slightly downward. He closed his eyes and his lips tightened.

"Are you OK with this?" asked Michele.

Dan nodded, eyes still closed.

"Now," she said, "reading your face from the inside, tell me, what is that emotion?"

"It's as though I'm saying, 'Too bad. I wish it wasn't this way.' It feels like regret."

"OK, stay with it for a few moments while I tell you about emotions. Emotions come and go. They have their onset, their fullest expression, and then they dissolve. When they fully dissolve, the tension in the body that's associated with them goes, too. To completely let them go, this next instruction is important: Never mind what these sensations are about. For the moment, just focus on the sensations themselves. Can you do that?"

"Yes."

"Simply get to know them, just as they are, without having to change them. Observe precisely how your body holds this constellation of sensations."

"Yeah, I can feel it," said Dan, his eyes still closed.

"Perfect," said Michele, "Can you comfortably experience the sensations just as they are?"

Dan paused for a while and then nodded.

"Now, can you also let them soften? Let them complete themselves and dissolve, so that you're at rest. And while that's happening, simply observe how your body returns to relaxation and ease, moment by moment. Take all the time you need to resolve these sensations."

After a while, Dan's posture straightened and his face relaxed.

"What's it like now to take a breath, Dan?"

"Easier, more free in my upper chest, but now the tightness has moved lower down."

They worked with this new sensation in a similar way. Reading his face from the inside, Dan felt the tightness was an expression of anger. Through observing and breathing, he dissolved these sensations as well.

"Rather than explain to you how and why this works," said Michele, "I'd like to show you one more skill. Reading your own expression gives you **Insight**. It's the **I** in **A-L-I-V-E**, and there's more to learn about it, but let's move on to how you can use your facial expression to change your mood and give you more energy. We're getting to the fourth skill, the **L** in **A-L-I-V-E**, which stands for **Love**.

"Think of something or someone that brings a smile to your face," she continued. "It could be a pet, a place in

nature, a person. Just call to mind that experience and let your enjoyment show up on your face as a smile. Allow the joy to be so deep that you feel it in your eyes. It doesn't have to be a big expression, but it needs to involve your eyes. An authentic smile radiates from the outer corners of the eyes. It can't be faked. Got something in mind?"

An image of his daughter Maggie giggling, with her face buried in a pile of stuffed animals on her bed, burst into his mind.

"Yeah." he said.

"Yes, I can see that you do. Now, take that feeling of the smile in the eyes and let it deepen."

Dan's expression broadened.

"Nicely done," said Michele. "Feel how the smile fills your whole face. Feel its qualities. Is it buoyant? Peaceful? Fun-loving? Wise? Joyous? There are many facets to happiness, ...yes? Let it deepen into kindness...wisdom...love... appreciation. Relax your facial expression, and you will still feel the energy of the smile at the outer corner of your eyes."

Dan nodded.

"Now, let's get the rest of your body involved. Take that feeling, the energy of the smile, and move it to your belly. Smile into your belly as though it is a vast storehouse that holds immense happiness. And just as before, yield to the breath on the inhale. On the exhale, relax into being still and alive.

"Breathe and smile, so that you yield happily to the breath. Now let the breath expand to include more of the torso. Fill the entire torso with the energy of a smile on the inhale. On the exhale, settle your attention peacefully into your belly…Good, keep going." After a few minutes, she asked, "How are you doing?"

"Fine," said Dan, very still as he exhaled.

"Linking the smile with the breath allows you to feel joy and love with your whole body-mind. Take a breath now, and feel joy for the full duration of an inhale…and an exhale… If you want to feel even more vitality, let your joints subtly open on the inhale, and relax on the exhale."

After a few more minutes, Michele told him, "Let your attention rest in the belly, and let your eyes open of their own accord."

Dan opened his eyes.

"How do you feel?" asked Michele.

"Relaxed and happy."

"Yes, you look happy and relaxed. Do you remember how you felt when we started this process?"

"I was in a bad mood."

"Right. You worked with anger and regret. Connecting with those feelings and letting them go made it much easier for you to feel joyful. Notice how dramatically different you feel now? Do you feel more resourceful?"

"I do," he said.

"Like you could look those reports in the face?"

"At this moment, they don't seem like much of a problem."

"They aren't a problem," said Michele. "They simply require your resourceful attention. Can you meet tomorrow so we can dig into them?"

"How's 8 a.m. in the Thoreau Room?"

"Eight a.m. it is."

To find out how you can learn the A.L.I.V.E. skills: http://www.stephen-josephs.com/A.L.I.V.E.

Chapter 18

GRANDFATHER STOOD among the choir of native flowers, grasses, and herbs in his garden. He took particular pleasure in hardy transplants, which, like him, had taken root and thrived in foreign soil. He listened to them all, in solo and chorus. Did they need more food, sun, shade, water, root space, insect allies, or worms? As he could move and they could not, it fell to him to listen and serve. How peaceful and natural this was.

Sensing another presence, he turned to see Michele enter the garden and walk toward him. She settled on the wooden bench, nestled among tall grasses.

"Hello, Grandfather."

"*Ni hao.* And how is your client? Still yelling?"

"A little less, and now he's learning how to be more still and energized. He's calming down enough to listen. We're just at the beginning."

"Ah," he said. "Listening is the finest art of all. It is the secret to all tai chi. To pay attention with no expectation,

no desire, only an open heart and mind. How will you teach him that?"

"I'll show him how to relax and better take in what others say. Then we'll see if he has what it takes to apply it," she said. "I think he's ready."

"Yes, it is one thing to do a tai chi form by yourself and quite another to use your skill in fighting. Dropping the self when something big is at stake—that is very difficult. Remember, Lao Tzu says:

"If you can guide without claim or strife,
If you can stay in the lead of men,
Without their knowing,
You are at the core of life.

"That requires a light touch," Grandfather said.

"My client is not known for his light touch," said Michele.

"If you bring him to Golden Gate Park on Saturday, I will teach light touch that day."

"Grandfather, this guy is an engineer. I don't think he's interested in tai chi."

"What's that joke you told me about the engineer looking at a glass of water?" he said. "Something about the glass being half empty?"

"Yes, while other people argue whether the glass is half full or half empty, the engineer just thinks the glass is twice as big as it needs to be."

"And what of a leader who presses on others with twice the force needed?" he asked. "Would an engineer not appreciate efficiency?"

"I don't know, Grandfather. It seems like kind of a stretch. Would you try it with Tony Soprano?"

"I would be honored," he said.

Executives: Get Tips on How to Make Your Own Luck. Tip #4 will instruct you in deep listening: http://www.stephenjosephs.com/Executive-7

Chapter 19

THE NEXT MORNING Dan and Michele sat side by side in the Thoreau Room. Dan drank coffee, and Michele sipped her grandfather's tea from a travel mug. On the table before them lay the report.

Michele pointed to it. "How does it seem to you today?"

"A little more reasonable. I can see where they get their opinions."

"What are they telling you?"

"My staff respects my knowledge, but they feel oppressed by me and the project. They think I work them too hard. One person called me a 'slave driver.' My peers say I don't listen to them and my teams don't cooperate with theirs. Two of my non-technical superiors are very concerned about the viability of the project, and a third feels out of the loop. Someone said I was condescending and opaque. They also doubt that I understand how the project affects their business."

"And what do you think?" said Michele.

"It still bothers me to read it, but if I were in their shoes, I might feel the same way. Anyway, whether their opinions are justified or not, they feel the way they feel. I can't really argue with that, can I?"

"No, it's never worth arguing with them. Better to just move things forward. But first, remember, you're now at absolutely the most difficult point in this process. You're sitting with some hard feedback. You still have many of your old emotional reactions to people and situations, and it's still too early to form a complete vision of where you want to take your organization. Plus, you have little proof that anything I have to teach you will work."

"Hey, Michele, don't hold back. Tell me the bad news."

"This is the lowest point. It gets better from here."

"How will that happen?"

"While you're waiting for your vision to take shape, you build your capacity to inspire trust and lead your stakeholders forward. You build that trust through listening, partnering, and delivering what you promise. Your work with the ALIVE skills will give you the resilience, clarity, and courage to earn trust quickly. Even though there are no visible signs yet, we've already set the process of change in motion by interviewing people. As you begin to act differently, they'll notice."

"That all sounds good, but I need practical next steps. I'm at a loss here. What am I supposed to do?"

"This report is the starting point for building trust. First, you meet with your stakeholders and acknowledge the messages they sent through the interviews. You thank them for the time and thought they put into the feedback. You share the main themes that emerged, and you let them know that you want to create, along with them, a collaborative working environment that will be productive and rewarding for everyone. Later, you may want to hold an offsite meeting for your entire team, but first you meet one on one with everyone who gave you feedback. You ask if they would be willing to tell you what it's like from their side of the working relationship; and you listen. You don't defend, debate, or rebut. You simply listen to what they say, without taking it personally."

"Sounds like I'm going to hear a lot more complaints," Dan said.

"You will, but I promise the conversations won't be that painful—not if you have a clear idea of what you want to create in these meetings. But you're the one who has to have them, and if you don't want to have them, it will show. Remember, you're not the only one who has faced the problem of building and rebuilding trust. Stephen M. R. Covey devoted an entire book to the subject called: *The Speed of Trust*. It would be an excellent resource for you right now.

"The fundamental question is about your intent: Do you want to build an organization where people can

exchange information and learn without fear? Do you want to build trust?"

"Yeah, yeah, yeah, OK," he said. "I'll be a good leader, Coach, honest I will."

"I like your approach—kicking and screaming your way into mature leadership."

Dan smiled. "We need to utilize my strengths."

"Indeed we do. By the way, did you have a chance to try what I showed you yesterday about smiling, breathing, and moving the joints?"

"I used it last night at bedtime. I slept better, and I woke up with more energy. Then I practiced it during a conference call in the car on the way to work. I was less frustrated as I listened to the latest litany of complaints."

"Good," said Michele. "Soon, I'll explain how you can apply what you've learned in other practical ways."

"Can I use it to lose weight?"

"As a matter of fact, you can."

"Did your grandfather teach you all of this?"

"Not all of it, but I guarantee he would have a lot to say on the subject of listening without taking things personally. It's an essential theme for him."

"Why?" Dan asked.

"Because listening is one of the central elements of tai chi. Besides being a very sophisticated form of qigong, tai chi is a martial art that relies on great sensitivity to the

opponent's movements. I can't really explain it. You'd have to see it to understand."

"I'd like to see that. Is it possible?"

"You mean see my grandfather?"

"Yeah. You sound surprised."

"I am. Grandfather is an acquired taste. I've never taken a client to meet him before, but if you want to see him, he teaches a class every Saturday morning in Golden Gate Park—Master Wu's tai chi class, as his students call it. Do you want to go?"

"Would you meet me there?" asked Dan.

"Sure, but I thought you worked weekends."

"I've been trying to cut my hours. How about this Saturday?"

"OK," said Michele. "You'll probably enjoy it, but be warned. Though an encounter with my grandfather is always valuable, he is unpredictable. You're sure you want to go?"

"Yes."

"We can meet at 8:30. I'll email you directions. Now, let's dig into the report."

Chapter 20

AMONG THE GROUPS gathered in Golden Gate Park, the one led by Michele's grandfather looked to Dan the most ragtag. Bundled in jackets in the morning fog, the students ranged from teens to the middle-aged, with a few who looked to be in their eighties, including a silver-haired woman with a walker. Some stretched while others moved in what looked like a slow dance through water. Still others worked with wooden swords.

Before this congregation, Master Wu sat on a bench and read a Chinese newspaper, presumably waiting for the right moment to begin teaching. Or maybe he just wanted to finish the article he was reading. Maybe he wasn't going to teach today. Dan couldn't tell.

Just then, Master Wu stood up, folded his paper, dropped it in the recycling bin, and rotated his shoulders in circles as he walked toward the students. They hurriedly fell into place facing him and began to rotate their shoulders, falling in with the old man's rhythm.

After a few exercises—stretching, twisting, and breathing—the group stood silently, looking straight ahead. Dan couldn't tell what they were doing. Nothing particularly remarkable was happening. He wondered whether coming here was a mistake.

Michele appeared next to him. "Sorry I'm late. Traffic."

"That's OK," he whispered. "What are they doing?"

"Standing meditation."

After some brief practice of their tai chi form, Master Wu announced that today's class would be dedicated to listening. He asked them to find a partner and begin to practice tai chi push hands. While they paired up and began to practice, Master Wu motioned Michele and Dan to come over to him. Michele introduced Dan, and her grandfather extended his hand. As Dan grasped it, he noticed that Master Wu's handshake was not in the least firm. It felt unusually soft and warm, almost hot in the cool air. As Michele's grandfather looked into his eyes, Dan sensed the old man reading him.

"Would you like to practice with us in this part of the class?" asked Master Wu.

"I don't know anything about tai chi," said Dan.

"So much the better." He pointed to the class. "They all know too much. It interferes with their learning. Perhaps you would help me demonstrate something for them."

Dan looked at Michele who smiled encouragingly. "OK," he said.

Master Wu called to the class and announced he wanted to demonstrate something. He said, "This is Dan. He knows nothing about tai chi. That is preferable because he will not fake anything to try to make an old man look good."

The class gathered more closely around Master Wu and Dan. Michele now stood among the students.

"Dan," said Master Wu. "Put out your hand and make a fist with the back of your hand toward the sky. Good."

Master Wu extended his arm and touched the back of Dan's hand with his fingertips. "We are connected, but it is easy to lose the connection if my mind is occupied."

"Dan, go ahead and move your hand around. Shake off my hand."

Dan moved his hand quickly to the right and then back again, freeing himself from the old man's touch.

Master Wu pointed into the air. "My mind was somewhere out there, not with Dan. But if I relax and pay attention in every moment, I can stay connected with him."

Master Wu placed his fingertips back on Dan's hand. "Now, go ahead and shake off my hand."

Dan moved his hand in a similar motion as before, but this time Master Wu's fingers stayed connected. *He*

just figured that I would make the same move, so he was ready for it, thought Dan.

"You see," said Master Wu. "He cannot lose me when…"

Dan moved his hand again, this time down and to the left, then up to the right, forward and back, and then a diagonal jerk. Never once did Master Wu's hand feel heavy on his or break contact.

All the while, Master Wu continued his lecture. "I stay with him wherever he goes."

Dan began to laugh. *I can't shake this guy, this old man with the warm hands and the smiling deep eyes. How about up left, down right? Damn!*

Master Wu removed his hand, thanked Dan, and said to the students, "Listening means having no preference, no investment. Whatever he does, I am happy. And that way I can feel his whole body from one point of contact. I can feel his mind, his intent. The moment I become afraid, the moment I want to dominate, I cease to listen and I lose him. Then he can surprise me and anticipate my attack."

Turning toward his students, Master Wu said, "Robert, can you come here? I want to demonstrate push hands. I also need someone to catch Robert."

Two young men positioned themselves in back of Robert, about 20 feet away. Master Wu and Robert stood facing each other. With both hands Master Wu pushed

Robert's extended forearm at the wrist and elbow. Then Robert, receiving the push, sank back and, in a circular motion, absorbed the force and returned to push Master Wu's extended forearm. They alternated this way—giving and receiving pushes for a few minutes.

As they continued, Master Wu said, "If I listen carefully, I can feel where he wants to go. I can feel where his structure is aligned and where it is broken. When I feel it is broken, he has already lost. Like now. See? He has already lost. If I want to, I can make a point of it."

In a quick short motion, Master Wu hurled Robert briefly off the ground and then backward with a force that seemed to accelerate his lateral fall. Robert struggled to keep his feet under him as he covered the distance between him and his spotters, who finally caught him and held him upright.

"Of course," said Master Wu looking at Dan, "the better you listen, the less need there is to assert your way. There is only the Way, the Tao, and when you listen properly, you find you are in the flow of it. Lao Tzu says:

"Let life ripen and fall,
Force is not the way at all."

Master Wu returned to instructing the class in push hands. Dan and Michele briefly caught his attention, waved goodbye, and ambled out of the park together. The sky had cleared, and Dan felt he could almost hear the

plants stretch toward the sun and extend their roots into the earth. A mockingbird sang.

After walking a few minutes in silence, Dan said, "Well, that was something."

"What was it like for you?"

"I don't even know how to describe it. For one thing, I couldn't shake off your grandfather's hand. Believe me, I tried. He was right there with me no matter where I went. That was strange enough. Then he launched Robert 20 feet across the grass. It's amazing how much power that old man has. How old is he?"

"We don't really know for sure. He says he's 92."

"Wow! How does he do it? He moves like a man half his age. Better, in fact."

"It's from a lifetime of practice," said Michele. "But some of it comes from what I showed you about opening and closing the joints, breathing, and smiling. His body is also structurally aligned inside any movement he makes. If you add the energetic component, the movement of chi, and his martial arts knowledge, you have something that looks supernatural, but it's actually completely natural."

"Yeah, natural for a wizard."

"You were born with the same human body and mind. It's a matter of cultivation and practice. He started at four years old, so he's got 88 years on you."

"That could make a difference."

"And your goals are different. You want health, emotional resilience, and a sharp mind. That's comparatively easy to attain. The breathing and the opening and closing of the joints can help a lot. Working with the breath stabilizes your attention. The smile adds the element of joy, joy that you can feel with your whole body. Qigong is known for giving its practitioners tremendous emotional stability. Are you feeling any of that," she asked, or is it not working for you?"

"Yes, it is starting to work. I feel like I have more choice in how I respond to things. I've noticed in some meetings with my staff that I can take a deep breath and choose not to get nasty."

"How would you apply what you learned today to listening to other people?"

"With or without spotters?" he asked.

"Without."

"I like the idea of really staying with the other person—listening without being afraid or wanting to control. I need to listen better and not jump in to attack or defend myself. If I could manage that, I might have a very different experience at work."

"When are your interviews scheduled with your direct reports?"

"Next week."

"To help prepare for those meetings, it might be good

to practice listening. Maybe you could try it at home with Janice."

"I don't know. It might be easier with my staff. How would I do it?"

"Just engage her in conversation, and listen deeply without defending yourself or rebutting anything she says. If the conversation gets emotional, remember to breathe and smile into your chest. Stay right with her and with your own experience."

"I'll think about it."

"All right. Do what you think is best. I'm going to wait here for my grandfather," said Michele. "I'll see you Monday."

Chapter 21

MASTER WU DISMISSED the class and found his granddaughter waiting for him nearby. As he walked toward her, Michele marveled at the balance and economy of his gait. She had no doubt he could walk for days continuously at the same even pace.

"Hello, Grandfather. How was your class?"

"You saw. What do you think?"

"You sound like a consultant," said Michele.

Her grandfather looked at her with no change of expression.

"Like someone who doesn't understand anything and just asks questions," she said. "It's a joke Dan likes to make."

"Ah! That is the way to live—not knowing anything. Very good! I am a consultant."

"What did you think of Dan?" she asked.

"His body is heavy and tense. His mind is tense, too. That makes his movements wooden and brittle. But he is

also curious and unafraid. He was not afraid of me. He was not afraid to test whether I could stay with his hand. That is a good sign."

"Anything else?"

"He is undeveloped, but he is not mean. I can feel cruelty, and he has little of that. He is just uneducated." They walked silently for a while.

"One more thing," Michele's grandfather added. "Don't underestimate his capacity to learn. He may go further than you think."

Chapter 22

JUST BACK FROM Golden Gate Park, Dan found Janice at the kitchen sink. He didn't know whether she'd heard him come in. She turned only when he said hello and went back to scrubbing a pot. He walked over to her, put his hand on her back, and she placed a perfunctory kiss on his cheek.

"Want coffee?" she asked. "I've got some brewed."

"Yes, coffee would be good. Will you join me?"

"What's the occasion?"

"I'll tell you when we sit down," he said.

Janice reached into the cupboard for two cups. For Dan, she chose the dark green mug, because it delivered the requisite amount of caffeine. For herself, she chose the purple mug—the sole remnant of the ceramics class she took five years ago.

Seated at the kitchen table, her hands wrapped around the warm mug, Janice said, "What's up?"

"Michele wants me to improve my ability to listen. And she suggested I practice with you."

"Uh-huh. How long will it take to complete the assignment?" she said looking at her watch. "I need to take Maggie to soccer practice."

"As long as it takes. Whatever you like."

"And after that, you check off on your list 'listening assignment completed'?"

"Janice, I thought it might be good for us."

"Maybe now isn't the best time. I had a hard morning."

"We can do it any time you like," he said.

"How about 12 years ago?"

Dan felt himself getting warm. His eyes narrowed. *Breathe*, he told himself. *This is not going well.* He took another breath. "What happened 12 years ago?"

"You tell me," said Janice. "Your career got very important, Maggie was born, and it was every man for himself."

"That's not exactly how I remember it."

"Wasn't your assignment to listen?" asked Janice. "Are you listening?"

Dan felt the muscles in his upper chest and neck tighten. *Breathe.* "I'm trying to. You're not making it easy."

"Easy? You want me to make it easy for you?" Janice shook her head. "OK, I had a real nice morning, just another milestone in my incredibly rewarding life. Actually, I don't know why I'm so pissed off. Maybe it's because you're oblivious to me so much of the time. Work always comes first, and now the only reason you're listening to me is be-

cause it's a fucking work assignment? Give me a break." She turned her gaze downward and concentrated on folding and refolding a paper napkin.

Dan bristled. *Can't she see I'm working my ass off for her and Maggie?* He wanted to break something. *Breathe into my chest, and let my body accept the breath.* Now he felt heavy. *What's the use*? He kept on breathing. *What did Michele say? Don't defend, stay right with the experience, open-hearted listening.* "I'm sorry, Janice. This is hard for me to hear, but I do want to listen to you."

"I spend the entire day doing hundreds of little tiny stupid tasks. I keep our financial records straight. I do the taxes. I pick up after everyone. I help Maggie with her homework. I take her to the dentist, soccer practice, dance class. I do all the grocery shopping. I deal with the gardener, the housecleaner, the electrician, the dry cleaning. I make beds, do laundry. And after all these years, I wonder who I am. Now I'm worried that you might keel over, and I don't want to upset you. You drift in at midnight, like some preoccupied phantom, and then you vanish before I wake up to another day of endless, trivial tasks."

Dan and Janice stared into each other's eyes for a moment. Then Janice began to laugh. "That last part was a little over the top, wasn't it?"

"Does it feel over the top?" he asked. "It sounds like you meant it. Is there more? If there is, I'd like to hear it."

"It's us, Dan. I feel like we're sleepwalking. We've lost each other. We don't even make love any more. If love is there, what I do all day makes sense. But if I don't feel it from you, I feel adrift and cheated."

"Yes," he agreed. "I miss our life together. I feel like I'm on a forced march at work, and I don't have time for much else."

"So, are we helpless?" she said. "Isn't there anything we can do?"

Dan's head ached, and he rubbed his temples. "I want to change it. I just don't know how yet."

"Dan, make time for me and Maggie. She needs you, too."

Images flooded his mind—his packed schedule, the project slipping out of control, his career stalling, the new system crashing when it went live.

"Dan, did you hear me? I need you to make time for us."

"I'm stretched beyond my limit. Time is the one thing I can't seem to get under control," he said.

"I need to know, Dan. Will you make time for us?"

After a while he said, "Janice, I don't know how, but I'll get work under control."

"This is important. I don't need a fancy house or lots of clothes. If we lose our family, we lose everything." she said.

Dan reached for Janice's hands across the table. Looking into her eyes, he felt his chest soften and his breath begin to fill his body. He smiled for no reason other than the joy of seeing her face in that moment—her eyes clear and blue. *She is a jewel.* "We'll make it work," he said.

"Somehow I hear Mose Allison singing in the background."

Dan recited, "*Life is short, talk is cheap; don't make promises you can't keep*?"

"Yeah, that one," said Janice.

For commentary on this chapter by John Gray, author of *Men Are From Mars, Women Are From Venus*: http://www.dragonsatwork.com/John-Gray

Chapter 23

JANICE LEFT TO TAKE Maggie to soccer practice, and Dan found himself staring into the kitchen cupboard, eyeing an unopened bag of Oreos. He ripped the cellophane wrapper, and the sweet aroma of cookies reached his nostrils. As he took the first bite, two voices in his head began to argue with each other.

You better not.

One can't hurt.

It's not on your diet.

See, I'm eating one. What's the big deal?

Don't do this.

Dan placed an entire cookie in his mouth.

You're out of control.

Oh. I love Oreos.

You've really blown it now.

Just one more and I'll stop.

Bullshit.

Hey, I don't care.

You're going to pay for this.

I've already blown it. What difference does it make now?

Fifteen minutes later, Dan crumpled the empty Oreo package and buried it deep in the kitchen trashcan.

Chapter 24

WAITING IN THE THOREAU ROOM at 9:55 a.m., with three hours of conference calls behind him and trouble emerging on multiple fronts, Dan nearly canceled his meeting with Michele. He could use the extra time, but then again he had engaged her to help him solve the time problem.

Michele walked through the door promptly at 10. This morning she wore black linen pants and an ivory sleeveless tunic. He guessed her patent leather flats were chosen for comfort as well as style. As usual, her eyes were clear and observant, and her manner unhurried.

"Hi, Dan. How was your weekend?"

"After I left you, I went home and practiced listening with Janice," he said.

"How did it go?"

"Sort of like picking up a wildcat by the scruff of the neck."

"And what did your wildcat have to say?" Michele asked.

"Nothing that wasn't true. She wants a marriage and, in truth, I want that, too. She reminded me of that in a way I couldn't ignore. This listening stuff is hard work. I wanted to jump in and argue with her, and I did some of that, but I also managed to breathe and keep listening. We even laughed a little. By the end, I think she felt good that she got to say what she did, and I promised her that I would get my job under control."

"Good. All the more reason to do it," she said.

"Yeah, and afterwards I ate a whole package of Oreos. I've gained five pounds since the start of my diet. So much for my health goal."

"Are you worried about it?" she asked.

"Yeah. I don't know. I guess so. It's a little hard to believe I'm making progress when I can't stare down an Oreo and walk away."

"Do you want me to help you with that?"

"Lots of luck, Michele."

"It's not about luck. We simply need to apply the skills you've already learned and add a new one," she said. "We can work wonders with Oreos and other temptations."

"You've got my attention now, but I'm skeptical about this one," said Dan.

"Tell me about the Oreos."

"I had just finished my conversation with Janice, and she and Maggie had left for soccer practice. Suddenly I got

hungry, very hungry, and I found myself pulling the Oreos out of the cupboard, and then the entire package was gone. As I ate them, I kept telling myself not to do it, that they were bad for me, but that didn't make any difference. It's like I had a devil on one shoulder and an angel on the other, and the angel was a real loser."

"That's actually a very common experience," said Michele. "You listen to two voices arguing and go into an altered state while you eat. Did you actually taste the cookies?"

"That's the funny part. I was eating them, but I wasn't really there. There were only a couple of moments when I actually tasted them."

"And you had just finished a difficult conversation with Janice."

"Yes. I was trying to be on my best behavior," said Dan. "Maybe the cookies were my reward or a way of letting off steam."

"It could be either of those things, or it might be something else," Michele said. "Do you want to find out?"

"Sure. How?"

"Imagine you are back at the kitchen table. You've just finished your conversation with Janice. What do you do?"

"I walk straight over to the cupboard and grab the Oreos," he said.

"Sounds like you made your decision right there at the table. What did you experience just before that?"

"I don't know. I was hungry, I guess."

"All right. Again, imagine you are sitting at the table," said Michele.

Dan leaned his forearms against the edge of the table.

"Now let your body answer the following question: If you didn't eat the Oreos, what emotion would you have to feel?" said Michele.

Dan looked at her blankly.

"Let your body feel the emotion that you felt then—the one that you were trying to avoid by eating cookies."

Dan's lips tightened, his head tilted to one side, and the muscles around his cheeks contracted.

"I feel frustrated," he said, "like nothing I do is enough."

"Let's work with that feeling. A Zen teacher, Dennis Merzel, uses a process to work with emotions. He calls it Big Mind, Big Heart. It comes to mind now, because of the inner dialogue you described and because you were just speaking from a part of yourself that feels underappreciated."

"Yeah, I do feel underappreciated, but what do you mean by 'a part of myself'?" Dan asked.

"When you told me you had an angel on one shoulder and a devil on the other, you experienced two different parts of yourself. These parts are in all of us, and there's real benefit to listening to them because, without our be-

ing aware of it, they often drive our behaviors. We can explore these parts, so that you can have more control over your eating."

"Boy, is this getting weird or what?"

"Is it too much for you?" Michele asked.

"Almost, but let's give it a try."

"Good. First say, 'I am the voice of the underappreciated self.' "

"Out loud?"

"Yes."

"Will this really make a difference?" said Dan.

"I don't know yet. Want to continue?"

Dan sighed. "OK."

"Nice expression of resignation," said Michele. "Now say, 'I am the voice..."

In a singsong voice he intoned, "I am the voice of the underappreciated self."

"Excellent. As much as you can, let yourself connect with that underappreciated part of you. Settle into how it feels and let me know when you're there."

Dan became still for a moment, then nodded.

Michele asked, "As the voice of the underappreciated self, what's your job?"

"To feel like nothing I do is good enough. No one appreciates what I do."

"And what do you do for Dan?"

"I complain. I suffer. And I provide him with an excuse to eat. If they don't appreciate him, at least I can get him a treat now and then."

"You seem to do that very well."

"I'm a master."

"So, if you get him treats, what does that do for him?" asked Michele.

"I sneak a little pleasure into his life. Is that so wrong?"

"Not at all. Thank you for speaking so openly. "We may speak to you again, but now I'd like to speak to another voice: The voice of the critic."

Dan looked at her quizzically.

Michele said, "Just say, 'I am the voice of the critic."

"I am the voice of the critic," he said.

"Very good. Let yourself settle into it. What do you do for Dan?"

"I criticize."

"Who?"

"Doesn't matter. Everybody."

"And by criticizing everybody, what does that do for Dan?" she asked.

"It makes him feel superior—although, I'm pretty hard on him, too."

"Sounds like you're relentless."

"It's hard work, but somebody's got to do it."

"Because, if you didn't, then what?"

"The whole world would go to shit," said Dan.

"Yes, the whole world would go to shit. And if everyone did their best to fix themselves..."

"It wouldn't matter. I would still find ways to criticize them. No one is perfect, especially not Dan."

"Would you say you're on duty all the time?"

"Are you deaf? Of course, I'm on duty all the time!"

"Well said! Thank you. I imagine you'll have more to say, and I'd like to move on now." After a pause, Michele said, "I'd like to speak to another voice, the voice of the mind that holds all the parts. The Big Mind. Shift your posture so you're upright and balanced, and relax into the present moment. Take as much time as you need to adjust your breathing and your attention."

Dan closed his eyes, straightened his back, and breathed slowly and evenly.

"Say 'I am Big Mind,'" she said.

"I am Big Mind."

"Tell me what you experience from this place."

Dan's breathing deepened, and his voice resonated more fully. "Everything is OK. It's peaceful."

"What's your job? What do you do for Dan?"

"Well, I could do more because I'm here all the time. Dan doesn't know to find me, but I'm patient. I'm here underneath, whether he notices or not. He'll learn."

"Yes, I believe he will. Can you hear the other voices—the critic, the underappreciated self?"

"Oh yes, I hear them all the time."

"What's it like to hear them?"

"They sound bothered. But I'm not bothered by them at all."

"Good, because we're going to revisit the voice of the critic. Dan, become the voice of the critic."

"I am the voice of the critic, and that wasn't a very smooth transition."

"Glad to see you're still on the job," Michele said. "Can you feel the emotion that drives you?"

"I feel something in my neck and face. It's like my head is shaking no and I feel some disgust or contempt—like I'm saying, 'No, not that way.'"

"Good. Now, here's a familiar instruction: Never mind what it's about. Just experience the constellation of sensations in your body. Breathe and smile into those sensations as you observe them, as they are. Now, let those sensations melt in response to the smile and the breath as your body returns to a sense of ease, as much as it can."

Dan's shoulders softened, and his head and neck subtly straightened.

"What emotion is there now?" asked Michele.

"I've felt this before, like I wish things weren't this way. It's sadness."

"Where do you feel it?"

"In my chest."

Using the breath and the smile, Michele helped Dan dissolve the sadness. Afterward, he said he felt more at peace.

She let him rest for a few moments and asked, "As the voice of the critic, what do you feel now?"

"I don't know. Not as angry, I guess."

"Yes. So, what can you still do for Dan?"

"I can detect and correct error. I still won't let anything slide by, but I don't have to rant or be nasty."

"Excellent! If you gave a new name to your role what would it be?" Michele asked.

"Oh, I'm in charge of quality control."

"As the voice of quality control, what do you do?"

"I insist on quality, but I don't have to take it personally when things are not the way they could be. I can more easily accept things as they are and see possibilities for improvement. I feel more patient."

"Very good. Glad you're on the job in your new capacity." Michele waited a moment. "Dan, take a breath and return to neutral. Just be yourself."

"Now, that was interesting!"

"Yes, it was. Let's check in on your eating. Imagine that you just finished your conversation with Janice and you know that there are Oreos inside the cupboard, just a few steps away. What are you feeling now?"

"I just feel calm," he said.

"OK, let's check in with that voice on one shoulder, the one that won out over the loser angel."

Dan closed his eyes and smiled. "Oh yeah, that one. This is very familiar. I can hear it yammering away. It's saying (pardon my language), 'Fuck your stupid diet. I'll eat what I want.' "

"Excellent," said Michele. "Now get in touch with the energy that's driving it. What sensations in your body seem to be associated with it?"

"I feel like my head wants to turn away, like I'm refusing to play."

"Like an oppositional child," said Michele.

"Exactly," said Dan. "It feels very deep."

"What would you call this voice?"

"The voice of opposition."

"Say, 'I am the voice of opposition,'" she said.

"No!"

Michele laughed. "Perfect!" As the voice of opposition, what do you do?"

"I oppose everything—especially Dan's self-improvement bullshit."

"What would happen if you didn't?"

"Who gives a shit?"

"Certainly not you," she said.

"You got that right."

"You probably can't get in touch with the emotions that drive you."

"Hey, cut the reverse psychology crap. You think I'm five years old?"

"I was thinking you might be two."

"OK, so what!?" Dan closed his eyes and was silent for a moment. "It's a feeling of stubbornness. And it's tinged with rage."

"I'd like to speak to that voice. May I please speak to the voice of rage?"

Dan nodded.

"Say, 'I am the voice of rage.'"

"I am the voice of rage." he said.

"As rage, what do you do?"

"I seethe. I boil over. I blow Dan's stack."

"Where do you show up in his life?"

"I'm everywhere, just like that fucking Big Mind guy, but much more in control."

"What do you do for him at work?"

"I make sure he doesn't become a doormat for idiot weasels like Bob," Dan said, referring to the VP of Customer Service."

"Good," said Michele. "Now, just for a moment, fully feel this rage in your body. Feel it as a constellation of sensations."

Dan clenched his fists and lowered his head.

"Good. Stay with that," she said. "Breathe into the sensations. Very good. Now drop what it's about. It could be about anything. Simply feel the sensations. Where are they in your body?"

"In my neck, my shoulders, and my jaw. My hands, too."

Again, Michele helped Dan dissolve these sensations. As they released, others emerged that were associated with opposition—feelings of sadness and defiance. When they resolved, he told her he felt calm and relieved.

"Now, check in with the voice of rage," said Michele. "Be the voice of rage."

Dan nodded.

"What skills do you have that Dan still needs?" she asked.

"He still needs to voice his opposition when groupthink and politics threaten to carry the day. I can't be bullshitted."

"With those hot emotions no longer powering you in this moment, what voice are you starting to become?"

Dan sat silently for a moment. "I am the voice of unflinching honesty. Without the rage, I can be much more strategic and effective in how I deliver the message. I don't have to leave bodies in my wake."

"Good. Now, return to yourself, Dan. You're the one who holds all these voices. How do you feel?"

"I feel very calm. Sort of open, slowed down, and settled. Just right here."

"Excellent. You did that very well," she said. "When we started, you said it was getting weird. What do you think now?"

"It was even weirder than I imagined it would be."

Michele laughed. "Yes, and…"

"And very helpful. I feel great now. Thank you, Michele."

"You're welcome. Even though we focused on your eating, I think everything we worked on will show up to good effect in your leadership. Do you agree?"

"I do, but what about the cookies?"

"Yes, let's go back to that. If you were sitting in your kitchen now, would you feel compelled to eat the Oreos?" asked Michele.

"Not now."

"Let me explain how this works. These voices are in all of us. When they are disowned or overused to the exclusion of others, we are out of balance. Working with the voices lets us integrate them and feel more fully human. At the same time, the Big Mind brings us into a space where all voices are welcome, and none of them can highjack the enterprise."

"What enterprise?"

"The enterprise of becoming fully human. Sometimes we run from that because it takes courage to feel all of what we feel as humans. Often, people eat because they

want to change their mood, not because their body needs nourishment. If you're OK with any emotion, any voice that arises, there's no need to distract or dull yourself with food. Enjoying food should be an aesthetic experience. 'Aesthetic' means 'of the senses.' Its antonym is 'anesthetic.' Ironically, when people use food to anesthetize themselves, they don't enjoy what they eat."

"The processes I'm teaching you give you ways to release the emotions that drive unhealthful eating. Diets often fail because they don't free you from these underlying emotions. People on diets are at war with themselves. Their internal tension is like a slingshot. All the pulling away from the food they promised not to eat just snaps them back, and at some point they either gorge themselves or eat the wrong food. The trick is to be fully present when you eat. Then it's a lot easier to make good choices."

"All right, that sounds good in principle," said Dan. "Let's see how it works in real life."

They scheduled their next meeting, and as soon as Michele left, Dan's mind, with his body only a step behind, sped to the vending machine down the hall.

Chapter 25

IN A QUIET CORNER at Starbucks, Bob Shaw sipped his coffee and waited for Catherine Henley, an IT consultant. She walked in, scanned the room, found Bob, and walked to his table. She swung her briefcase onto an empty chair and reached out her hand to greet Bob, who rose to meet her.

"The years haven't been unkind to you, Bob."

"You look pretty fit yourself."

"Lots of gym time and clean living—balanced, of course, by 60-hour workweeks. I practice health in moderation," Catherine said. "Still a scratch golfer?"

"I've slipped to a 4 handicap. I don't get out enough these days."

"So, if I help you fix your problem at work, will that improve your score?"

"It will improve many scores and maybe settle one," Bob said.

"Sounds interesting. Let me get some coffee, and you can fill me in."

Catherine returned to the table with coffee. Bob explained that CSI was betting on an enterprise-wide integration of information to give them an edge in managing all aspects of the business—from underwriting and generating quotes, to order entry and client relationship management, to data mining and financial forecasting. "It's a comprehensive and highly complex system. If it doesn't work, it will seriously hurt the company."

"Who's leading the project?"

"A guy named Dan Schaeffer, the VP of IT. He reports to the Chief Information Officer, who reports to the CFO."

"What's the problem?"

"I have a bad feeling about Dan. I can't get a read on how he's progressing. He doesn't understand my business problems. And when I ask for a particular feature to be included in the new system, I get a lot of techno mumbo jumbo about how that would be very difficult."

"And what role do you see me playing?"

"I'd like you to act as a consultant in charge of project management and report directly to the CFO."

"You mean come in over Dan?"

"Yes."

"How's he going to take that?"

"He won't like it, but I don't think he'll quit, at least not right away. That's important, because we need his technical expertise. He's made himself indispensable, so

you'll have to tread carefully. Once you get a handle on this, it won't matter whether he stays or leaves."

"Do you have a preference about that?"

"I want him fired," said Bob.

"Why?"

"Because he's an arrogant prick."

"But other than that, you like him just fine."

"Catherine, I want him gone."

"Bob, I need to say something right at the start. I can't take the job just to torpedo this guy. If he's as much of a problem as you say, then that will become obvious, and he'll be out of a job by virtue of his incompetence. But if he turns out to be competent, I'm not going to set him up for you."

"Yeah, maybe I came on a little strong. Of course, I don't want you to do anything unethical. But if you find that he's really causing a problem, I want you to stand up and say so, loudly. Will you do that?"

"Have you ever known me to keep my mouth shut in the face of incompetence?"

"No," he said, "and I think you'll find plenty of it in Dan."

"All right," Catherine said. "What's your timetable?"

"We're not ready to make an official offer yet. I just need to know if you're willing to do the work. It could be a month or three months. Can you take it on?"

"Yes," she said, "provided the schedule coordinates with some other work we've got lined up. As you know, I don't come in alone on these projects. I bring a team with me."

"OK, just sit tight. I'll call you. You want more coffee?"

"No. Caffeine only encourages my overactive brain. I'll wait to hear from you."

"Good. Thanks, Catherine."

Alone at his table, Bob savored both his coffee and the thought of life without Dan.

Chapter 26

OH MY GOD, thought Dan, *they've added Oreos.*

He felt his familiar urge to push his dollar into the vending machine and consume. He stopped. *What did Michele say? Am I hungry or am I avoiding an emotion? What am I feeling right now? Who gives a shit? I just want a cookie.* He smiled. *Ah, the voice of opposition. OK, let's try this. What do I feel right now?* He could discern sensations. As he explored them, it felt like he wanted something. But it wasn't a cookie: it was comfort. He felt like a child wanting to be held. He stayed with the feeling. Remembering Michele's words, he smiled and breathed into the sensations, appreciating them just as they were. They were certainly bearable. He continued smiling and breathing until the sensations dissolved and he felt more neutral.

He thought of Maggie and Janice, how he wanted to be there to see Maggie graduate from college, have a career, and raise children of her own. He imagined getting on the scale in the morning and seeing the needle hit his target

of 162. Then he simply wanted a cookie—a nice chocolaty, crunchy, creamy-in-the-center Oreo. He smiled. *Persistent little cookie monster.* He felt tension in his jaw, and when he let that energy change his facial expression, he felt like a two-year-old, crying over and over, *I want it.* He repeated Michele's instructions to himself. *Never mind what it's about. Just experience it as a constellation of sensations. Smile into it, and appreciate them as they are. Then continue breathing, smiling, and dissolving until my body has returned to a sense of ease.*

Phil, from the office down the hall, now stood next to him.

"So much junk food, so little time," he said, feeding a series of quarters into the slot.

Dan stepped back to watch Phil choose Reese's Peanut Butter Cups, push the buttons, and escape with his prize. Alone again with the vending machine, Dan checked for any remaining feelings. To his surprise, there were none. Even more surprising, his craving for cookies was gone.

Gone! This is way too easy. I don't even want one! Smiling, Dan returned to his office, plowed through scores of emails, and returned all his phone calls.

For an interview with Geneen Roth, author of *Women, Food and God: An Unexpected Path to Almost Everything*: http://www.dragonsatwork.com/Geneen-Roth-Interview

Chapter 27

IN A SINGLE two-and-a-half-hour meeting, Michele and Dan had gleaned the most important messages contained in the feedback report. They chose to concentrate on five key behaviors Dan needed to change. Attempting more than that, Michele said, would dilute the results.

They focused on new behaviors that would create better working relationships among internal customers and build more highly functioning teams. They also wanted to include ways for Dan not only to accomplish goals but also to develop his staff and his organization in the process.

Michele reminded him that even if he radically transformed his behavior, some people might be slow to notice or accept the changes. She suggested he use the one-on-one meetings to share exactly what he was working on. Asking for support and feedback from others would engage them in his progress. She said she would email him a chart that summarized the targeted behaviors, so he could use it in his one-on-one meetings.

The night before his first one-on-one, he found Michele's email waiting for him. He printed out the chart and read it many times. The left column listed his old behaviors, while his new best practices stood opposite them in the right column. This should be simple. He and Michele had discussed the logic for each best practice; on paper they looked reasonable and preferable. But memories of shouting at meetings reminded him that logic did not always carry the day. To adopt and sustain his new behaviors, he would need to dissolve the emotions that were driving the old ones. That way, he'd be able to relax and trust his spontaneous actions to reflect his intentions.

Tomorrow, in his meeting with Carla, he would take this new strategy for a test run.

Chapter 28

DAN WAITED FOR CARLA in the conference room. She arrived carrying a notebook and a thermos of coffee.

"Hi, Dan," said Carla, taking a seat next to him. She wore cotton slacks, a T-shirt, and leather running shoes to this and almost any meeting. People said she carried her weight well, but Dan thought that missed the point. He'd seen her on the tennis court. With her stocky frame, she managed to cover the court efficiently, and she moved like a cat at the net. But it was her serve that demonstrated how much power she could unleash.

"Hi, Carla," he said, turning toward her. Dan thanked her for taking the time to speak to Michele. He told her about the significant themes from the feedback and asked for her comments.

"Dan, we've known each other a long time. You don't have to be so formal with me. Why don't you just tell me what you want to work on, and we'll talk?"

"Sounds good, Carla." He pulled the chart from a folder, handed it to her and said, "These are the five key behaviors that I'm working on."

Carla reading aloud:

"Context: In meetings with senior executives, where Dan's direct reports are presenting data…

A. (Old Behavior) Dan interrupts his report and takes over the presentation. Result: The direct report feels publicly humiliated in front of his or her superiors, is unmotivated to make future presentations, and perceives the working environment as oppressive.
B. (New Behavior) Dan allows his direct report to present the data and handle all follow-up questions. Dan only comments if his direct report truly needs help, and in that case, he is both supportive and honest."

"I'll take B any day," said Carla. "I know Peter would, too."

"That's what I'm shooting for," said Dan.

"This sounds good on paper and here in our private, calm conversation. You and I have had a lot of beers at Dempsey's a few times after you've blown it. You were nice and rational then. Do you think you can pull it off when

you're in a critical meeting and you see incorrect data or a slide that makes you want to scream?"

"That's the only time it counts," he said.

"You know that one about why you why shouldn't teach a pig to sing?"

"I have a feeling I'm going to hear it."

"Never try to teach a pig to sing. It's a waste of time, and it only annoys the pig."

"Thanks for the vote of confidence, Carla."

"I said it to raise the question: Can you really change? I don't see you acting in this new way over the long haul. It's just not you."

"Well, that's why I'm working with Michele. She makes her living teaching pigs to sing. Carla, take another look at the chart and see what else pertains to you."

Carla began reading. At first, she skimmed. Then she slowed down. "I like this one." She read aloud:

> "In meetings with his staff, Dan adopts the following leadership style…
>
> A. (Old Behavior) Dan listens to status reports, one at a time, processes the data, and tells each individual staff member how to proceed.
>
> B. (New Behavior) Dan states the frame and the rationale for the meeting. When appropriate, he helps team members understand the project

> more broadly, beyond their own contributions and concerns. He encourages the group to collectively look at their interdependencies and how they might help each other. He invites the team to brainstorm and build on each other's ideas. Dan encourages the contributions of others before he states his own opinions. As much as possible, he relies on the emerging wisdom of the team. If he needs to make a decision contrary to their ideas, he says so and gives the rationale. He may be open to discussion on these decisions. In this way, he builds the team's capacity to function at a higher level of autonomy and develops team members into future leaders.

"Now, that's good," said Carla. "That would make my life much better."

"According to Michele, it would make everyone's life better, including mine. How would it affect you?"

"I see things that you don't, Dan. I could've told you that the milestones you set for this project were way too aggressive. You over-promised and, predictably, we under-delivered. We ended up feeling oppressed by unreachable goals. I tried to say something about the deadlines, but you brushed it aside."

"I know, I remember that."

"If you'd engaged us in the decision-making, we would have made more realistic goals and we would have been more committed to them."

"Yes, that would have saved us a lot of grief. Let's see if we can operate in the new way going forward."

"Dan, I feel like you're sincere in wanting to change. But even if you pull it off, it may take a little while before people come out of their defensive crouches."

"I'm planning to have a two-day offsite meeting where we redesign how our team functions. Here's hoping that will help us all reset."

"We could use a reset right about now. By the way, I think Peter could use some TLC. He's not a happy camper."

"Is there anything specific I should know?"

"Nothing that you can't get from talking with him directly. But if you want to keep him, a little appreciation from you will go a long way."

"Thanks, Carla."

"One more thing—whatever you and Michele are doing, in spite of what I said before, I see a difference."

"As the lead singing pig," said Dan, "I appreciate that."

Chapter 29

BOB WAITED until the 16th hole before telling George he'd met with Catherine. In principle, she was willing to do the work. When she got a start date from Bob, she'd check her availability and begin as soon as her schedule allowed.

George was pleased. According to Bob, they were lucky to get her. Bob offered to interview other consultants, but George said they should just go with Catherine if Bob had confidence in her. George wanted her to start immediately. Bob thought he needed to talk to Dan's boss and the CFO first as Catherine would report directly to the CFO. George agreed and asked Bob to take care of it.

Bob finished two over par. George had quit keeping score at the 13th hole.

Chapter 30

BOB'S ADMINISTRATIVE ASSISTANT showed Dan into Bob's office. As he waited alone, Dan took in the expansive view of the interior grounds and fountain. The heavy polished walnut desk commanded center stage in a room adorned with photographs of Bob's three children, his wife, golfing buddy snapshots, an autographed photo of Tom Watson, a shot of a salmon fishing trip with George Corbett, and three golf trophies. On the wall hung community service awards, framed letters from happy policy holders, an autographed photo of a state senator shaking hands with Bob, and near the window, a photo of a putting green surrounded by sand traps and ocean waves crashing behind it.

"That's the 7th hole at Pebble Beach," said Bob to Dan's back.

Turning toward him and extending his hand, Dan said, "Looks inviting and treacherous all at once."

"That it is," he said, giving Dan's hand a perfunctory shake. "If you don't know how to play it."

Dan knew the small round table in the corner with its side chairs was meant for informal chats, a place where Bob could sit side by side with a colleague. But Bob walked directly behind his desk, and as he sat, motioned for Dan to sit in the chair opposite him.

Lifting the chair by its back, Dan walked it to the side of Bob's desk. "Mind if I sit here? We might want to look at some documents together."

"Go right ahead, Dan. This is your meeting."

"Well, first, thank you for taking the time to talk with Michele. The interviews have been useful in my coaching."

"How's that going? The coaching?" Bob let Dan detect a glimmer of an eye roll.

"Good so far. I'm in mid-process, changing my style."

"Well, that's one project of yours I'm 100 percent behind."

"Why's that, Bob?"

"Because I admire someone who can look his flaws in the face and attempt to fix them." Motioning to a shelf lined with books, he said, "All those books are about how to be a great leader. I think it's bullshit, though. You've either got it, or you don't. And if you don't, you can get a coach."

Dan said nothing.

Bob continued. "So, Dan, when you're done with coaching, how will we know you've become a great leader?"

"My tolerance for self-important fools will go way up, Bob."

"Really?"

"Yeah. You'd be the first to know. But as you can probably tell, I'm not there yet."

"I'm sad that I might not get to appreciate your newfound generosity of spirit."

"Why, Bob? Will you be retiring soon?"

"No, Dan. I'll be here."

"And I won't?"

"We're going to ship you off to competitors to work on their IT systems until they no longer function. That will give us a tremendous competitive advantage, and you can continue to do what you do best. It's a win-win."

"You know, Bob, I'm actually starting to like you. You have more balls than the little sycophant weasel I took you for." Dan leaned closer to the desk. "Nice to meet you out in the open. The irony is, you're still going to get a good IT system. Then you won't have any excuses for the mediocre customer service your organization delivers on a daily basis."

Bob looked at his watch and frowned. "You know, Dan, I have a hard stop at 11. I'm afraid we'll have to cut this short. Thanks for stopping in." Bob turned to a paper on his desk and stared at it with laser focus.

At the door, Dan looked back and said, "Hey, Bob. That paper's upside down."

Seeing it for the first time, Bob discovered it was, in fact, right-side up.

"Just messin' with ya, Bob. Glad we had this little chat."

DAN HEADED FOR THE MEN'S ROOM, locked himself in the far stall, and began to quiet his breathing. He could still see the look on Bob's face, but his elation started to fade. *Shit. I blew it. This will be hard to undo—impossible, in fact. We're declared enemies now. Shit. Breathe.* There was almost no room in his chest to inhale. *Breathe in. Let the torso move with the breath. Keep breathing. Better. What am I feeling now? Fucking rage, that's what. Could I smile into it? Maybe. It's so familiar. Could I let go of what it's about? Fuck, no! That son of a bitch had it coming. Breathe! Let go of what it's about. Smile... breathe... dissolve.*

Checking his body again, Dan found more anger, and dissolved that, too. He continued for several more rounds until his breathing opened up and his peripheral vision returned. *Good.*

Dan heard someone enter the men's room. Through the crack in the stall door he saw two men stand before the urinals. One was Bob; he couldn't make out the other.

"She would report directly to you," said Bob.

The other man didn't speak.

"She would be hired initially in a project management capacity."

No answer.

"Think about it," said Bob. "We can revisit this later."

Someone else entered the men's room, and the conversation ceased. Then Dan heard only urinals flushing, water running, paper towels pulled, footsteps, and the door opening and closing.

Who was that with Bob? What project was he talking about?

Chapter 31

WITH A MIXTURE OF PRIDE and sheepishness, Dan recounted his meeting with Bob to Michele. “Having the last word felt especially delicious,” he said.

She looked at him, amused. “Sounds like you kicked a hornet’s nest.”

“Yeah, and this particular hornet has a long memory. It’ll come back to sting me.”

“What do you want to do?” Michele asked.

“I want to forget about it and focus on my team, but I keep thinking about that meeting. It bothers me that I blew it, and I don’t look forward to executive staff meetings where I’ll have to sit across the table from Bob for two hours.”

“There is a way to get it off your mind, so you stop ruminating about it.”

“How?”

“You can change how you recall the conversation with Bob, so it fades into the background.”

"You mean alter the memory?"

"Yes, time usually does that for us, anyway. We'd just speed up the process. Want to try it?"

"The adventure continues. Lead on."

"Do you remember another troubling interaction with someone that bothered you at the time, but now doesn't seem so important?"

"Yeah. About three years ago at a Thanksgiving dinner, Janice's brother Jake had too much to drink and started to snipe at my political views. I listened politely for a little while. It's been an unspoken agreement that we avoid these discussions at family gatherings, but he got to me and I went after him. I wasn't out to change his mind. I wanted to demolish him, and I created a lot of bad feelings that day."

"What happens when you think about it now?"

"Well, Janice and I talked about it a lot. I've spoken to Jake since then, too, and we're back to being cordial. When I look back on it, it doesn't bother me anymore, and I know I won't make that mistake again."

"I noticed while you were telling me that story, you looked up and to the right a couple of times. Do you have an image of that conversation?"

Dan looked up to his right as if he were looking at something in space. "Yeah, I can see everyone at the table, including Jake."

"What about you? Are you in the picture?"

"You know, that's funny. I can see the back of my head. It's like I'm looking at the whole scene from above and behind myself."

"And what about the size of the image? Does it take up all of your visual field?" asked Michele.

"No, it's more like a snapshot."

"Color, or black and white?"

"Color, but a little faded—like it's in an old photo album."

"Good. Let's work with the memory of your conversation with Bob. What do you see?"

"I see Bob sitting at his desk, and I'm looking at him from where I was sitting, next to him."

"Are you in the picture?"

"I just see Bob. It's like I'm right there looking at him."

"How big is the picture? Are there boundaries, or does it fill your whole visual field?"

"It doesn't take up the whole field, but it's bigger than a snapshot. And it's close."

"The first step to changing this memory is to alter the qualities of the image, so it looks more like your Thanksgiving memory. Make it small enough to put in a photo album. And let the colors fade. Can you do that?

Staring into space, Dan nodded.

"Good. Now put yourself into that image, as though someone took a snapshot of it from slightly above and to the side of you. Are you in the picture yet?"

"Yes."

"Now let's take the image and turn it into a video. See yourself walking into the office, talking with Bob, especially the heated parts of the conversation, your parting words, and your exit. In all of this, you are in the picture and the picture is small and a little faded. Go ahead and run the video from the start, but a little faster than normal. When it's done, make a gesture with your hand that expresses, 'I'm done with it.' "

Dan stared into the space in front of him. After a few moments he gestured with his right hand, as though he were brushing something away.

"Good. Run it again. Remember: small, faded, and fast."

Dan ran the video again in his mind.

"Excellent. Now run it backwards, from your exit, through the conversation, to your entry into the room. Good. Now add the conversation as a soundtrack, and run it in reverse, too, so it sounds like little chipmunks. Try it a few times."

Dan laughed. "This is getting very silly."

"It is. Suppose you add a new soundtrack to this movie, what music would make it seem even sillier?"

"Old time soap opera organ music," he said.

"Nice choice. Run it forward, with the old-time soap opera organ music playing."

"Yeah, now I want to see it on an old black-and-white TV set, like the one my grandmother had."

"By all means," said Michele, laughing. "Run it forward that way, with the soap opera music and in black and white. When you get to the end, use your 'I'm done with that' gesture."

After a few more run-throughs Dan said, "You know it's getting very hard to take this seriously."

"What's your experience of the memory now?"

"It seems a little funny to me. And I feel like I'm done with it."

"Yes, almost," Michele said. "There's one more thing to do. Represent the movie as a snapshot. Make it the size you could put into a photo album. And underneath the snapshot write a title and a phrase that captures what you learned from this experience."

"I would call this photo, 'Gratuitous Wise-Ass.'"

"And what did you learn?"

"I learned to stay away from pissing contests."

"What else?"

"I learned that Bob has it in for me and is possibly dangerous."

"What else?"

"There must be better ways to have highly charged conversations."

"So, given that, what do you want?"

"I want to get more skilled when the stakes are high and people are playing for keeps."

"Great. In your mind write all those things under the snapshot."

"OK."

"Now imagine you could represent your life as a mosaic of thousands of snapshots that capture all kinds of experiences—joyous ones, silly ones, profound ones, momentous ones. Can you see that?"

Dan nodded.

"Take a few moments to see the expanse of the mosaic, and imagine that this dynamic piece of art is far from being complete. You have decades of experience to come that will shape it. Give yourself plenty of room for the future. Now shrink the "gratuitous wise-ass" image to the size of a postage stamp, add it to the mosaic, and then step back and admire the whole work. Every piece in the mosaic contributes to the richness of your life, and every piece has made you wiser."

"And there's a lot more to live in *this* mosaic," said Dan.

"Yes and the question is: what do you want to create? But before we get to that, when you think of your conversation with Bob, how do you experience it now?"

"It's very different. It's even less charged than the Thanksgiving memory. And, I feel like I learned some-

thing valuable from it. Michele, this is very cool. Where does this process come from?"

"That was pretty much straightforward NLP, Neuro-Linguistic Programming. It's based on the idea that your experience of the world is subjective and you can wire in responses that are far more useful than the ones we learn by chance experience. It's an effective way of changing the subjective reality we all live in. I like to add to the mix the capacity to appreciate all experiences as they arise. That way, there is no need to rewire anything. Both approaches are good, but I believe Lao Tzu's solution is the more elegant one."

"What's that?"

"In one of his poems he talks about how to embrace the emotions we experience, including anger. And here's what he says about how to handle turmoil:

"... When a man is in turmoil how shall he find peace
Save by staying patient till the stream clears?
How can a man's life keep its course
If he will not let it flow?
Those who flow as life flows know
They need no other force:
They feel no wear, they feel no tear,
They need no mending, no repair."

"Feeling no wear and tear: I could use some of that. And no mending, no repair sounds good, too," said Dan.

"We're getting there, and in the meantime, a little repair through NLP can be just the thing."

"When do I get to the advanced stuff?"

"Patience, grasshopper."

"Boy, I walked right into that one."

" 'Kung Fu' is my grandfather's second favorite show, after 'The Sopranos.' There's an old Zen saying, 'Before enlightenment, watch television. After enlightenment, watch television.' "

"You're kidding."

"I sure am."

Chapter 32

DAN ARRIVED EARLY for his one-on-one meeting with Peter and sat alone in the conference room. Something about Peter made Dan want to grab him by the shoulders and rattle him awake. Was it that Peter presented data with no regard for his audience's reaction? Or, that he incessantly clicked his pen? Or that he searched awkwardly for words? These crimes hardly deserved the punishment Dan meted out. Reliving one of Peter's stumbled presentations, Dan felt as though he wanted to discipline an incorrigible child.

His shoulders and chest felt tight and he tried to dissolve it by breathing, but the tension of wanting Peter to perform well remained. When Peter fumbled, Dan looked incompetent, and it jeopardized both their jobs. He could be fired, and the thought of it gripped his lower back. Dan breathed into his back until the tension eased. He was surprised at how much he had riding on Peter's performance.

Now his thoughts turned to what he truly appreciated about Peter. Peter could see patterns in data that other people missed. Dan sometimes marveled at his insights, and he never acknowledged him for it. Dan wondered: Would he like to work for a boss who consistently badgered him and withheld praise?

As Peter sat down opposite him, Dan saw how Peter displayed his discomfort in micro movements. *He's like a whipped dog,* Dan thought. *This is what my old behaviors produce.*

After some awkward pleasantries, Dan took a breath and said, "Peter, I owe you an apology."

Peter looked blankly at Dan.

"It must be hard to work for me. I ride you mercilessly about mistakes in your presentations."

Peter nodded, almost imperceptibly.

"You work incredible hours."

Peter nodded again, more noticeably.

"And I never tell you how much I admire your talent for seeing patterns in data. If I were you, I would've quit long ago. I'm sorry, Peter."

"Actually, Dan, I came today to tell you that I'm quitting."

"Is it because of what it's been like working for me?"

"Partially," said Peter.

"What else is it?"

"Nothing, actually."

After a moment, Dan said, "Peter, there is a human side to this enterprise, and I've been blocking it at every turn. I'm sorry it's come to this."

Peter was silent.

"The team is going to miss you."

"After they pass through the stages of grief, they'll get on with life," said Peter. "Five minutes should suffice."

Dan smiled. "I want you to know I'll give you a strong positive reference. If I can help in any way with your transition, I will."

"Thanks."

"Peter, I'd like to hear what it's been like for you to work for me—as a kind of exit interview. Could we use this time to do that?"

"Sure." Peter told him it had been hell. Fretting for hours over which slides to include in one of Dan's presentations ruined his weekends. He rehearsed these presentations, only to have Dan remove many slides and demand replacements. Dan would ask for more data but never use it. "A thankless job," barely described it. This came out haltingly, but after 45 minutes it was all on the table.

"Take a look at this," said Dan, "Michele and I prepared this chart from the 360-degree feedback interviews. I think you might find the second one particularly interesting."

Peter read aloud:

"In helping his team prepare their presentations for senior executives:

A. (Old Behavior) Dan demands last minute changes in slides, often asking for hours of work that are seldom used.
B. (New Behavior) Dan gives clear direction about what response he wants the presentation to evoke in the audience. He acknowledges what is good and offers constructive suggestions on what needs improvement. Then he trusts his subordinates to create the final version. In that way, they own the presentation, accept its success, and learn from their mistakes. If Dan thinks they're making serious errors, he does not withhold his opinion."

Peter handed the chart back to Dan. "That would work. When do we get to meet the guy who does Behavior B?"

"Peter, I've gotten a lot of feedback in the past three weeks. It's been hard to hear, but it's finally seeping in. Michele has helped me see that teams whose members collaborate and learn from each other perform best. I'm committed to our building that kind of team. I'm sorry that you won't be here to help us create it."

"Dan, this is a little late for me. I'm burned out."

"How about this, Peter? Take the weekend and next Monday off. Get some rest. In two weeks, we'll have a two-day offsite meeting for the whole team to design how we want to operate. Could you work another couple of weeks and then come to the offsite? Then you'll have direct experience of how successful we are at recreating ourselves. If you decide you want to remain part of the team, I'd be happy to have you stay. If you still want to leave, I'll understand. My offer to help with your transition stands. How does that sound?"

"I don't know, Dan. Let me sleep on it. I'll let you know Tuesday."

"Peter, thank you for speaking your mind today."

"You're welcome," said Peter. "Thanks for listening."

Chapter 33

ON HER WAY OUT of the building, Carla spotted Peter suiting up in his motorcycle gear. He stood in leather pants, leather boots, leather jacket, with an iridescent yellow vest. His candy apple full face helmet, the maraschino cherry, sat balanced on the seat of his bike. He struggled with his gloves.

"Don we now our gay apparel, Peter?" said Carla.

"Can't get more butch than this, Carla."

"In a geeky gay biker sort of way, yes."

Peter smiled and bowed. "Whatever."

"So did you have your one-on-one with Danny boy?"

"I had a one-on-one with someone dressed in a Dan suit."

"Who do you suppose it was?"

"Some Buddhist monk from another planet," said Peter. "I don't know, but it was weird. Freaky, actually. He was totally reasonable. He listened to me—and he apologized."

"I know. I met the same monk. Should we notify the intergalactic authorities?"

"I don't know. I kind of like the new guy. But it doesn't matter, anyway. I told him I was leaving."

"Peter! I didn't think you were really serious," Carla said.

"I wasn't even sure myself, but when I knew Dan wanted to talk about improving our work relationship, I couldn't maintain the charade. I felt like I was getting stuffed back in another kind of closet."

"What did he say?"

"He apologized for riding me so hard and for never telling me what he liked about my work. He wanted me to take a few days off and think about it," Peter said. "He said he was getting ready to have a two-day offsite meeting with the staff and he wanted me to be there. He also said that if I wanted to leave, he would provide be a positive reference."

"Wow! I had a similarly civil and sane meeting. What if he started doing this shit all the time?" asked Carla.

"I'm not too excited. He'll probably revert to type."

"Yeah, that's always a danger, but I've known Dan for a long time. He's capable of making changes if he can see the benefit. It could go either way."

"Well, I'm going to think about it, Carla."

They stood still for a moment. Peter reached for his

helmet, tugged it down over his head and stood astride his bike.

"Careful on your ride home, dude." Carla whacked him on the helmet.

Peter waved a gloved hand, started his engine, gunned the throttle, kicked into first gear, and made his way through the parking lot. Carla watched as he merged with the traffic and disappeared onto the freeway.

Chapter 34

BOB RECEIVED AN EMAIL from Catherine. Her firm had a client in trouble, and she was assigned to lead that project until it settled down. She was sorry. Could he wait two months, or did he want her to recommend someone else? Bob replied immediately:

Re: Complications

I still want you on the project. If you can get free sooner, all the better. Keep me apprised.

Best,

Bob

Chapter 35

MICHELE ARRIVED EARLY for her meeting with Dan in the Thoreau Room. As she settled in her chair, she thought of China. Meditating in a cave on Mount Hua, even though there was no light, there was air; there was energy. The rocks emanated rich and ancient earth chi that filled her belly and braced her bones. This place had no chi at all. She expanded her awareness beyond the confines of the building into the sky above her. She extended her mind downward, as though she could penetrate the layers of cement into the moist earth below. She breathed in the color and fragrance of air that permeated her grandfather's garden at dusk. Feeling alive now, immune to this deadened place, she turned to see Dan enter the room.

"Hey, Michele," said Dan sitting down.

Michele smiled at him. Drinking in the stillness around her, he waited a moment before speaking.

He described his meeting with Peter—the regret of riding him too hard and how Peter wanted to quit. Dan

had been able to listen to him and express appreciation. And now Peter had agreed to come to the offsite meeting before making the final decision to quit or stay. This made Dan even more anxious about the meeting. It was two weeks away, and he had no idea how to make it successful. He asked Michele for help.

"It's an important event," said Michele. "Let's start by focusing on what you want to achieve using a method called Solutions Focus.

"Imagine that one night a miracle happened, and the goals for your team suddenly became a reality. This occurred while you slept, and you were unaware of it. Now it's the next morning and you walk into the office. What are the first tiny signs that tell you the miracle has happened?"

Dan gazed into the distance for a few moments. "The first thing I see is our weekly staff meeting. People are fully engaged. Lots of good ideas arise from the group, not just from me. They're offering each other suggestions and volunteering support. They're animated when they tell stories about working well with stakeholders. They're excited by the value they're creating for the company. I hear it in their voices. I also see by the easy way they talk to me that they no longer have any hidden grudges or hurts. We must have addressed them in the offsite."

"Very good."

"Yeah, how do we get there?" asked Dan.

"First, I suggest we find a facilitator to lead the meeting."

"I've never used a facilitator before."

"Dan, this is a turning point. You're asking your team to operate in an entirely new way. For them to even consider that request, they need to feel your sincerity. They need to believe that the new Dan they're beginning to see is for real. And before they sign on, they'll need to tell their side of the story, just the way Peter did. Otherwise, you'll get nowhere with them. With a neutral facilitator guiding the meeting, it levels the playing field and makes it easier for people to speak up. If they have issues with you and you run the offsite, very little will get done. And you need to be free to participate without having to run the show."

"Would you be willing to facilitate it?" he asked.

"I'd be perceived as having a bias. We need to find someone else."

"Yeah, like who?"

"I'll ask Natalie. If we can find a talented internal HR manager, that's the best solution. She or he will know the culture. Failing that, I know many good outside facilitators. We'll get someone right away, so they can plan with you. That will take some thought, but any good design will succeed if the other key element is in place."

"And what's that?" he asked.

"You," said Michele. "You have to be absolutely clear about how you lead and what's required of you as a leader. Jungian psychologists offer some wise insight about this. They looked at myths across cultures and found one figure, one male and female archetype that shows up again and again. It's the sovereign at the center of society, the king and the queen. When someone relates to his boss, the same neural wiring that responds to the king and queen lights up. If you understand this, you'll want to be a leader who embodies what people long for."

"So, what do people want from their leaders?"

"The same things they want from their king. They want him to drive chaos from the realm; they want him to see into their hearts to know their hopes and dreams; and they want him to bless and appreciate them for what they contribute. Finally, they want him to grant the resources they need to accomplish their work. Even in the modern workplace, people yearn for leaders who possess these qualities.

"Up until now you've shown your team only the warrior face of the king. You've worked them too hard, and they're battle weary. They need to know that you see them for who they are and appreciate them. If they feel that, they'll move mountains. Without it, they'll withhold their best work. And they're right to withhold it if you occupy the place of a king as an imposter."

"So, does that mean we should start with an icebreaker?"

Michele laughed. "Was I getting a little too out there for you?"

"No, I like it. I just don't know what to do with it."

"It's actually simple but hard to embody and impossible to fake. To be a leader, you have to get over yourself. If you're intoxicated by self-importance, you'll demand others show you deference and love your ideas. People will hide the truth from you. On the other hand, if you feel unworthy as a leader, you'll abdicate. You'll rely too much on the judgment of others, because you don't trust your own. Both self-importance and unworthiness are like a trance that obscures reality. Neither has a place here. They create barriers between you and your teams.

"A king who's comfortable in himself will be an attentive steward of the realm. His vision for the future will ignite the desire in others to create something great. When you respect people, they respect you. Then they will share your vision, contribute to it, and make it real. You need to look within to cleanse and sharpen your intent. You need to be a real king."

"So, how do I do that?" Dan asked.

"We'll clarify your goals for the offsite. Then we'll use an approach called the Sedona Method to release the feelings that hold you back from connecting with your team

and creating the future you want. We'll do this until your vision is clear and your intent is focused. That's the most direct way I know to chip away at self-importance and become a real leader."

For the next hour, Michele and Dan worked with all the emotions that arose as he contemplated success—his pride, anger, resentment, and fear. He felt their tension physically and the lessening of their hold on him when he let them go. As Michele guided Dan to look more deeply, he found a well of sadness and, beneath that, fear. When Dan reached a place where there was nothing left to dissolve, he felt peaceful.

"You know," said Dan, "this is curious. I feel good about the goal, but not particularly driven to achieve it. It just seems more real. I'm absolutely certain that it will happen, only the pieces have yet to fall into place."

"Excellent. That's exactly what the Sedona Method produces, effortless success."

"I have one question. Why did we dissolve my feeling of pride? What's wrong with having a little pride?"

"If you're feeling pride, you're identified with the outcome. Your self-esteem is attached to the result, and you take it personally. When you're free of pride and other emotional pulls, you feel like you're operating in a friction-free environment. There's no thought of self, no worries about performance, and therefore no hesitation to

act. You can't be manipulated because it's actually OK if it doesn't come out the way you planned."

"Yeah. I'm beginning to see, or more accurately, to feel how that works."

"Remember our conversation about the Expert leader? The Expert prides himself on displaying that he knows the answers. At the next stage, Achievers are proud of leading the charge. Achievers think more strategically, they're more psychologically astute, and more self-aware. But they're still proud, still heroes in their own story. They want to push, drive, and inspire others to achieve their goals. Achievers feel they're the moving force behind their teams' success. Their pride deafens them to solutions not invented by them. Experts are tone deaf in their own way, as well. A Lao Tzu verse talks about leaders who have progressed beyond wanting to be heroes.

"When the work is done, his aim fulfilled,
They will all say, "We did this ourselves."

"Yeah, I hear that around here all the time," Dan said.

"You do?" she said.

"No, just kidding. I never hear anything close to that."

"According to research, only ten percent of the leaders roaming the halls of corporate America operate beyond the Achiever stage."

"What's beyond the Achiever?" he asked.

"The first stage is the Catalyst who articulates an innovative, inspiring vision and brings the right people together to make it a reality. Catalysts empower others and actively facilitate their development."

"Am I a Catalyst?"

"Your current trajectory is taking you there. When the new behaviors you aspire to become a spontaneous expression of who you are at the core, you'll operate more consistently like a Catalyst."

"Don't hold your breath," said Dan.

"Dan, you're getting there. You need more experience to realize how far you've come. The quickest and surest way to reach the Catalyst stage is to dissolve the emotions that drive your old behaviors and look for opportunities to use the new ones. That way, the new behaviors quickly become part of your leadership style. That's why you're progressing. If you didn't work with the emotions and breathing, you would simply be striving to be on your best behavior. Those efforts last a few weeks at the most. The methods I've shown you work from the inside out and produce stable results. Training your attention is a legitimate leadership development tool. It produces more than relaxation. The research shows that a good percentage of leaders at the highest stages practice training their attention in some way."

"Your grandfather sure has trained his attention. What stage is he at?"

"Grandfather is beyond the stages that Joiner and Josephs talk about."

"Is he enlightened?"

"Why do you ask?"

"My brother always goes on about meditation and enlightenment. I haven't got the slightest idea what he's talking about. Neither does he, I suspect."

"If you asked Grandfather if he were enlightened," said Michele, "he would tell you to make yourself useful and pull weeds in the garden. He's not interested in that conversation."

"What do you think?" he said.

Michele sat silently for a moment. She felt the impulse to change the subject, but remembered Grandfather had said not to underestimate Dan's capacity to learn. Maybe he was ready for the last of the ALIVE skills, **Awareness**. She usually waited until her clients were more familiar and comfortable with the other four skills.

"I'm curious, Dan. Are you really interested in this topic?"

"Yeah. I think about your grandfather from time to time. The way he looked at me, like we were old friends. And how it was nothing for him to push that student 20 feet, or follow my hand wherever I moved it. He definitely knows something."

"Yes, he does."

"Whatever it is, whatever his secret is, I'd like a glimpse of it someday," he said.

Michele looked at Dan's 44-year-old face, etched with the determined expressions that were his habit to carry. She caught a glimpse of weariness and innocence, too. She decided he was ready. Did he have the capacity and inclination to fully incorporate Awareness into his life? Only time would tell. It was not her place to withhold teaching.

"What my grandfather knows beyond all else is how to rest in the true nature of his mind. To him, that simple treasure is worth immeasurably more than his knowledge of martial arts and herbs. I cannot pretend to have his vision, but I can show you what he showed me, and you can take it from there."

"Thank you. I'd like that."

"Good."

"So what do we do?" asked Dan.

"I know a secluded spot at Half Moon Bay where there's an expansive view. It's where, as Grandfather is fond of saying, 'Nature can bring out your nature.' Do you want to meet me there this Saturday morning?"

"Yes."

"Good. I'll send you directions. In the meantime, check for any feelings that arise in relation to the offsite. If you feel tension, simply dissolve it."

Dan nodded.

"I'll see you on Saturday morning. About 9 o'clock?" said Michele.

"Will I be enlightened by noon?"

"Guaranteed," she said.

Chapter 36

THE MORNING FOG had burned off. The sun warmed their backs and cast diamonds of light on the expanse of ocean below. From their perch on the cliff, the sea appeared nearly flat, rhythmically extending waves and foam to the sand, then drawing back into itself. Save for the sound of gulls and the sea, the morning was still. The salt fragrance of seaweed and water settled on their skin and softened the air.

They sat this way for some time, not talking.

"Dan, look to the horizon and fix your gaze there. Let your body feel the expanse of the sky. You don't need to breathe any special way. The breath will take care of itself. Feel the space of the universe outside you."

Michele waited until Dan settled more into stillness. She continued to instruct him slowly, leaving a generous silence between her phrases, so he could follow and complete each step she offered.

"As you look at the sky and the sea, relax your eyes… especially the area behind your eyes…let all tension in

the eyes dissolve.... Now imagine that your brain, with its billions of cells, is mostly space...there are the cells, the neurons...the molecules that comprise the cells...the atoms that form the molecules...and at the subatomic level...it's mostly space. Feel the space inside your brain...and let its neural activity diminish...until you rest deeply in that space. Grandfather says there is as much space inside you as there is outside. Feel the space inside...and simultaneously feel it continue outside of you to the horizon...and behind you... above you...below you... around you in all directions. Now rest in the continuity of space... inside and out...as though the apparent barrier of the skin itself is only space ...just rest in the awareness of it...without having to say what is inside or outside... effortlessly rest there...is...only...space...all phenomena arise within it...your body...the ocean...the sky...

Notice your breath as it comes in...and as it goes out...like waves extending and returning...like an undersea plant moved by ocean currents...the breath moves you...this breathing has no breather... it is stillness manifesting as breath. Let yourself rest in that stillness and in the expanse of space...from the deepest place inside you to the horizon...just rest, without adjusting your attention in any way...phenomena arise within this field...including thoughts. They are like images appearing in a mirror... they come and go and the mirror remains clear...the true

nature of your mind is like the mirror…pristine…just rest as the mirror and whatever arises, let it arise freely and dissolve on its own.

They sat quietly for another 10 minutes. Then Michele taught him how to conclude the meditation. When he looked settled she said, "How are you?"

Dan searched for a response and felt the strange absence of wit.

"It's hard to describe," he said.

"I know what you mean."

After a few more moments of silence, Michele said, "Dan, ordinarily I'd give you some time to be in silence with the experience, but since you have to drive home, let's talk and move around a bit until I'm sure you're ready to get behind the wheel."

They stood, stretched and looked out over the bay.

"Not a bad way to spend a Saturday morning," he said.

Michele smiled and looked out over the water. She closed her eyes and inhaled deeply. "I agree."

They sat down again and Michele said, "This experience is more profound and fundamental than words can express. But that hasn't stopped people from trying to approximate it with words.

"Lao Tzu says:

The source of life is as a mother,
Be fond of both mother and children,

But know the mother dearer,
And outlive death.

" 'The source of life,' the mother, is the ground of all being, the space in which all things arise. These phenomena—oceans, cars, trees, thoughts, you and I—are the children. When you 'know the mother dearer,' you cherish the space rather than cling to what arises in it. You can enjoy phenomena, the children, without attachment. Like a mirror that is not stained by images that appear in it, the true nature of your mind is this unchanging, pristine space.

"The Tibetan Buddhists describe the capacity of the mind to rest in and be nourished by this space as 'the mind's secret, too easy to believe.' It is meditation without meditating. Since the ground of all being is always present, there is no state to enter. Just relaxing into Awareness is the easiest and, in fact, the only way to get to know it. They call it resting in Awareness."

"But what about all the instructions you gave me? Weren't you talking me into a state?"

"Yes. Some of that is necessary in the beginning to point out the Awareness. Remember when I instructed you to not do anything, but just rest in an open Awareness? At that moment there was no technique, only resting. Techniques can orient you toward Awareness, but then you have to let them go. Resting in Awareness is an

acquired taste. Once you get the flavor of it, it becomes easier and easier to let go, drop the thinking mind, and simply exist in the present.

"Being around an experienced practitioner helps, too. Just as worry is contagious, so is Awareness. I know this from being around my grandfather. I've learned more about meditation by watching him in the garden than any other way."

They sat silently. Michele said, "How are you, Dan? Can you drive?"

"I think so."

"You might think that as soon as you engage in ordinary activities, you'll lose the sense of Awareness. But gradually, you discover that you can fully function while your mind rests in Awareness. It actually improves my driving. I'm acutely aware of the space around me and my car. I can easily anticipate the moves of other drivers, and I'm relaxed. Once you get used to awareness, driving becomes safer and more pleasant. What do you think?"

"It sounds fine until some fucking moron cuts me off."

"Ah, I see you're quite yourself again. Very good. I trust you to drive home safely."

Dan clasped her right hand in both of his and looked at her squarely. "Michele. Thank you."

"You're welcome."

They walked together down the path to their cars. Dan's ride home was peaceful and moron free.

To hear Lao Tzu's poem sung to music as song: http://www.dragonsatwork.com/Lao-Tzu-Life-Song

Chapter 37

THE OFFSITE LOCATION, the least expensive of the three contenders, offered sunny views of a secluded south bay inlet and small boats tied along two piers. As team members filed in, they gravitated toward the open sliding glass doors to join others on the weathered cedar deck. At 8 a.m. the air was still moist and cool.

Prior to the meeting, Dan had emailed his team the agenda for the offsite. Each team leader would present their team's progress against milestones. Nothing new. There were, however, two new agenda items. A generous amount of time was allotted to discuss how to involve stakeholders in building a system that met everyone's needs. They would also brainstorm ways to become a highly functioning team.

Allison Crane, a new human resources manager, would facilitate the offsite. The first item on the agenda, "Optimal Team Functioning," was scheduled for the entire morning. Team members had already received a short

questionnaire from Allison—something about thinking styles—and now they were meeting her face to face for the first time.

Dan watched how easily Allison introduced herself to everyone. She had arrived early, organized a small stack of handouts, connected briefly with Dan to make sure nothing had changed in the agenda, and headed straight for the deck to shake hands and link faces to names.

Natalie, the VP of HR, had suggested that Allison might be an excellent facilitator for the meeting. Having met her face to face, Michele was convinced she would do a good job. "She's perfect for it," Michele had said to Dan. "Eight years of corporate experience and ten years before that as an elementary school teacher. And a little improvisational theater as a hobby." Responding to Dan's skeptical expression, she added, "Simplifying content to make it punchy, classroom management to keep chaos at bay, and breaking up fights at recess—what better training can you imagine for a corporate meeting facilitator?" Seeing that Dan was still not persuaded, she said, "Dan, she'll deliver what you want."

Prior to the offsite and with Dan's permission, Michele showed Allison his behavior chart. She told Allison that Dan would like her to keep track of when he exhibited his old or new behaviors during the meeting. She agreed.

Now, watching Allison extend herself so genuinely to members of the team, Dan felt encouraged. It was as though she were the host, not a guest meeting people for the first time. Gracious with a dash of humor. Good start.

The meeting began at 8:30. After the requisite jokes about the site, they had to admit it was great to be in a secluded spot on the bay. Dan reiterated his intent for the meeting. He hoped by the end of these two days they would redesign how they approached their work and how they worked with each other. He requested that they keep an open mind and participate fully.

"I know we've been under a lot of pressure lately," Dan said. "And for many of you, I've been a major source of that pressure. To some extent, it's the nature of the project. It's complicated and demanding, but it doesn't have to be this hard. I've been working on my leadership with Michele and hopefully you're starting to notice a difference. Now, we need to put our heads together. By the end of this project, I'd like us to be proud of our accomplishments and who we've become in response to the challenge."

As he spoke, Dan looked at each of them. He was simultaneously aware of their shared history, old wounds, and possibilities for the future. Their reserved responses were not surprising now. *Once bitten, twice shy. But gnawed on regularly… Let's not expect immediate change.* He was glad to introduce Allison and hand the morning session over to her.

Maybe she would warm them up. If what he wanted for the team was sincere, somehow it would emerge as real in these two days. Would they sign on for the ride? It's hard to tell.

Allison asked everyone to gather in the part of the room without chairs. On the floor strips of masking tape marked out four quadrants, and a flip chart stood at the outside corner of each one.

"As I'm sure you're aware," she began, "the world is divided into four quadrants. This was given unto us by a consultant in biblical times, and it is not ours to question."

She waited. A few weak laughs surfaced.

"I'm so relieved. I was worried you thought I was serious."

More laughs now.

"I'm going to introduce the Hermann Brain Dominance Model and how it relates to the survey you took. It will help you understand your team dynamics and what part each of you prefers to play. As with all models, it's like putting on a pair of glasses that distort the world. If through these glasses, patterns emerge that give us insight, it's useful. And as with all models, we have to remember to take the glasses off and see the world without them. So, with that disclaimer, are you ready?"

A few tentative yes responses.

She gave them a quick overview of the four distinct thinking styles represented by each quadrant. As they stood

in each quadrant, she asked them for examples of how a business would fail if it had too many or too few Analysts, Detail Oriented People, Risk-Takers, and Caring People.

She joked with them, teased them, played straight man, and appreciated their humor. She gave them room to poke fun at their organization and Dan. Their lowest group score was in the Caring quadrant. Following Allison's instructions, they somehow found themselves holding hands and singing in unison, 'Someone's trying to manage the project, my lord, Kumbaya.'

Volleys of laughter.

But just as quickly as they warmed up, they cooled. Back in their chairs, with their survey results in front of them, they slumped. In flat voice tones, they began to discuss how they functioned as a team. A few were clicking pens; others doodled. One team member thumbed her Blackberry® beneath the table.

Allison audibly dropped her palms flat on the table in front of her and looked at the group. "Notice anything about the energy in the room?" she asked.

No one spoke.

"It's dead," someone said.

A few heads nodded, others looked away.

"Let's take a break. When we come back, we'll do something different. We'll start in 15 minutes. Can you all agree to be back here in 12, so we can start on time?"

Silence.

"Raise your hand if you agree that you'll be back in 12 minutes."

All hands went up, some slower than others.

"What are we going to do when we get back?"

"Something different," said Allison.

"You have no idea, do you?"

"Absolutely none," she said.

A few weak laughs.

"Actually, I have two ideas and I need to choose one. I do know one thing for certain. Either you'll like it, or together we'll invent something better. Take a look at your watch. See you in 12 minutes."

Chapter 38

DAN APPROACHED ALLISON and asked if they could talk. When they reached a private spot on the deck, he said, “How do you think it’s going?”

“It’s going the way it always goes when we get past the superficial conversations and we’re left with the things that no one wants to talk about. They’ll either rise to the occasion or not. But I need something from you at this inflection point.”

“What?”

“Stay calm and don’t respond with anger if they manage to complain. We need some complaining and some truth telling now. Can you allow it to come out and not thwart it? Not defend yourself?”

Dan felt the muscles in his back and shoulders tighten. “Yes, I can. But I need to calm myself down a little.”

“Good. Go ahead,” she said.

Dan found a secluded bench and sat looking at the water. He inhaled the salt air and sighed audibly on the

exhale. The tension in his back led him to the anger and sadness at its root. This project, the whole thing, was just too hard. His body felt leaden. He sat with the sadness for over a minute before he let it go and rested calmly. Then the anger came. He was going to have to babysit those whiners. This project was war, and in the thick of it they wanted him to apologize and coddle them. They knew shit about how he had to provide cover for them and defend their missed milestones.

Dan felt his hands tighten into fists. An image of Michele's grandfather in Golden Gate Park, smiling, tossing opponents across the grass, popped into his mind. Maybe Master Wu would show up and help him beat the shit out of them. He laughed. He really ought to take himself less seriously. He stared across the bay and began to feel the space inside and outside his body, as he had with Michele at Half Moon Bay. He let the awareness of space soften him. Turning his head, he saw Allison coming his way.

"Ready?" she said.

They returned to the room. Back in their same seats, team members looked as though they had thoroughly surrendered to gravity. Allison stood in the center of the open space and called for them to join her in a circle.

"More Kumbaya?" someone said.

No laughter, and all eyes were on Allison.

"So far, you did a great job warming up. And, as you noticed, something shut down the energy of the group." said Allison.

"No offense, Allison. It was a great warm-up. But why don't we just get down to work—run through the rest of our agenda, and call it a day?" said someone else.

People shifted their posture; a few shuffled their feet. Most eyes remained on Allison, with intermittent glances toward Dan.

"Thank you for saying that," she said. "Does anyone else feel that way?"

More than half the others nodded or half-raised their hands.

"Thanks for speaking up," she said, as she looked at each of them in turn. "Does anyone feel something else? In addition to this? Something different?"

They remained silent until Carla spoke up.

"I, for one, don't want to just go back to work. We finally got an offsite. I don't want to spend it on status updates. We need to talk about the thing that everyone knows is here but won't talk about. The proverbial elephant in the room."

More silence.

"Does anyone else feel this way?" Allison asked.

Some nods.

"OK, let me take the pulse of the group in a different

way. Are you willing to work with me a little more to clarify what you want to do now?"

They nodded. No objectors.

Allison picked up a Diet Coke from the snack table and returned to the center of the circle, holding the can aloft in her right hand. "Let's say this Coke can represents the center of the group—its purpose, its promise to others, its potential achievements, its obligations." She placed it on the floor.

"If this can is the center, place yourself in relation to it. Do you feel like you're right at the heart of the group?" she said stepping next to the can. Moving a few steps away, she said, "Are you off to the side? Far away? Without thinking about it, let your instincts guide you. Don't worry about anyone else. Just walk around and find what feels like your place at this moment in time."

After some milling, they settled into their places.

"That's right, now look around. See where everyone is standing. What do you want to know?"

"I want to know when this will be over," said a team member who had been silent for most of the morning.

Some laughter.

"Would you rather not have this conversation?" she said.

"Yes… and no. I don't want to have it, and I also don't want to not have it."

"Nice description of ambivalence. I imagine others would agree." Allison said. "OK, I'd like each of you to tell the rest of the team why you're standing where you are and anything you notice about the configuration of the group."

"I notice that Dan is the only one at the center," said Karen.

"And why are you standing where you are, Karen?" asked Allison.

"I feel like the center is the hot spot. If you stand there, you're totally committed to the project. I'm off to the side because if I totally commit to this project, it would eat me up. It's already claimed part of me. I don't jog anymore. My health is suffering. I feel like I'm chained to the damn thing."

One at a time, they spoke. Dan, who had yet to speak, noticed how beleaguered tones, sighs, and dropped shoulders told the story. Then the angry stories surfaced.

Peter, who stood at the outer edge of the circle, began.

"Dan, it shouldn't be like this," he said. "If the company was going to take on something this big, they should have given us the resources to pull it off. And you should have been running cover for us, not beating us up for underperforming."

From the quiet that settled over the room, Dan felt the team brace for one of his speeches about not being

professional, not rising to the occasion, not taking responsibility. But that speech was not in him. Peter was right; maybe not 100 percent, but right enough.

"I agree with you, Peter. This project has been too hard for too long. The only way I knew how to deal with its complexity was to work harder, and I passed the grunt work along to all of you. How come no one is standing here with me at the center? Because I've occupied this place in a way that said, 'I'm the one with the ideas and the solutions. I'm the guy with the plan. I'm the one who has to figure it all out.' You each go to your respective stations and struggle with the tasks I assign you. I've claimed the center for myself."

The team stood silent.

"I like it when you tell the truth, Dan," said Peter.

They laughed.

Allison asked if anyone else wanted to speak.

Judy, a soft spoken woman, standing far from the center said, "You know we're all laughing, but my life has been hell for the past year. Dan, every day I ask my husband to remind me why I go to work. I've never felt this bad about work in my entire career."

They had more stories to tell and Dan listened. He breathed evenly and took in their complaints, without rebuttal. When everyone had spoken, it was plain that the team felt exhausted, overwhelmed, and unappreciated.

The room was silent now, and Allison looked to Dan. He knew he needed to respond. As he waited for the words to come, he found comfort in the silence. It gave him time to savor how directly they had spoken.

"Thank you," he said. "Thank you for speaking your minds. I know this has been difficult for you, and I'm acutely aware of my part in making it that way. I also believe I know a different way forward. What I'd like to do in our remaining time is share with you a vision of how to transform this into a manageable and winnable project for all the stakeholders, including us. And then I want us to openly discuss whether the approach has merit. If it does, we'll brainstorm how we could shape it, flesh it out, and make it a reality."

No one spoke.

Allison said, "Before we move on to solutions, is there anything left unsaid from this morning?"

"Allison, we could spend all day on it, but I think we're ready to move forward, too," said someone.

"We can sing Kumbaya in our breaks," said another.

"OK," she said. "Just checking. If you have more to say later, say it straight out. We want to maintain this level of honesty. What do you say we take a short break before we move on?"

"Actually," said Carla, "I'd like to keep going. I want to hear what Dan has to say."

Others agreed. The group, still standing, gathered near Dan who spoke now with ease and enthusiasm.

"Last week, I met with Rob Evans. He's a consultant who guides companies though big projects like this one. That's all he's done for the past 12 years. When I described just a portion of our problems, he said, 'From the little you've told me, let me see if I can predict the rest.' And he did, right down to the problems with specific stakeholders at each phase of the project. Here's essentially what he said:

'Your stakeholders think you can just provide technical modifications to software and satisfy their needs, but it's never that simple. And because none of them wants their business processes changed in any way, your internal clients fight innovations that might require them to adjust for the good of the entire system.' "

On a fresh flipchart page, Dan drew a sunflower and a daisy. He said, "Rob told me the large petals of the daisy represent highly customized modules of software, while its small center represents the core standard software. The daisy version has all the bells and whistles that each of the stakeholders wants. Their fondest hopes and dreams. We can't deliver daisies. We can, however, deliver sunflowers. Notice the smaller petals of the sunflower with its larger center. The smaller petals represent more scaled back accommodations to their business processes. It may even require them to alter their sales, or order entry, or

reporting requirements to build a system that works for everyone."

"Our stakeholders all expect daisies, bouquets of them. Their expectations will be impossible to fulfill. This sets us up to fail. On the way to failure we can expect plenty of arguing over specs and bitter disappointments. Lots of hard work on all sides followed by recriminations.

"But with shared responsibility and collaborative planning by all the stakeholders, everyone would own the design. The good news is that it's not too late to start this process, and I'm going to lobby for it. Are you with me so far?"

They were. His ideas made sense, and although they couldn't explain it, there was something different about Dan—more calm, clear, and sane.

Over the course of the afternoon, the group dug into what commitments they could reasonably make to their various stakeholders. Then they brainstormed how to make their meetings productive. They generated ground rules for communication—what to do when they were slipping from their agreements, what they expected from Dan, and what he expected from them.

Dan showed the team his behavior chart and explained how his old behaviors kept the team stuck. He was committed to the new behaviors. He asked them how he'd been doing on the old versus the new during the past month. As

they thought back, they realized his behavior actually had improved, and they told him so. This spontaneously led to a discussion of what each of them wanted to work on, what they naturally contributed to a project, and what they could learn from each other. Dan took the opportunity to express what he appreciated about each of them. All of this arose without prodding or guidance from Allison.

The next day, they discussed how to run project reviews. They designed a method of capturing knowledge from these reviews, so they could easily relay their insights and best practices to their direct reports. Dan also told them he would give them every opportunity to be visible to higher management, and they took Allison up on her offer to help them with presentation skills.

To bring the offsite to a close Allison dedicated the last hour to a discussion of what they'd accomplished. They agreed that they'd successfully refocused the project, and equally important, they were inspired to work with new honesty and commitment. This new way of working required them to be more proactive and responsible, and they felt enlivened by the challenge. Many told Dan they appreciated his commitment to their development as well as to his own. The meeting ended at 5 p.m. Though tired, many of them lingered on the deck to chat.

Peter approached Dan and asked if they could speak for a moment.

"Sure," said Dan.

"I'm glad you asked me to put off my decision to leave and to attend this meeting," said Peter. "This was a great two days."

"Yes, I agree. Where are you with your decision?"

"I want to stay, Dan. I never really wanted to leave the team, but I just felt too beat up to hang in."

"Peter, that's what I hoped you'd say. That's great news."

"Good."

"I have one request," said Dan. "If I start to slip into my old style with you, will you tell me?"

"What do you want me to say?"

After thinking for a moment, Dan said, "If I'm being too hard or controlling, remind me that I asked you to say something about it, and I'll adjust. Can you do that?"

"I can do that. Will you pay attention to me when I do?"

"You have my promise," said Dan.

Chapter 39

SEAN RILEY'S OFFICE offered few comforts or decoration other than the standard corporate issue chairs, desk and credenza. What made this plain office remarkable, even arresting, was its expanse of uncluttered surfaces. An expensive pen and pencil set and a telephone sat alone on his desk. His computer was placed 90 degrees to the side, just a swivel chair rotation away. There were no papers or reports stacked and waiting to be read or filed.

On Dan's first day as Sean's direct report, Sean told him that as a kid in his father's spotless house, he learned that a messy desk meant a messy mind. Although he tested the veracity of most of his father's aphorisms, this one took hold in him uncontested. In fact, it was easy because every piece of paper belonged somewhere.

"I hear the offsite went well," said Sean.

"News travels fast. It's only Monday. Who did you hear that from?"

"I heard it from Natalie, who heard it from her new HR hire. Allison, is it?"

"Yes, Allison. She did a great job by the way," said Dan.

"Yes, Natalie is pleased with that hire."

"Good."

"Sean, I'd like to run an idea by you. Through Michele, I met Rob Evans. He's an experienced consultant who's an expert in enterprise-wide projects. After talking to him at some length, I think hiring him would increase the likelihood of our success, including the speed of adoption of the new system and stakeholder buy-in."

"I'd be happy to talk about that, Dan, but I have another matter that we need to address first. It also pertains to the project."

"What's that?"

"Last Friday, George called me into his office. He's concerned about the time and energy that's gone into the project so far, and he's nervous about whether we'll realize our return on investment. He heard the schedule is slipping and while he understands that some of that is inevitable, he wants it kept to a minimum."

"Me too."

"He also knows that your team is stretched thin. Some of them have other projects competing for their time, and he wants to ensure the project is professionally managed as well as technically executed."

"What does he have in mind?"

"I want you to know that he greatly appreciates the work that you're doing and what I'm about to propose in no way belies his absolute faith in your technical skill."

"Jesus, Sean. Enough with the preamble. What is it?"

"He wants to hire a consultant to act in an oversight capacity for the project. He wants professional project management to have a strong role in this."

"How would that work?"

"We're still working out the details, but right now we're thinking that Frank, as the CFO, would take responsibility for the project. The head of the project management team would report directly to him. You would still report to me and also to the project manager."

"Wait. Let me get this straight. I'm no longer in charge of the project? My role is solely technical execution, is that right?"

"Your role hasn't really changed that dramatically. You were always in charge of technical execution. We're just adding some additional support and reorganizing to accommodate it."

Dan felt his body temperature rise. An internal voice ranted, *Sean, how can you say this with a straight face. You're demoting me. Just say it!*

Yet a countervailing voice was equally strong and present in him. *This could actually be a good idea. I could*

use the help, and it doesn't sound like the organizational structure is set in stone yet. Also, it doesn't seem like a permanent change. When the project is done, I'd still have my IT role. He noticed that he was breathing evenly and to his surprise, he had a choice of whether to be upset or calm. He no longer felt flushed.

"So, whose idea was this—providing additional resources?" asked Dan.

"It's been talked about off and on for about a month. George mentioned it to me a couple of times. Bob and I have talked about it, as well. He's recommended a consultant who would lead the project management team, a woman he's known for a long time."

"Since this directly impacts me, I'd like to be involved in these preliminary conversations. I could make useful contributions regarding the feasibility of the plan and how the reporting relationships will work," said Dan.

"Of course, you'll be involved."

"Yes, I'm sure. I mean sooner, rather than later. Is that possible?"

"I have a meeting with Bob, George, and Frank this afternoon. I'll tell them what you want," said Sean.

"Do you think it's a good idea that I'm involved at this formative stage?"

Sean thought for a moment and said, "Yes, I do."

"I don't mean to push you Sean, but there's a difference

between telling them that I want to be involved and that you think it's a good idea. When you speak with them, will you recommend that I be involved at the planning stage?"

"Yes. I'll recommend it."

"Good. Thank you. Do you have time for one more related agenda item?" said Dan. "It's what I mentioned at the beginning of this meeting."

"Can we knock it off in 10 minutes? I have an 11 a.m. conference call."

"We can get it started."

Dan told Sean about Rob Evans, the daisy versus the sunflower, and how that model made immediate sense to his team at the offsite.

"The more I understand these large projects," said Dan, "the clearer I am that stakeholder involvement all along the way makes the difference in how fully we realize the return on our investment. We can have highly efficient project management, but if stakeholders are not onboard at the outset and it isn't scoped properly, it doesn't matter how efficiently we complete it. The system will reject it like a bad organ transplant."

"What do you think we ought to do?" said Sean.

"I think we bring in Rob as soon as possible—have him facilitate a Design Shop to re-scope the project, with all stakeholders participating. This would be a good way to integrate the new project manager into the system."

"OK, I'll introduce that idea as well at the meeting. I'll let you know how it goes," said Sean.

"Good. Sean, this is a critical juncture. If we slow down and do it right, we'll end up with far superior results," said Dan.

"I hear you."

"Do you agree?"

Sean paused for a moment. He stared at the space over Dan's left shoulder, as if he were visually arranging the milestones of the project.

"I do agree, Dan," he said. "I'll let you know what happens."

By mid-afternoon, an email came in from Sean:

Re: meeting with Bob, George, Frank

Dan,

We struck out on both counts: Bob, George, and Frank don't feel you need to be in on the discussions at this point. And they don't think your consultant is necessary. They figure the project manager will clarify the goals, and they don't want to spend money on an additional consultant.

I'll let you know about next steps, and my door is open if you want to strategize about how to best operate in this new org structure.

Sean

Chapter 40

JANICE WATCHED MAGGIE run out the front door and down the walkway, haul her heavy backpack into the minivan, and merge into the tribe of girls in the back.

She turned her attention to the breakfast dishes, the unmade beds, and putting herself together for the day. Standing in front of the bureau, she noticed a small box Dan had left for her. It was called the emWave, a personal stress reliever, made by HeartMath. *A personal stress reliever! Maybe it's a home lobotomy kit.* She opened the box and pulled out the emWave. It was tiny, maybe three inches long with an indentation where you put your thumb so it could read your pulse.

She sat on the bed and thumbed through the manual. It described how heart rhythms are related to stress. Apparently, if the interval between heartbeats varies in a regular way rather than a disorderly pattern, it reduces stress. *Was this what Dan was doing with his coach? Changing his heart rhythms?* She had to admit whatever he was doing made him more pleasant to live with.

She spent some time experimenting with it. At first, no matter what she did, the indicator light still shone red. Red meant that her heart rate variability patterns were "normal," as opposed to optimal. Somehow she was supposed to get the light to turn green. According to the manual, breathing alone wouldn't do the trick, so she followed the instructions to breathe with her attention at her heart and bring something positive to mind. She thought of Mendocino and how, walking on the forest floor beneath the canopy of giant Redwoods, she felt innocent and protected. Then the light on the emWave turned from red to blue, then green, and it stayed that way for five minutes, as she continued to breathe and imagine herself among the redwoods. At the end of the session, she felt clearheaded and refreshed.

After lunch, she tried it again. This time she changed the light from red to green sooner, and she felt even more deeply relaxed. It fascinated her that this simple device could tell whether her mental state supported the health of her heart. On the HeartMath website she learned that important conversations would go better if you got your heart rate to vary in coherent rather than chaotic patterns. Janice wondered if it would improve her conversations with Maggie and maybe Dan, too.

Chapter 41

MICHELE WATCHED DAN PACE. He raised his hands as if to emphasize a thought and lowered them again without words. He continued this way, like an electrified exclamation point.

"You look upset," she said.

"You have a real gift for observation."

"What's going on?" she asked.

"We had a great off-site. We got a lot of stuff aired out. The team was motivated to take the project forward in new ways. Then, this morning I meet with Sean, and he tells me that they're going to put a new org structure in place. Because they love my work so much and want to assist me, they're going to freakin' demote me by putting a project manager above me. The CFO, Frank Phillips, will oversee the project. The project manager will report to Frank, and I'll report to the project manager. So, I'm figuring this sucks because, if I don't report directly to the CFO, I'll just be a worker bee with no direct visibility to him. I've seen

how these things play out. If the project milestones slip, the project manager will cover his ass and it will be my fault. I lose power to have a strategic impact on the project.

"So I tell Sean, I'd like some say in how these reporting relationships are set up, and I ask him if he agrees and will he recommend that I be involved and he says he'll put forward my request and I say could you do more than that? Could you recommend it? And he says yes. And then I ask if we could have Rob Evans do a workshop so we can re-scope it, because if we have an efficiently run project that has ill formed outcomes and no stakeholder buy-in, it's going to be a nightmare. And I ask him if he agrees, and he says, yeah, he agrees, and will he put that forward to George and Bob and the CFO and he says he will. Then, he emails me that both of these requests were brushed aside. And as you can see, I'm pissed."

"I can see that," she said. "Is there anything else?"

"Isn't that enough?"

He continued pacing.

"It could be. But, is there more?" she said.

"No. That's it."

"May I suggest something?"

"What?"

"As pissed off as you are right now, and with very good reason, it's a perfect time to sit down and plan how you will make the best of a bad situation."

"I don't want to sit down."

"OK. Stay on your feet for as long as you need to, so that when you sit down you'll be ready to think resourcefully about all this."

Dan continued pacing, then stopped, looked at Michele, and settled into a chair.

"I'm listening," he said.

"How's your breathing?"

He felt his breath shallow in his chest and closing his eyes for a moment, he let in a long deep inhale. Michele slid the emWave across the table and said, "Let's see how fast you can go from being this jacked-up to calm."

"You know, I haven't used this very much," Dan said as he clipped the pulse sensor to his earlobe.

"You'll do just fine. Remember the instructions: Focus your attention at the center of your chest, at the level of your heart, and imagine that your breath is flowing in and out from there."

Dan closed his eyes. The rising and falling of his chest and belly slowed.

"Now, recall a positive feeling. You can use a smile if you want, or just bring to mind something that brings you joy."

A smile appeared on Dan's face.

"And even though things are not the way you want them, you can be happy for no particular reason. The light

on the emWave is changing from red to blue. You're doing very well."

Dan continued this way for another five minutes until the emWave glowed green. He pulled off the sensor, and turned toward Michele who sat opposite him smiling.

"Nice job," she said. "Now, what do you think I'll suggest next?"

"Check for what emotions might be left."

"Why don't you do it on your own, and I'll help if you need assistance."

"I can tell you right now: I feel tight in my chest and my fingers want to clench into a fist."

He closed his fists, his jaw clenched, and his lips tightened.

"I know this feeling. I want to be in a position of power. I don't want a project manager over me."

He stopped for a moment. "OK, I can drop the meaning and just experience the sensations. And yes, I can smile into them. They're tolerable. And now I can let them dissolve."

He sat quietly and his breathing slowed. As he returned to the sensations in his body, Dan found resentment—mountains of it, he told her. It wasn't until he released it and the remaining tension in his chest and jaw let go, that deeper feelings of shame welled up in him. The demotion mortified him. Humiliation. He hated this feel-

ing. He had spent his life running from it. It's what drove him to never be caught short, never without an answer, and never on the losing end of a bitter exchange. But now there was no one to fight. He simply had to sit with these intolerable feelings.

"And can I just let these feelings be here? Not a chance."

He looked at Michele. "What do I do now?" he said.

"What do you want to do?"

"I want to avoid feeling shame," he said.

"Then keep it at bay for as long as you want," she said.

Dan waited. Then he exhaled and said, "OK, I'll let it in."

"Remember," said Michele. "Never mind what it's about. Just feel it as a constellation of sensations, and relax and smile into them."

Dan continued on his own. After 15 minutes he smiled at Michele. "You know," he said, "I actually feel great now."

"You look relaxed. What happened?"

"I just kept going and what I thought was a mountain was a molehill. This stuff works."

"In Taoist meditation it's entering the mouth of the dragon. You enter with the implicit understanding that the dragon will bite you. And then you learn that no one dies from this kind of dragon bite," she said.

"Yes, I notice I'm still alive."

"So, given this new reporting structure, what set of outcomes would be best for you and your team?"

"No matter what the reporting relationships are," he said. "I still want to make this system deliver what the stakeholders need within our time frame. I want to have an excellent working relationship with the new project manager and her team, and I want my team to rise to the challenge in ways that develop them."

"What else?"

"I want to get that son-of-a-bitch Bob back."

"Why?"

"I just do. I still feel it."

"That's a very human response. Most anyone in your shoes would feel the same way."

"You're not going to talk me out of it?" he asked.

"I'm applauding that you're aware of those feelings. Whether you decide to act on them or not is up to you."

"What would you do?"

"I don't know. I know what Grandfather would say."

"What's that?"

"Only pursue enemies to show them the Way," she said.

"He's a piece of work," he said.

"Yes, he is."

Chapter 42

MASTER WU'S GARDEN at sunset was a peaceful place. Wild native grasses, succulents, and herbs—none requiring more water than a modest drip—nestled into clusters of green, amber, and silver. This evening, he sat among them and deepened his attention to his breath and to the rising moon over the hill. *Night blooming jasmine. This moment,* he thought, *how endless it is... and how good.*

Michele set two bags of groceries on the kitchen counter, put the perishables in the refrigerator, and began to make her way to the garden. But a familiar sensation arose in her chest, and she stopped. Perhaps someday soon Grandfather would no longer be alive, no longer be there to greet her in the garden. At 92, at his level of mastery, he could choose to extend or end his life. Sometimes she thought if she asked him to live longer, he might choose to die as a way of teaching her about attachment. The thought of walking into his empty garden filled her with sadness. She inhaled a deep breath to soothe and open her chest.

Hearing the sound of her own steps on the gravel, she followed the path's curve and settled beside her grandfather on the bench. He saw her—her face, her breathing. He turned, reached out his hands, and held hers. After a while he said, "You'll be all right." She wanted to look away, to hide her sadness, but she kept her eyes speaking into his. His smile broadened. She felt tears well and flow. Her breathing steadied in his gaze, and for a moment she felt his spirit, apart from his human form. Her breathing was easy now, full in her belly. They let go of their hands and sat until it was dark.

Over a light dinner, Grandfather asked about her work. How was Dan coming along?

"He passed a big test today," she said. "Something at work made him very angry, and still he was able to calm down relatively quickly and re-imagine the situation."

"That's good." He reached forward with his chopsticks to pluck a mushroom from the bowl between them.

"You look like you have more to say," she said.

"I consulted the I-Ching about Dan," said Grandfather.

"What did it have to say?"

"The oracle says he will face a big challenge. My guess is what happened today was not the real trouble. That trouble lies ahead."

Chapter 43

SWIMMING THROUGH illuminated water, the angelfish, guppies, and other fish Dan couldn't identify seemed serene enough in the doctor's waiting room. *And why not,* he thought. *Their meals were delivered, their tank cleaned, their water temperature regulated, and they had no predators. No moray eels named Bob lurking in dark holes, ready to tear into their flesh.*

Dan would deal with Bob later. Time now to relax, read a magazine, maybe *People—en Español.* Relentless media trash. He reached for his Blackberry®, but his hand returned without it. *No, forget email. Why was he so nervous?* He never liked doctors. And this doctor scared him. Dan had Googled metabolic syndrome and read about the complications of diabetes—the loss of sight, loss of feet and limbs, possible heart attack, stroke. This line of thought was unproductive. Better to relax.

He sat back in the chair and scanned his body. His attention settled on his rib cage; it was frozen in place,

and he was barely breathing. He sensed fear locked in his ribs—fear of dying. He could hear Michele's voice: *Never mind what it's about, just experience it as a constellation of sensations.* He did. *Now, let a sense of ease enter your body and breathing, as you smile into and dissolve any physical tension.* He did. *Now let yourself rest in the vast space—both inside and outside of you.* His breath began to take up more space in his ribs and back. His chest and belly softened. Website photos of gangrenous toes and amputees appeared and dissolved. He opened his eyes and, with a soft focus, took in more of the waiting room. The magazines, the fish tank, the paintings on the walls, the other patients, and the receptionists were simply there, without comment from Dan's mind.

The nurse called for Dan and led him to an exam room where she recorded his blood pressure and weight. Mercifully, she didn't require him to disrobe and wrap himself in a paper gown.

Dr. Stern breezed through the door with chart in hand. He shook Dan's hand with a firm grip, just a millimeter short of crushing. The doctor sat in a chair opposite Dan, looked squarely into his eyes, and asked how he'd been since his last appointment.

"No symptoms.," Dan said. "I've been exercising and, for the most part, eating well. What does the blood work show?"

"First, I'm glad to see that you've lost eight pounds. That's excellent for 10 weeks. Your blood pressure is down too, 132 over 80. That's very good. Your blood cholesterol has moved in the right direction as well. Your triglycerides are 145, and your HDL—that's the one that's supposed to be high—is high enough at 45. This is very good news," said Dr. Stern. What have you been doing?"

"I've been working out on an elliptical machine and cutting out the junk food and the beer. I'm meditating and trying to work shorter, smarter hours."

"Well, whatever you're doing, keep it up. How do you feel?"

Dan smiled. "I feel like I'm getting my life back."

"You keep moving the numbers in this direction, Dan, and you'll live to a ripe old age. Any questions or concerns?"

"No, Doctor."

"Great. I'd like to see you again in six months." The doctor rose, shook Dan's hand, and vanished through the closing door.

As he left the building, Dan felt the sun warm his face. Standing by his car, he paused for a few breaths and caught a trace of the sea on the breeze from the bay.

Chapter 44

DAN EXPECTED THE MEETING to begin like a prize fight where the referee recites the rules, the fighters touch gloves, and shuffle to their separate corners. Instead, Frank, the CFO, extended the preliminaries, possibly looking for evidence of cooperation. Picking up on these cues, Dan managed to offer plausible, if guarded, expressions of his intent to cooperate with Catherine.

Dan learned that Catherine Henley had 15 years of project management experience. She and her team would ensure that the milestones did not slip, the quality was high, and the handoffs happened efficiently. She had done this for high tech manufacturing companies, health care companies, and financial services firms. According to Frank, CSI was lucky to get her.

Catherine looked every bit the consultant in her tailored navy pantsuit, white blouse, Rolex, and expensive shoes. She took notes and asked good questions. *A plus,* thought Dan. *This could work.*

On the way out of Frank's office she turned to Dan. "Want to grab a cup of coffee or maybe some lunch?" As Dan looked at his watch to stall for time, he realized he was acting like a victim, about to launch some transparent, passive aggressive excuse. He shuddered privately at his own pettiness, then turned to her.

"I have a one o'clock that I can move. Let me make a call to reschedule and we can go to the cafeteria."

As they entered the cafeteria, secured a secluded table, and made their way to the lunch line, Dan became aware of many glances coming their way.

He imagined many of them knew he now reported to Catherine, but he had no idea how the rumor mill was spinning the news.

Catherine picked her way through the salad bar as Dan kept inventory. No ham on her plate, just a little chicken salad and an assortment of greens, tomatoes, and sprouts. Light on the dressing, but she did allow herself a muffin. *Disciplined, but not fanatical,* Dan thought. Then his eyes locked on the quesadillas beckoning from the steam table. As his body anticipated melted cheese, onions, and mushrooms fused in a warm tortilla, he wanted two of them, one to take the edge off and one to savor. Instead, he chose soup and salad. She declined his offer to buy her lunch. Trays in hand, they headed back to their table.

"Are you a small talk kind of guy?" she asked. "Because we could spend time getting to know each other with little stories that convey our values and proceed to make private assumptions about each other."

"Yeah, how was that first internship out of college? Or that project where you saved the day?"

"Exactly!" Catherine said. "From what I've heard, you're a straight shooter."

"Yeah. I've had my share of trouble because of it."

"It's not going to get you in trouble with me. I'm the same way. So, let's pretend we already trust each other, and talk about what's on our minds," she said.

"Sounds good."

"I've come into these situations before. I've spent most of my career doing it. I imagine that you want to know if I'm going to be an ally or a politically motivated impediment. Something like that?"

"The question had occurred to me," he said.

"Yeah, it would be my first question if I were you. Here you were, grappling mightily with an unwieldy project, only to find you have a new partner whom you know nothing about. And if I were you, I might have spent some time being pissed off at the intrusion and the new reporting relationship, temporary as it is."

"I was pissed off initially. Now, I'm more neutral, more 'wait and see.' "

"Yeah, Dan, what I'm saying is forget 'wait and see.' Let's make something happen."

"What are we going to make happen?"

"Whatever we decide. If you looked in on this project a year from now, what would you want to see?"

In broad terms, Dan described the finished system, fully functioning. Then he explained some of the technical details of potential storage and security problems that would need to be solved. As he did so, he looked at her face for signs of clouding over. Had he exceeded her technical knowledge? Was she trying to look engaged, but bluffing her way through the details? He asked her how she would handle various thorny problems. Some were familiar to her, and those questions she answered succinctly. Without apology, she acknowledged areas where she was technically out of her depth and where she would count on his expertise.

"There's one thing that bothers me," he said. "I recently met a consultant, Rob Evans…"

"You know Rob?"

"I do. Sounds like you do, too."

"I've known Rob for years," Catherine said. "We worked on three projects together, and he does great work. How do you know him?"

"I saw Rob on a panel of experts discussing large system change initiatives. During a break, I described our

situation to him. He explained how rising expectations of various users can terminally bog down a project like ours. He facilitates a three-day workshop where stakeholders collaboratively scope out the whole project and agree on what's in and what's out. I think that's what we need now."

"Yeah, I'm totally in favor of that approach," she said.

"But we're not going to hire Rob," he said.

"No, we're not. At least that's what I hear."

"Who did you hear that from?" Dan asked.

"When I was interviewed, that idea was briefly considered, but Bob and George rejected it. Just so you know, and in the interest of full disclosure, Bob is the one who brought me in."

Bob. Dan's eyes narrowed. *Can she see my contempt showing on my face?* He took a slow breath. *Best to wait calmly here.*

"Dan, there's conflict inherent in most systems. The users, architects, and programmers duke it out. I have to remain neutral. I don't settle disputes. My team and I help the various players get the project done on time with the quality they specify. Even though Bob brought me in, my loyalties have to be to the project."

Dan kept his breath even, listened to her voice tones, and watched her face for signs of insincerity. He detected none. "Catherine, Bob insists on certain features without understanding the technical complexity involved in

implementing them. I end up having to say no a lot, and Bob doesn't like it."

"I've seen a lot of these fights. I can't take sides. I can offer opinions about what would keep the project on schedule, but I don't make the decisions."

"Yeah, I get it," said Dan. "And I understand. I must say, this is a lot more candid and hopeful than I thought it would be."

"What is?"

"Meeting you. I was all set for a more contentious encounter. I like the fact that you're strong technically and when you don't know something, you're willing to say so. I also appreciate your candor and that you're willing to work as equals. And I could use your help."

"Good," said Catherine. "I feel very positive about this, too."

"I have one request," said Dan. "The reporting relationships have shifted. I report to you, and you report to Frank. Because I'm most familiar with the technical execution of the project, it would save time if you include me in meetings with him. Obviously, I don't need to be at every meeting, but I'd like to attend the relevant ones."

"That's actually how I prefer to work. I have no problem with recommending that to Frank. Of course, it's his decision to make."

"Fair enough," he said.

As they sketched out plans for integrating their teams, Dan told Catherine about how pleased he was with Allison's facilitation of his offsite meeting. Catherine asked if Allison might be helpful in designing and possibly facilitating the first meeting of their combined teams. Dan liked that idea.

They left the cafeteria with plans for going forward. Walking down the hallway alone, Dan checked for any feelings of unease, feelings that he would have to protect himself politically from Catherine. Perhaps what he felt was too good to be true, but his meeting with her left no residue. *Maybe what you see is what you get—a dedicated and smart colleague with no ulterior* motives. No need to manufacture trouble. He would assume her positive intent, and if she seemed to operate differently, he would ask her about it right away. This relationship was worth building.

Chapter 45

"MAGGIE," SAID JANICE. "Show Daddy how you turn the light green."

Maggie pulled the emWave from her pocket and placed it on her lap. She rested her thumb on the pulse sensor and closed her eyes. Dan watched as her breathing became even and slow. He saw the color on the emWave begin to change from red to blue, then green.

Dan looked at Janice, who shrugged her shoulders and smiled. As the color registered solid green, he smiled, too.

"Am I green yet?" said Maggie.

"Like a little leprechaun," he said. "Open your eyes, and see for yourself."

Maggie saw the glow of the green light. "See Daddy, I can do that every time."

"That's great, Maggie. How do you do it?"

"I think of good things, and it turns green."

"What do you think of?"

"I think of my friend Darcy who just got a dog. She's a cockapoo, which is part cocker spaniel and part poodle. And she's soooo cute! I think of that puppy and that maybe we could get a dog like that, and I see her face and I smile, and then it goes green."

"Just like that," said Dan.

"Yes, Daddy. Just like that. Can we get a dog? Please? I would take care of her. I'd take her for walks when I get home from school. And I'd brush her. That kind of dog doesn't shed or anything. Could we get one, please, Daddy? Mom, please?"

"Your mom and I need to talk about it," he said.

"Could you talk about it really soon, like today?"

"Yes, we'll talk about it today, but don't get too excited," Dan said.

"OK, Daddy." Maggie hugged him. "Thank you. I know you'll decide the right thing."

As their daughter left the room, Dan pointed his thumb in her direction and said to Janice, "Our girl might have a bright future in sales."

"I had no idea about the dog, Dan," she said.

"Likely story."

"What do you think about how quickly she got the emWave color to change?"

"Impressive. Better than I can do," he said.

"Yeah, me, too. Although I'm improving."

"Do you think of puppies to get it in the green?"

"God, no. When I think of puppies, I see pee on the living room rug and vet bills. No, I think of something else."

"And what's that?"

"Do you remember when we went up the coast to Mendocino and walked in that big grove of redwoods? I felt like we were in a holy place. I believe those redwoods blessed us that day, because that night we made love and conceived Maggie."

"Yes, I remember."

"When I sit down with the emWave, I walk through that cathedral of great trees and I'm happy. What do you think of?"

"I imagine I'm at Half Moon Bay, looking over the ocean to the horizon. Then, I breathe slowly and deeply with my attention at my chest, and the emWave goes green," he said.

"So, what do you want to do about a dog? Maggie's going to want an answer."

"Do you want a dog?" Dan asked.

"I can think of things I want more."

"Like what? You know, Janice, one thing about having that fair skin of yours, it's hard to hide a blush. It's been a long time since I've seen that shade of red on your neck."

"Yes, the more I try to hide it the worse it gets."

"I asked you what you want. Is there something that you want that you're embarrassed to say?"

"I want a cat," Janice said.

"Seriously, honey , what is it? What do you want?"

"It seems childish."

"What is it? I'd like to know."

"I mean you're supposed to think of something that makes you happy. Something spiritual, like nature, or silly, like a dog."

"Yes," said Dan.

"But I want you to think of me." She laughed, looked away briefly, then faced him again.

"Would that be in the spiritual or the silly category?"

"That would be in the *me* category, big guy." Janice dropped her gaze to the floor. Looking at him again, she said, "I feel like I'm not supposed to ask for this, but I want you to think of me. It feels good to say it out loud."

Dan leaned forward, touched her neck and hair, and kissed her.

"I do think of you, Janice. I think of you a lot."

"Yeah, well, I'm not telepathic. A girl likes to hear it." They kissed again.

"Janice," he said between kisses, "when I think of you my emWave goes all green."

"That's the nicest thing you've ever said to me."

Dan sat back and looked at her.

"Looks like your skin color has evened out."

"Yeah, the skin that's visible to the naked eye."

"You mean there's more?"

"Oh, yeah. A lot more."

"Where did Maggie go?"

"She went to Cheryl's house and then out for a movie."

"Nice."

"Very nice," she said.

"How much of this did you plan?"

"I'm not at liberty to say. We're only partway through the plan."

Dan began to speak, but Janice put her fingers to his lips, grabbed his tee shirt, and pulled him toward to the bedroom.

After making love, they lay breathing together, Dan on his back and Janice with her head nestled into the crook between his shoulder and chest. She shifted to look at his face, her cheek resting on her hand.

"You know, Danny, you really are different."

"Yeah, I feel really different. What do you notice?"

"In making love, you're a lot more tender and right there with me the whole time. Even the way you touch me is different."

"I feel like every moment we have together is precious. It won't come again, and I want to be here for it. That's new for me."

"I feel the same way," Janice said. "It feels safer now to love you."

"What do you mean?"

"Before, it always felt like you couldn't take all I had to give, like you'd have to deflect it and get some space."

"That's true," said Dan. "Now that we're talking like this, one part of me is totally happy, and another part wants to flee."

"Why?"

"Because it feels like it's right out of some TV movie, and I want to shut it off."

"Do you want to stop talking?"

"Just give me a minute to feel this…" Dan was quiet for a moment. "It feels like I want to control you, to shut you down. And if I look beneath that… if I don't shut you down…" He was still again. "Then I would feel…" Dan felt heavy in his chest and at the same time hollow. "I feel like I'm grieving for love that will be gone later… I'll be alone… and if I let that go…" Dan's breath began to fill his torso. "I feel…" He took a moment to feel the ease in his body. She was looking intently at his face. "Like…" A smile broadened across his face. "like wanting to be with you. The heaviness just disappeared."

Janice was still looking into his face.

"Was it OK that I said that to you?" he asked.

"Yes, it's more than OK. I find it kind of exciting."

"I do, too."

"Yes, I can see that," she said.

"Funny, when I release emotions when I want to eat Oreos, my desire to eat them goes away."

"And now?" asked Janice.

"My desire seems to be intact, building by the moment, in fact."

"Yes, perhaps I can help with that," she said, reaching out to hold him.

Chapter 46

"THINGS ARE GOOD NOW," Dan told Michele. "My worst fears about the new org structure haven't materialized. In fact, it's been quite the opposite. In these six weeks Catherine has shown herself to be a good partner and a positive force in keeping us organized, so I'm able to focus on strategy, quality, and technical execution. My team has learned to play nicely with hers, and I spend more time at the VP level making sure that their perceptions of our progress match reality."

"How's that going?" asked Michele.

"For the most part, it's good, except, of course, for Bob. He publicly complains that we're not giving him the functionality he needs. If he had his way, the system would automatically order pizza after it compared all the menus and prices in 50 states."

"When's the last time you talked to him?"

"That's a problem," Dan said. I keep making appointments with him, and he blows me off at the last minute.

The people he assigned to the project are B players at best, and they do the same thing with Carla. When she does meet with them, they come armed with a new list of desired features. She's having a tough time making any progress at all, and if Carla can't make headway, no one can."

"What about Catherine? What does she have to say?"

"She's trying to stay neutral, but I can tell she's bothered by it. Their feature creep jeopardizes our milestones," he said.

"So, what do you make of all this?" asked Michele.

"I don't know. When the system goes live, every transaction and process in the company will be visible. Maybe there are some things Bob doesn't want to see the light of day. Time will tell."

"How's your leadership stacking up against your chart of old and new behaviors?" she asked.

"I've almost completely dropped my old style because I've seen how the new ways always produce better results. But the real shift is how I respond when I'm frustrated. I can usually dissolve tension before it takes me down the path to an old behavior. Then the new behavior seems like a viable choice. I feel calm underneath—happy actually, more of the time. I'm excited about delegating and watching people grow as a result. My peers and direct reports have noticed the change and tell me they appreciate it.

"Things are different at home, too. I make time for my family, and I'm enjoying them a lot more. I'm getting more sleep. I'm losing weight. My doctor is happy with me. My wife loves me. I'm only working 55- to 60-hour weeks. I'm cured."

"Congratulations. You're really making progress. All your hard work is paying off," Michele said.

"Yeah, in six months we've done a lot," said Dan. "So, if we continue, where could we take this?"

"It depends on your goals. If you want to move through further stages of development, deeper into post-heroic territory, there's a lot we could do."

"Like what?"

"For instance, a hallmark of high stage leaders is the ability to imagine themselves in the shoes of their key players and stakeholders. Because their time horizon expands as well, they understand and care about the ripple effects of their decisions—how they affect individuals, communities, society, and the planet for generations to come. As your positional and organizational power increase, you confront challenges that demand greater humility and clarity. When your leadership stops being about you, you become exponentially more effective. Dan, you've taken the first step on that path."

"Why stop now? I mean, I've got the humility thing nailed. What's next?"

Michele laughed.

"Seriously, I'd like to keep going," Dan said. "Any thoughts about what's on the horizon and what it might demand of me?"

"I don't know, but challenges are inevitable. The trick is to enjoy whatever comes your way."

Chapter 47

DAN'S WEEKLY ONE-ON-ONE meetings with Peter had become progressively more fruitful. Rather than telling him what to do, Dan asked Peter about the problems he faced and how he planned to solve them. Coached in this way, Peter discovered solutions that Dan would have suggested and others that hadn't occurred to Dan. He enjoyed this and looked forward to his meetings with Peter.

They sat opposite each other in the Thoreau Room.

"Peter, what's on the agenda today?"

"Can I be honest with you? Off the record?" said Peter.

"Yes. Off the record."

"This is about the company," said Peter.

"What about it?"

"Did I ever tell you what I did at my last job?"

"Statistical analyses of processes as well as some programming," said Dan.

"Yeah, a lot of statistics. Finding causal relationships between things that were seemingly unrelated. Privately, we

called our group the 'Ministry of Unintended Consequences.' We found stuff no one else ever thought to look for."

"What kind of stuff?" said Dan.

"Through a statistical analysis, we found the interaction between a metal and an adhesive on a circuit board that caused operational failure at certain temperatures and humidity levels. In a similar way, we found how boosting the sales reps' commissions for sales of a new product accounted for a loss in market share. I see patterns and connect dots. I can't turn it off. I see this stuff everywhere."

"And what have you found here?"

"You know how Bob Shaw brags about what his group contributes? And how their extra procedural hoops for policy holders protects our company from litigation?"

"Yeah, I hear it all the time."

"Those extra hoops and the large staff that it takes to make sure the i's are dotted and t's are crossed? That's all supposed to protect us, right? It's our ammo, should we have to litigate."

"Yeah. Are you saying it doesn't protect us?" asked Dan.

"It has the opposite effect."

"What do you mean?"

"It gets us in a higher percentage of litigations. And when there is litigation, the dollar amount for settlement is higher than the industry standard. I've checked this extensively. Any way you want to look at the averages—

mean, median, or mode—we pay a higher dollar amount than our competitors. The higher the claim, the higher our net cost, and that's not even counting our increased labor costs. I've read our customer surveys, and the message comes through loud and clear. The extra hoops we make them jump through and the subsequent delays in payments make our policy holders vehement about demanding higher settlements. And they're more willing to go to court to get them. We think we're being thorough, and they feel like we're stonewalling them. All our extra work only pisses them off.

"It's a little ironic," Peter continued. "Bob insists that we program in every single regulation and step in his processes, tailored for each state we do business in. His program not only fails to achieve its intended result, it has higher labor and settlement costs, and it's beginning to erode our market share."

"Interesting," said Dan.

"Interesting? It's a freaking disaster!"

After a few moments sitting in silence, Dan asked, "Peter, you're sure about this?"

"Yeah, I'm sure. I even ran some analyses on the probability of these figures being attributable to chance. There's a 1 in 250,000 probability that the output of Bob's group and these financial results have nothing to do with each other.

"And here's the other thing: we're starting to get the reputation in the field for slow payment of claims. Our settlements involve agents' time, and our surveys show they don't like it. Independent agents are starting to not recommend us."

"Peter, have you written this up? I'll need all the stats and details if we're going to try and do something about it."

"I can get that to you. It'll take me about a day. Dan, do you think there's something you can do about this?"

"I can't answer that yet. I need to see your report and have some time to digest it first."

"I'll email it to you by the end of the day tomorrow."

"Thank you, Peter."

"I wish I could say it was a pleasure," said Peter.

Chapter 48

DAN PACED, waving a folder in his right hand. "This is unbelievable, Michele."

"What is it?"

"It's a report from Peter. It shows in detail how Bob's highly praised risk management program—praised mostly by Bob, of course—is costing the company hundreds of thousands of dollars and eroding our market share. There are survey results that show growing dissatisfaction among our policyholders and our independent agents. Bob had access to all this information, and he's been sitting on it while he continues a program that's tarnishing our brand. And all the while, he insists that I program in the minutiae that makes our IT project nearly impossible to execute."

Dan dropped the report on the conference table and sat opposite Michele. "And to top it off, Bob's program was supposed to lessen the risk of litigation, but in fact has increased both our litigation and our settlement amounts. And Bob parades around here like he's a freaking hero."

"What are you going to do with this information?" asked Michele.

"I don't know. In the old days I would have gone straight for revenge. Now, I'm not so sure. I need some help on this one."

"What makes you think revenge is such a bad idea?"

"Because, it's not what your grandfather or Lao Tzu would recommend. Aren't you the person I engaged to get me to *not* go for the throat?"

"Yes, but revenge would still be satisfying, wouldn't it? Do you want to get Bob fired?"

"I would love that."

"And do you feel like even that wouldn't be enough?"

"It would be a start," he said.

"How about something physical? Would you like to beat the stuffing out of him?"

"What are you getting at?"

"I'm thinking about a Sedona Method process that could help you clarify what's worth doing. It's not for the faint of heart though; it involves generating some violent fantasies."

"Gosh. That'll be a stretch, but I'll give it a try," he said.

"I know you'll do your best. Imagine this: If you could do anything you wanted to Bob and there would be no consequences to you, him, or anyone else, what

would you do? That includes anything —torture, beating, dismemberment. In your mind's eye, just let it rip. There is a next step in the exercise, but it only works if you do the first part without holding yourself back."

"Anything I want?"

"Anything. And you won't tell me what you imagine. I don't need to know. Ready?"

Dan nodded.

"Begin."

Dan closed his eyes and imagined himself on the roof of a tall building with Bob. As Bob pleaded for his life, Dan listened politely and kicked him over the edge. Bob fell, screaming. Dan was airborne beside him, saying, "Don't worry, I'll talk you down. It's not the beginning of the fall that kills you anyway. It's the last couple of inches."

Bob hit the pavement flat, bleeding from everywhere. Dan scooped him up and brought him back to life. Then they were in Dan's backyard where the tree guy had left the shredder, which Dan put to steady, methodical use. In a bucket at the output end, Dan collected what he could find of Bob and fed him to the piranha at the aquarium. *All in a day's work.*

"OK," said Dan. "Done."

"Okay. Get in touch with the emotions that you felt as you did what you imagined. Take a few moments to feel them fully. Good. Now answer this question: What do you want?"

"I want to stop him and make him do what I want."

Michele took Dan through many rounds of releasing. He wanted control of Bob. He wanted Bob to feel humiliated. He wanted Bob and others to approve of all his hard work. He wanted to protect his reputation. He wanted to be recognized for his expertise. He wanted applause for outing Bob's idiotic strategy. Revenge was multifaceted and rich, yet at the end, he could take it or leave it. To complete the exercise, Michele instructed Dan to see Bob as whole again.

"Here's another exercise that will give you additional insight. It's more of a Taoist take on your situation. First, what are some of the things Bob does that particularly irk you?"

Dan shifted in his chair and scowled.

"The more fully you can give yourself to this, the better it will work," she said.

"OK. I see his office and I recall our last conversation."

"Observe his behavior. How would you describe it?"

"Self-important. Arrogant. Mean-spirited," he said.

"Even though it's not the way you act, just for a moment, imagine that you are acting like Bob—self-important, arrogant, and mean-spirited."

"OK."

"And let yourself experience the emotions that would have to be there for you to act that way." she said.

Dan described a tight feeling in his chest and tension in his shoulders.

"Take the energy behind that tight feeling and bring it to your face. Let your face express the emotional energy from your chest…What would you call that expression?"

"It's a mixture of anger and fear—they're vying with each other for prominence," he said.

"Good. Now, never mind what the fear and anger are about, just experience the constellation of sensations in your body… Now feel the vast space outside your body, out to the stars."

Michele waited until his breathing and skin color changed.

"Good," she said. "And now, can you feel the space inside your body as it extends infinitely inward? Nod when you've got that."

Dan nodded.

"Now, simply rest in that space and allow those sensations to exist, as they do, without having to adjust them in any way."

She waited until his breathing became even and deep.

"Now, let those sensations dissolve and change at their own speed, as you rest in the expanse of space, infinite space with no center."

Michele led Dan through a few more iterations of this process until the tension in his body dissolved.

"I hate to admit this…" he said.

"If you hate to admit it, then you have more dissolving to do," she said.

"Actually, I don't hate to admit it; I'm just using outmoded language. I'm more amazed because I now know that under the right circumstances, I could act like Bob. I could act exactly like Bob."

"Yes, we all could. That knowledge keeps us humble and allows us to understand our enemies. I've been carrying around a scroll of calligraphy that Grandfather asked me to give you at the right time. This feels like the right time." Michele opened her briefcase and took out a scroll tied with red ribbon. As she unrolled it and laid it flat on the table, Dan took in the beauty and balance of the Chinese characters. The brush strokes, alive and free, formed a composition of uncommon grace.

"He made this for me?"

"Yes, he did. He told me that someday you would need the wisdom of this poem."

"Please thank him for me. I'm overwhelmed."

Absorbing the intricacies of the brush strokes, Dan asked, "What does it say?"

"This is the 69th chapter of the *Tao te Ching*, Lao Tzu's famous book. I wrote out Witter Bynner's translation for you," she said.

Dan read the translation aloud:

"The handbook of the strategist has said:
'Do not invite the fight, accept it instead,'
'Better a foot behind than an inch too far ahead,'
Which means:
Look a man straight in the face and make no move,
Roll up your sleeve and clench no fist,
Open your hand and show no weapon
Bare your breast and find no foe.
But as long as there be a foe, value him;
Respect him, measure him, be humble toward him;
Let him not strip from you however strong he be,
Compassion, the one wealth which can afford him.

"That's beautiful. I'm afraid I don't have enough compassion for Bob right now, but I'd like to get there," Dan said.

"The Dalai Lama tells of a monk who was tortured by the Chinese. The monk told him that throughout his experience, the only thing he feared was losing compassion for his torturers." "I've been in circumstances like yours, where I wanted to retaliate against someone who had wronged me. I wasn't clear what actions would create positive results in the long run. If you keep calm and offer your enemy the opportunity to act his best, a solution may appear. And if not, as Grandfather would say, 'If you want to make a point of it, you can push.' In that case, if you prevail, Lao Tzu says, 'Conduct your victory as a funeral.' "

Dan picked up the scroll and imagined the old man smiling at him.

"Thanks, Michele," he said. "I'll let you know how it goes."

THE NEXT DAY Dan sent an email to Bob that summarized Peter's analysis. He asked Bob if they could meet in the next few days to discuss it. Bob's administrative assistant contacted Dan immediately and set up an appointment for Friday. She requested that he send Bob a copy of Peter's report. Dan complied within minutes.

To hear Lao Tzu's poem sung as a song: http://www.dragonsatwork.com/Lao-Tzu-Strategist-Song

Chapter 49

BOB AND GEORGE sat together on a bench at the sixth tee, waiting for the foursome in front of them to hit their second shots. George turned to Bob and asked, “How do you think Dan is coming with the IT integration?”

Bob sighed, shook his head, and paused as if he were searching for just the right words. “I think he’s doing as well as he can, given the circumstances.”

“Bob, I know you want to be diplomatic, and no one wants to speak ill of a colleague. Still, I need to know what you think. There’s a lot at stake here.”

“I know. That’s why I’m trying to work with Dan every step of the way.”

“How are the project manager and her team doing? Are they bringing this under control?”

“According to Catherine, Dan keeps presenting her with reasons why we can’t get the kind of system the company ultimately needs. She’s good but she can only manage a project that can be professionally executed. I’m

afraid Dan is at the stage where he's trying to cover his ass for his team's miserable performance."

"How's he doing that?"

"Have you seen his report?" asked Bob.

"No. What report?"

"I managed to get my hands on it the other day. It's supposedly an analysis of our risk management program. It's amateurish and statistically full of holes. I'm meeting with him tomorrow to talk about it. I think he wants to deflect blame and get out of programming the changes we need into the software."

George had the honors at the tee. He drove his ball into the center of the fairway about 175 yards out, just short of the traps on the par 4. He would still need his fairway wood for the next shot, but he was in good position. Bob said with more fervor than usual, "Nice shot, George."

"I liked it," he said. "By the way, I talked to Chuck Sumner. You know him, don't you? The former CEO of United Insurance?"

Bob nodded. "Yeah, they've always been strong players in the market."

"He told me that they had an aggressive risk management program like ours, and it ended up losing money. It was a lot more trouble than it was worth, and they had to recover their image of being evenhanded and a prompt payer of claims."

"That's surprising," said Bob.

"Yes, I was quite taken aback."

"Maybe he doesn't remember the details anymore. It doesn't sound right to me."

"He's just a few years older than I am and his mind is still sharp as a tack. You don't have to lose your edge, you know."

"Absolutely," said Bob.

"Anyway, after you meet with Dan, send me the report."

"Sure, I'll get it to you as soon as I can."

Bob's practice swing scooped a fairly deep groove in the grass at the tee. He replaced his divot, stepped up to his ball and drove it 275 yards into the adjacent fairway. He slammed his driver back into his bag. "I'll take you to your ball and after you hit, I'll go find mine. My shot may take me a while."

"Take all the time you need to get back in play," said George.

Bob chose to shoot over the trees. His ball met the trunk of one that soundly returned it to the fairway not far from where he stood.

Chapter 50

"I READ YOUR REPORT," said Bob.

"Peter's, actually," said Dan.

"Whatever. Peter's. Anyway, I think it's very clever, but it's full of shit."

They sat opposite each other, separated by Bob's substantial walnut desk. Bob leaned forward as he spoke, pushing the report toward Dan.

Dan leaned forward to meet him. "It sounds like you've got some alternative ways to interpret the data. Before we get to that, could we start by talking about what we want to accomplish in this meeting?"

"I'd like to talk about what you've already accomplished You've launched a frontal attack on my program, which has been working perfectly," said Bob. "You just want to deflect attention from the failure of your people to deliver on your hopelessly mired IT project. And frankly, I think the people who count around here will see through your tactics, and you'll be out of here."

"Oh, I think it's worse than that," said Dan. "I've been thinking about it from your point of view. You bet your career on this risk management strategy. You built a little empire around it. And now some asshole, who you never liked, is declaring war against you, and you want to obliterate him. This conflict used to smolder underground, but now it's all-out war and you're going to fight with everything you've got—all the political capital you can muster, and you won't stop until you annihilate me."

"What is this, some kind of fancy negotiation shit you learned from your dragon lady?"

"Yeah, it's called telling the truth. So let's see if we can put our cards on the table here. Am I right you're going to fight me all the way?" said Dan.

"You bet your ass, sonny, and you're going to lose big time," said Bob.

"Maybe."

"So is this your best shot? No more salvos from nerdland?"

Dan laughed. "Nerdland! You know, it's too bad we're on opposite sides." Dan's smile faded. "But let's get back to being enemies. It's so familiar and comfortable. Here's what it's like from my side. You've been a colossal pain in the ass, obstructing and complicating my process at every turn. And now I find out your requests are not only

unnecessary, but they damage the company. If you were in my shoes, wouldn't you be just a little pissed off?"

"If I were in your shoes, I'd be worried that I'd stuck my neck out only to discover Bob isn't just going to roll over and capitulate."

"I didn't expect you to surrender, but I think you're smart enough to consider alternatives to war."

"Like what?" said Bob.

"First, this is only a report. As we know, there are lies, damned lies, and statistics. If the statistics in this report are inaccurate, I want to know that as much as you do."

"Yeah, I'll bet you do."

"Bob, no one else has seen this report. I can keep it that way."

"Why would you want to do that?"

"Because I think that somewhere in you is a strategist who can course-correct if that's what the situation calls for. You may even come out looking like a hero. With your political skills, it's possible. But if you don't, you can still come off as someone who's wise enough to admit mistakes. You can rethink your strategy, adjust your program, and get us on a more productive path. It will all be your idea. Not invented by some IT nerd like me. What do you think?"

"If I say your idea is a good one, I'm admitting that your statistical slander has some validity. I'm not willing to admit that."

"And you shouldn't admit it. You should go over the figures carefully and see if they make sense. You can debate this with me and try to poke holes in the argument. I'd be happy to do that."

Bob reached for the report and glanced through the first two pages.

"Bob, my intent is to make this company run smoothly and profitably. And if in the process you come out smelling like a rose, that's the way it goes. I'll just have to find some other way to annoy you. What do you say?"

"Let me think about it," said Bob.

"When should we talk again?"

"Let me think about that, too," said Bob.

"Bob, I need a definite date for a next conversation. I want this resolved quickly. I've had a lot of trouble getting on your calendar. Today is Friday. If I don't hear from you by Wednesday, I'll assume that you've decided to fight me on this."

Bob glared.

"And, if that's the case, this report will no longer be just between you and me," said Dan.

"If you go up against me, you'll wind up fired."

"So be it. If this company can't look data in the face, I don't want to work here. It's your choice. Will Wednesday by the end of the day give you enough time?"

"Yes," said Bob.

"Will you let me know one way or the other?"

"Yes."

"One more thing, Bob. I don't want to go to war with you. I'd rather work with you to make this company great. You're a smart guy. I'd like to see what it's like if we were both pulling in the same direction." Dan detected no change in Bob's facial expression. "Is there anything else we need to discuss now?"

Bob shook his head.

Dan stood to leave. "I'll wait to hear from you."

Chapter 51

"EXCUSE ME, DAN" said Dan's secretary through his partially opened office door. "Mr. Corbett just called. He wants to see you in his office immediately.

Five minutes later, Dan stood in George's office. On previous visits, Dan had been struck by the room's size, the Oriental rug, the rosewood desk, and the view of the grounds through two abutting glass walls. Now it was George's direct gaze from underneath his heavy brow and his big voice that captured Dan's attention.

"Bob sent me your report on our risk management program. I just finished reading it. Seems like you went on a fishing expedition and came up with very little. Why are you wasting time on this crap?"

Dan sensed tightness in his chest and his belly, and he automatically began to breathe into his torso. He waited. Something didn't make sense. His breathing felt more even now.

"Is that the report?" asked Dan, motioning to the document on George's desk.

"Of course it's the report."

"May I?" Dan said, reaching for the document.

"By all means," said George, with an edge in his voice.

The first page contained an executive summary, authored by Bob, followed by Peter's table of contents. Dan sensed the heat of George's impatience emanating from across the desk.

"Look, Dan, I want an explanation. I don't need to watch you reread this thing."

"George, you asked me questions that need answers. May I have three minutes to look this over? Then I'll be able to shed some light on it."

"Three minutes!" said George, looking at his watch.

Shed light? Right now it's all heat, he thought. *Ah, but look at this! A ray of light. Bob, you son of a bitch! Nice work. Or rather, nice try.*

The table of contents had remained the same, but Peter's numbers had been altered and the conclusions changed. The executive summary now not only exonerated Bob, it also pointed to the outstanding value his program brought to CSI. Dan reached inside his briefcase, pulled out Peter's report, and placed the reports side by side on George's desk.

"George, this is Peter's original report, and this one is Bob's new and improved work of fiction. He changed

it to make himself look good, thinking that you would never see the original. But as you'll see, the original shows Bob's program is costing us much more money than it saves."

"Let me get this straight. Bob altered the report to make himself look good and to hide the real data?"

"Yes. Frankly, I'm surprised. I thought Bob was smarter than to falsify a document that's so easy to check against the original."

"Show me what you're talking about."

Dan walked George through the discrepancies between the two reports. He could hear George's breathing get more ragged as they progressed. *He could use a few lessons from Michele,* he thought.

"And this is Peter's original conclusion," said Dan, "the one that Bob didn't want you to see."

George read it to completion. His lips mouthed every word, as his eyebrows raised progressively higher. He slammed the report on the desk. "Unbelievable!" George reached for the phone and dialed. "Bob, I'd like to see you here in my office right now. Regarding? It's regarding you being in my office in five minutes."

When Bob entered George's office and saw Dan, his expression fell.

"Ah," he said looking at Dan. "My favorite IT guy." Looking at George, he said, "What's going on?"

"Sit down," said George. Handing Bob the first report, he said, "This is the report you gave me, is it not?"

"Yes."

"And this is Peter's original report, do you agree?"

"Yes."

"So Bob, can you explain to me why there are discrepancies between these two reports?"

"George, the first report was amateurish, and I didn't think all its conclusions were supported by the data, so I wrote something more readable and accessible with an executive summary."

"Bob, I just read the original. It's far from amateurish."

"I was trying to simplify it so you wouldn't have to spend so much time to grasp the essence of it."

"Bob, I read both reports. You altered the data. That's the essence I grasp."

"I reformatted some of the charts."

"Bob, now you're insulting me," said George. "I don't like phony data, and I don't like to be played for a fool. Regardless of the reports, your behavior in front of me right now is enough to get you fired."

Bob started to speak, but George's reddening complexion silenced him. George rose, placed his hands on his desk, and leaned toward Bob. In distinct, measured tones, he said, "Bob, I want your resignation, effective immediately, on my desk in half an hour. And then I want you out of this building."

"George, trust me. This is not what it appears. My program achieves solid results, but Dan wants to make me look bad, so he can divert attention from his mess in IT. I think we need to take a moment to understand what's actually going on."

Looking at his watch, George said, "You now have 28 minutes to get me your resignation. I don't want to have to say it again, Bob."

"OK, if that's the way you see it." Bob stood, turned without looking at Dan, and left the office. George and Dan watched the door close and looked at each other.

"Dan, I owe you an apology," said George. "I imagine Bob has made it difficult for you, and you've had enough on your hands without his interference. I should have seen through Bob's act a long time ago. I guess I wanted to believe it."

"Thanks for saying that. I believe we have a good shot at making this a great company, and it will be a lot easier for us to get it done now."

"Dan, I know you understand the delicacy of this situation. I'll make a formal announcement about Bob's resignation and figure out an interim plan for Customer Service. I want to be the sole source of information about Bob's departure. Understood?"

"Understood."

"Good. Let me know if there's anything I can do to support you," said George.

"I'd like to give that some thought and get back to you. Can we set up a three-way meeting with you, me, and Sean?"

"Definitely. Put it on my calendar."

Dan felt a sensation of warmth in his chest, hands, and feet. He was happy. *Happy that Bob was out of his life? No, that wasn't it.* He looked at the CEO. "George, given everything that's happened, I just want to say I feel good working here, and I'm glad that I work for a standup guy. Thank you. It means a lot to me."

George shook Dan's hand. "Thank *you*."

Chapter 52

AS MICHELE ENTERED the restaurant, Dan saw only her silhouette, yet her upright carriage and graceful movement made her unmistakable. When she saw him she smiled. She headed for his table and greeted him with a look that was both appraising and appreciative.

"You look relaxed and fit, Dan."

"I am. Life gets better and better."

"I'd love to hear the details."

"You will. How is Grandfather?"

"Like a river, endlessly flowing, with undercurrents of impishness," she said. "Much the same."

"And you?" he asked.

"A lot has changed for me. I just got back from a week-long retreat at The Hoffman Institute that re-energized my life."

"You? With more energy? That's a scary thought."

"It's the quality of energy that's changed. During the retreat, I revisited and resolved some very old wounds.

During the Cultural Revolution, my parents were taken to a re-education camp from which they never returned. I believe they died there. I felt abandoned by them and was stricken with inconsolable grief. Grandfather healed much of that, but the Hoffman Process reached places in me that tai chi and meditation hadn't touched. Life feels fresh to me now, innocent of the past. There's a lot more joy in my life. When I got home, I told Grandfather the whole story. I told him how much he meant to me and how grateful I was. He listened to me like an ocean, embracing it all. Then he held me, and I wept."

"And now?" asked Dan.

"Now we spend more time with each other—he teaches me, he meditates with me, or we just work together in the garden. I feel so fortunate. I don't know how much longer he'll be with us, but I'm not afraid of his death now. I'm at peace with it."

They sat silently until the server appeared for their drink orders. She returned with a glass of Zinfandel for Dan and for Michele, Elijah Craig 18-year-old bourbon, neat, with two ice cubes on the side.

Answering Dan's unasked question, Michele smiled. "Bourbon is a truly American drink—declared America's native spirit by a 1964 Act of Congress. I like to honor my adopted country, my home."

"What about your Chinese liver?"

"The secret of all medicine is dosage. One ounce, sipped over an hour has a lot of flavor, and Grandfather says it relaxes the nerves."

"Here's to Grandfather," he said raising his glass.

"To Grandfather," she said.

"The last time I heard from you," she said, "you told me that Bob resigned under duress."

"Yes, he did. I gave him a chance to take the high road, but George discovered him falsifying data, and showed him the door. Bob went to work for a financial services firm in New York. An old college friend arranged that for him. I think he had that job lined up way before he left. Guys like Bob always land on their feet."

"Then what happened?"

"Then Catherine and I brought in Rob Evans. With his help, we gathered all the stakeholders, redesigned and rescoped the project, and it's been relatively smooth sailing ever since. Mind you, I say relatively. After all, this is enterprise-wide software integration." Bob sipped his wine. "We'll know better in a year, but the initial surveys show much happier policyholders and agents are enthusiastic again, especially after we removed the onerous parts of Bob's risk management program. Our revenues are up. So, things are looking good. Our group just celebrated a major deployment, which went as smoothly as anyone could have hoped. My staff is happy and their teams are producing great work."

Their server took their dinner order.

"OK, Michele. What did you do to me?"

"Dan, you were there for all of it. What do you think happened?"

"I know what happened. I want to know the thinking that guided you."

Michele took a micro sip of bourbon, put down her glass, and rested her hands, fingers interlaced, on the table.

"Now that's a good question. I don't think a client has ever asked me that." She looked into Dan's face and let memories of their meetings filter into her awareness. She saw him in the Thoreau Room, in meetings with his staff, and in Golden Gate Park with Grandfather. She thought of the feedback interviews, his behavior chart, and their first meeting where she'd challenged him. She remembered meditating with him at Half Moon Bay.

"I could tell you the technical details, but that's not the heart of it," Michele said.

"Then tell me the heart of it."

"What I do is simple: I help people feel more fully alive. I introduce them to their natural vitality and gifts. I teach them how to appreciate others and bring out their best work. But none of this would work if the essential lesson didn't take hold."

"And what's that?"

"Get over thyself."

Dan laughed. "That's it?"

"Yes. Until you begin to care about the world beyond your personal sphere, you are not useful and not fully alive. Lao Tzu says, 'The invincible shield of caring is a weapon from the sky against being dead.'

"Some people use their work to avoid their humanity. They inevitably create organizations where telling the truth is dangerous, where overwork is a virtue, and work-life balance is scorned. So I introduce sanity into the system, like a positive virus."

"And I thought we were trying to get an IT project under control."

Michele laughed. "Yes, that's why you hired me, and that's a result you got. But to make it happen, to paraphrase Einstein, you had to approach it from a new level of understanding, not from the level of thought that created the difficulty."

They sipped their drinks.

"How are things at home?" asked Michele.

"Janice may have gotten as much out of coaching as I did. She listened to all the ALIVE lessons. She's happier and more willing to say what's on her mind.

"How's Maggie?"

"If I said I knew, I'd just be fooling myself. Adolescent girls mystify me, but Janice and she have grown closer, and that makes me feel better. These kids are so locked

into texting and their social networks, it's a little scary. But Maggie seems to want to connect with me, and I'm grateful for that."

As their conversation began to wind down, Michele asked Dan if he wanted to learn something new. He did. Most dinner guests had left, and only one other table remained occupied. It was quiet.

"Dan, part of our work has been about letting go of emotions that block you and working with the physical body to feel alive. There is another way of working that removes energetic blocks. I learned this from Bruce Frantzis, an American Taoist, who learned it from his teacher in China. Sit quietly and tune into your breathing. Let your posture naturally find its balance. Bring your attention to just above the top of your head and feel any sensations of energy there. Can you feel something?"

"Yes," he said.

"Now, imagine there is a downward flow of energy from the heavens. It's like a mist, like a gentle rain that dissolves all knots, all obstructions."

She waited until his breathing deepened.

"Now keep that going and extend your awareness to the space that is both outside and inside you... like we did at Half Moon Bay...and rest in that space... as this dissolving energy works to soften you...remove energy blocks. I'm doing this meditation with you."

Dan felt the top of his head tingle with energy. Then he felt as if his brain was being saturated with a calming mist that continued to descend. After 15 minutes, it filled his torso down to his belly and finally to the bottom of his feet. His breathing became effortless. He felt both clear and full—filled with soft energy and empty of thoughts and concerns. He opened his eyes and looked into Michele's, and for an instant he saw endless space. She asked him to sit quietly and simply rest.

They sat in silence for a while longer and then said their goodbyes. They agreed to touch base in a couple of months. On the way out of the restaurant, he noticed the feeling of softness was still with him. And it was there in the car on the way home. Softness and peace.

Chapter 53

IT'S ALMOST 10 O'CLOCK when Dan pulls into his garage that night. The house is dark, save the few dimmed lights Janice has left on for him. Through Maggie's open door, he can see her sleeping. She likes the door angled just so—not completely closed, not wide open, and the night light in the corner adjusted to cast its glow on her stuffed animals.

Looking at her face, Dan sees no trace of dreams. He quietly lifts a chair, places it next to her bed, and settles into it. As he gazes at her, he remembers when she was only an hour old. The same mouth, the same lips, the same ears. The color of her eyes has changed, but the feeling of Maggie—the person behind them—has stayed and remained in his care.

Dan smiles as he noticed his own breathing has fallen in with the small rise and fall of the quilt covering her. He lets his ribs and spine catch the rhythm, until his smile, his breath, and the movement of his torso sing this simple

song with her. After a time he stands, replaces the chair, and exits Maggie's room, leaving the door just the way she likes it.

In his own bed now, he carefully reclaims some of the covers that have migrated to Janice's side. She stirs lazily, turning under the sheets. Close to her, lying on his side, Dan reaches out, places his hand on her back, and feels her body through her silk pajamas. She rolls onto her back, cradles his hand in hers, and takes it to her breast. He slides his other hand under her, and they lie still. She kisses him and they lie still again, then kiss and lie still, alternating this way until stillness is no longer possible.

MICHELE ENTERS the front door of her house. At 10:30, Grandfather has just begun his evening practice. Moving though the kitchen, she can see the outline of his sitting form in the garden, motionless in the moonlight.

She changes into her cotton pants and tai chi slippers and steps into the backyard. Night blooming jasmine mingles with the moisture of the evening air and its softness calls forth in her the gentlest of tai chi forms. She settles into each movement—stately, yet yielding and poised. With each successive posture, she eases into deeper connection to the earth beneath her feet. She senses and absorbs the profound peace of her grandfather's medita-

tion until her every motion is both still and vibrantly alive. She continues this way, with stillness in motion, motion in stillness, until the distinction between them, and in fact all distinctions, vanish.

About the Author

Stephen Josephs, Ed.D.

As an executive coach and consultant, I help leaders build their vitality and focus to make their companies profitable and great places to work. I work primarily with HR Executives, Executives, and Executive Coaches.

Bill Joiner and I have co-authored *Leadership Agility: Five Levels of Mastery in Anticipating and Initiating Change* (Jossey-Bass, 2006). It shows how being at one stage or another of psychological development affects a leader's capacity to lead.

I wrote *Dragons at Work* to show how the transformation of leaders from one stage to another actually takes place through a fictionalized case study of executive coaching. It is published in an online format so others can share their knowledge in a community of practitioners.

My doctorate at the University of Massachusetts focused on aesthetics in education—how to teach anything through art, music, drama, and movement. To create

greater impact and raise the fun quotient in teams and large groups, I have applied these media in business settings for more than 30 years. I am particularly interested in the intersection between business performance, psychology, and mind/body disciplines. For nearly 50 years, I have had a daily practice of mind-body disciplines (tai chi, qigong, aikido, and meditation) and have played classical guitar.

University of Massachusetts—Ed.D.
Harvard University—Ed.M.
Antioch College—M.A., Counseling Psychology
Clark University—B.A., Psychology

Specialties:
Developing leaders to be more effective at the top and middle management levels in:

- Large and mid-sized High tech—software, hardware, enterprise solutions
- Real estate, finance, food service, hospitality, and advertising
- Entrepreneurial companies and small to mid-sized companies
- Non-profit—educational institutions

For more information, visit www.stephenjosephs.com